Heiner Müller
Geschichten aus der Produktion 1
Rotbuch 108

Heiner Müller
Texte 1

HEINER MÜLLER
GESCHICHTEN AUS DER PRODUKTION 1

Stücke · Prosa · Gedichte · Protokolle

Rotbuch Verlag

22.-24. Tausend 1996

Druck und Bindung von der
Druckerei Wagner, Nördlingen
Printed in Germany.
ISBN 3 88022 108 1

INHALT

BERICHT VOM GROSSVATER

In Julinächten mit schwacher Gravitation
Wenn sein Friedhof über die Mauer tritt
Kommt der tote Schuhflicker zu mir
Der Großvater, der vielgeprügelte Alte

Mein Großvater starb, als ich siebzehn war. Meine Mutter sagt von ihm: er war nie krank, nur zuletzt im Kopf nicht mehr ganz richtig. Heute, fünf Jahre später, weiß ich, was da nicht richtig war.

Sein Vater starb früh. Für das Begräbnis des toten Ernährers, der Platz in der Erde ist nicht umsonst, mußte ein Schrank verkauft werden, ein Erbstück. Die Mutter, mit dem Kind allein, brachte ein Jahrzehnt an der Nähmaschine hin, bei schlechtem Licht Hemden nähend, so daß sie im zehnten Jahr zuerst das Nadelöhr, dann das halbfertige Hemd, ganz zuletzt das Licht nicht mehr sah. Der Doktor empfahl die Operation, brachte jedoch das Geld dazu nicht mit. So mußte die Operation unterbleiben. Mein Großvater sorgte für die Blinde, wie für ein Kind, bis in sein vierzehntes Jahr. Dann starb sie.

In der Lehrzeit bei einem Schuster arbeitete er um ein Taschengeld, hungerte, was er gewöhnt war, und wurde geschlagen: der Meister, steingeworden durch eine Lehrzeit unter gleichen Bedingungen, gab seine Erfahrungen weiter. Der Geschlagene lernte die Schläge hinnehmen, bestenfalls auch zu schlagen, nicht, in der richtigen Richtung zu schlagen. Er war kein tüchtiger Mensch. Er wurde nicht einmal Meister, da die Prüfung Geld kostete. Er wurde Arbeiter in einer Schuhfabrik.

Zwanzig Jahre alt, heiratete er. Seine Frau war die Tochter eines reichen Bauern, brachte aber in die Ehe nichts mit, weil der Bauer gegen die niedrige Verbindung etwas hatte. Er, früh geübt in der Kunst des Hungerns, war der Frau ein guter Lehrmeister, und sie lernte gut. Sie hatten zehn Kinder. Zwei starben früh, acht konnten sie durchbringen. Meine Mutter gebraucht, wenn die Rede auf ihre Kindheit kommt, gern das Gleichnis vom Salzhering. Er hängt an der Stubendecke an einer langen Schnur tief herab. Er muß immer eine Woche vorhalten. Er wird nur am Lohntag erneuert. Dreimal täglich

zieht die Prozession der Esser, »jeder ein Bißchen«, an ihm vorbei.
Nach dem Bankrott der Schuhfabrik im ersten Weltkrieg fand mein Großvater Arbeit beim Brückenbau. Nach einem Arbeitsunfall, Sturz vom Gerüst in das steinige Bett des wasserarmen Flusses, wurde er wieder entlassen. Es stürzten vom gleichen Gerüst kurz nacheinander noch drei Arbeiter. Zwei wurden entlassen, der dritte starb am Ort. Die zwei prozessierten: die Baufirma hatte an den Gerüsten zu viel Holz gespart und mußte zahlen. Dem Toten wurde Fahrlässigkeit nachgewiesen. Mein Großvater, aufgefordert, ebenfalls zu klagen, sagte: ich will keinen Streit. Noch zwanzig Jahre nach dem Unfall schmerzte ihn der Rücken heftiger, wenn das Wetter umschlug. Er sagte dann: alles hat sein Gutes. Für ihn hatte alles sein Gutes. Gezwungen, trockenes Brot zu essen, lernte man es schätzen; arbeitslos hatte man Zeit, nach Pilzen zu gehn; im Akkord blieb keine Zeit für Gedanken, die doch nur Unruhe machten; wenn Krieg war, hatten alle weniger. (Die reicher gedeckten Tische wurden ihm nicht gezeigt, er hätte sie auch nicht gesehen, wären sie ihm gezeigt worden.)
Er stand sich gut mit den »Besseren«. Besser, das hieß: kein Arbeiter. Die Unternehmer am Ort, durchweg volksverbunden, ließen sich gern auf der Straße sehen, im Gespräch mit einfachen Leuten, besonders mit älteren.
In der unruhigen Zeit nach 1918, als auch in Sachsen die Arbeiter um ein besseres Leben kämpften, flickte er die Schuhe der Streikenden wie der Streikbrecher, der Verräter wie der Tapferen, billig wie kein andrer. Werkstatt war eine Ecke der Wohnküche. Damals fing er auch an, in die Kirche mitzugehen, wenn die Frau ihn darum bat, obwohl er sich daraus nichts machte.
Nachdem die Kinder versorgt waren, trank er samstags. Es kam ihn billig, da er nichts vertrug.
Er war nicht für Hitler. Als es gefährlich wurde, nicht für Hitler zu sein, sagte er, wenn ihm etwas gegen den Strich ging: der Hitler weiß das nicht, und, als mein Vater zum zweitenmal im Gefängnis war, weil er sich mit der Neuordnung nicht hatte abfinden können: warum hält er den Mund nicht, man muß den Mund halten, es wird verlangt. Ich weiß noch, daß ich, achtjährig, bei ihm in den Ferien, eines Tages ein gutes Dutzend Nägel in den Fußboden schlug. Als mein Großvater dazukam, zog er sie heraus, versuchte sie wieder

gerade zu klopfen, sagte aber nichts. Damals wurde Eisen schon wieder gebraucht für die größeren fliegenden Nägel, bestimmt, lebende Haut zu durchschlagen, nicht gegerbte, einfache Nägel waren rar.

Nach dem zweiten Weltkrieg, in den ersten Monaten der Not, geschah das Unfaßbare: mein Großvater, sein Leben lang geduldiges Zugtier, verlor, als es zu Ende ging, die Geduld. Aus den Briefen seiner Frau an meine Mutter nach Mecklenburg sprach die Furcht vor Gott, der den Mann strafen könne. Sie schrieb, er versündige sich. Sie sagte sich los von ihm, damit sie nicht mitgestraft würde. Daran war nichts Verächtliches: für sie gab es die Hölle. Die Geschwister meiner Mutter nahmen den Fall eher komisch. Der Älteste schrieb: Vater ist, es muß gesagt werden, nicht mehr ganz richtig. Deswegen denkt er nur an sich. Als ob er allein auf der Welt ist. Zum Beispiel hat er sich in den Kopf gesetzt, er will Butter essen. Dabei hat er doch, als es Butter gab, nur Margarine gegessen. Es ist zum Lachen. Er ist wie ein Kind. Er glaubt es ihr einfach nicht, daß sie die Butter nicht kriegt für ihr Geld, er sagt, sie will nicht, sie ist geizig, sie gönnt ihm nichts. Mutter leidet darunter. Er schimpft mit ihr, was er doch nie getan hat. Dabei war er früher so bescheiden.

Ich war immer ein guter Arbeiter, sagte er damals oft, da muß es mir doch gut gehn jetzt, im Arbeiterstaat. Er verstand nicht, daß Geduld nötig war, um die Folgen der Geduld zu beseitigen. Zu viele hatten zu vieles zu lange geduldet.

Ich sehe ihn noch, mit seinem faltigen Kindergesicht, sinnlos zufrieden, später, als es zu Ende ging, erstarrend zu der mürrischen Grimasse eines abgeschminkten Spaßmachers, ihn, meinen Großvater, sächsischen Arbeiter, gestorben 1946, fünfundsiebzig Jahre alt, ungeduldig, an den Folgen der Geduld.

ege Max Thienel schließt die Delegiertenkonferenz des Bezirks Prenzlauer Be
B, während die Wahlkommission (stehend) bereits mit dem Ordnen der Stimmzettel b

BERICHT VOM ANFANG

1

Vom Pfennig lebend haben sie gekämpft
wie um ihr Leben um den Pfennig. So
hat sies gelehrt die Welt, in der für sie nur
Platz war ganz unten.
                                        Als die Spitze abbrach
viel noch erschlagend ringsum, Trümmer streuend auf die
nicht Mitgefallnen, kam was unten war
nach oben stolpernd übern Trümmerberg langsam.

2

Zwar war der Pfennig nun gemeinsam, aber
was für ein karger Pfennig! Zwar das Brot
gehörte allen, aber sättigte keinen.

3

Das hieß: Kampf für den Pfennig anstatt um ihn.
Ein Heutewenig für ein Morgenviel.

4

Zwar war das Ziel erreicht. Doch zugeschüttet
vom Trümmerberg. Und Stein bleibt Stein, schwer zu
bewegen.

5

Da waren die Geduldigen ungeduldig.
Da waren nach durchwachter Nacht früh müde
die Unermüdlichen . . .
Die lange kämpften sahn den Sieg nicht
vor Schweiß der brannte wie die Träne vorher.

Die Überlebenden aus großen Kriegen
um den Platz am Tisch, Frieden und Schuhwerk
den Sieg in Händen, aber noch nicht in der Tasche
fanden, was da zu tun war, schwierig.

6

Zwar sprach da eine Stimme von vorn her
zu ihnen: ihr Geduldigen, habt Geduld!
Ihr Unermüdlichen, seid unermüdlich!
Kämpft weiter, ihr Siegreichen . . .
Zwar sie gingen
den Weg, bezeichnet von der Stimme, denn
da war kein besserer, aber sie wußten
Nicht, daß da ihre eigne Stimme sprach.

7

Doch waren ihre Hände klüger als
ihr Kopf war, und sie taten was zu tun blieb.
Den Baustein schmähend bauten sie die Häuser
den Schritt verfluchend gingen sie den Weg
sehend die Wolke, nicht den Himmel drüber
und nicht die Straße, nur der Straße Staub.

8

Noch als das Haus schon stand, gebaut für sie
von ihnen, wußten sie nicht, was da
gebaut war. In die Türe tretend noch
blickten sie hinter sich, fragend: warum
verjagt uns keiner? Es gehört wohl keinem?

9

Die in der Kunst des Nehmens nicht
Geübten nahmen da das ihre in
Besitz nur zögernd. Die solang Bestohlnen
verdächtigten sich da des Diebstahls selber.

10

Immer vor ihnen aber war die Stimme
die sprach zu ihnen: Es genügt nicht! Bleibt
nicht stehn! Wer stehn bleibt fällt! Geht weiter! So
im Immerweitergehn folgend der Stimme
wurde das Schwierige einfach
wurde das Unerreichbare erreicht.
Und überm Immerweitergehn erkannten
sie: die da sprach war ihre eigne Stimme.

1951

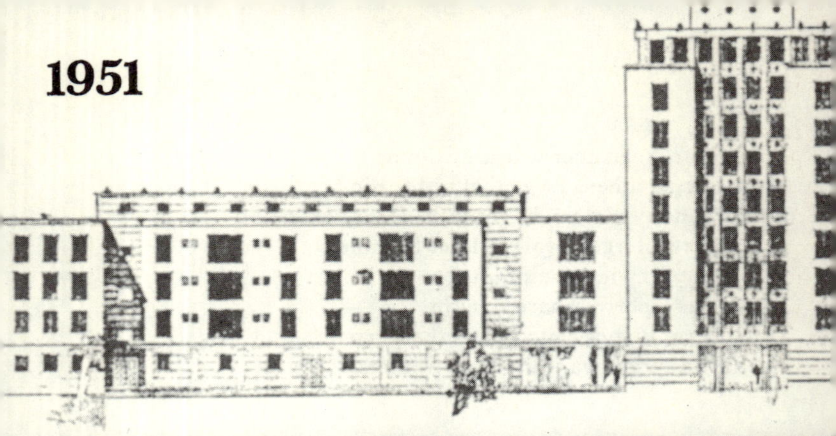

Jeder Ziegelstein ist wertvoll

ersten 20 000 Ziegelsteine, die die freiwilligen Aufbauhelfer am ...

DER LOHNDRÜCKER

Das Stück versucht nicht, den Kampf zwischen Altem und Neuem, den ein Stückschreiber nicht entscheiden kann, als mit dem Sieg des Neuen vor dem letzten Vorhang abgeschlossen darzustellen; es versucht, ihn in das neue Publikum zu tragen, das ihn entscheidet. Das Stück spielt 1948/49 in der DDR. Die Geschichte des Ringofens ist bekannt. Die Personen und ihre Geschichten sind erfunden.

I

Kneipe. Straße mit Trümmerwand. Abend. Der Budiker steht hinter der Theke und trinkt. Geschke und Stettiner, an der Theke lehnend, trinken. Der Geheimrat sitzt an einem Tisch. Die Straße ist leer.

GESCHKE *betrunken:* Ich habe alles kennengelernt: die Stempelstellen nach dem ersten Krieg, den Akkord und die Nazis mit Pauken und Trompeten und nach dem Schlamassel das neue Leben mit dem Leistungslohn. Aber das Bier, was der Arbeiterstaat ausschenkt, ist mir neu.

Stettiner lacht.

BUDIKER Arbeiterstaat. Arbeiterbier.

Geheimrat kichert.

GESCHKE *zum Budiker:* Wer ist die Vogelscheuche?

BUDIKER Das ist der Geheimrat.

GESCHKE Ein Bier für den Geheimrat.

Budiker bringt das Bier.

GESCHKE *hebt sein Glas:* Trink, Geheimrat.

Geheimrat weist das Bier zurück und mustert Geschke.

GESCHKE Feiner Mann, der Geheimrat. Trinkt kein Arbeiterbier. *Pause. Danach zu Stettiner:* Balke, der Neue, der das Maul nicht aufmacht, hat eine Prämie eingesteckt für die Erfindung mit der Leiste. Die Erfindung stimmt, man schafft mehr.

STETTINER Fragt sich für wen.

GESCHKE *trinkt aus:* Wir müssen heraus aus dem Schlamassel. Was heißt da für wen. Gibst du noch eins aus?

STETTINER Glaubst du etwa, was über dem Werktor steht, ›Volkseigener Betrieb‹, he? So dämlich bist du doch nicht, Geschke. Du bist doch auch Arbeiter.

GESCHKE Der Unternehmer ist jedenfalls weg.

STETTINER Davon kauf dir was. Noch ein Bierchen?

GESCHKE *schmeißt Geld auf die Theke, tippt an die Mütze und geht, unsicher:* Fragt sich, wer hier dämlich ist.

STETTINER Zahlen. *Er tritt vor die Tür.* Zigarette, Geschke?

Geschke hat die Straße überquert, bleibt stehen, dreht sich um.

STETTINER *eine Zigarette in der ausgestreckten Hand:* Komm her.

GESCHKE Für eine Zigarette den ganzen Weg? Nein.

Stettiner steckt sich grinsend eine andre Zigarette an.

GESCHKE Halben Weg. In Ordnung?

Stettiner grinst. Geschke geht drei Schritte auf ihn zu, bleibt stehen. Stettiner raucht.

Zwei Schritte geb ich zu. *Er tut es. Pause.* Sei kein Unmensch, Stettiner.

STETTINER Zwei Zigaretten.

GESCHKE Ich hab gesagt: halben Weg.

STETTINER Zwei Zigaretten.

Pause, Stettiner schmeißt Geschke eine Zigarette hin und geht. Geschke hebt die Zigarette auf, steckt sie ein und geht auch. Der Budiker hat zugesehen und nimmt lachend seinen Platz hinter der Theke wieder ein. Auf der Straße erscheint ein Plakatankleber und klebt ein Plakat mit dem Text: »SED – Partei des Aufbaus« an die Trümmerwand. Als er gegangen ist, kommt ein junger Mann, bleibt vor dem Plakat stehn, blickt sich um, reißt es ab und geht pfeifend weiter. Drei Arbeiter, müde, Aktentaschen unterm Arm, gehen über das am Boden liegende Plakat.

2

Kantine. Mittagspause. In der hinteren Wand eine Klappe, durch die in Blechschüsseln das Essen gereicht wird. Links ein HO-Stand, daran ein Spruchband aus Pappe mit dem Text: »Vorwärts zu neuen Erfolgen!« Die Arbeiter sitzen auf Kisten und Stühlen an rohen Tischen, löffelnd, oder stehen vor dem HO-Stand. Die Verkäuferin baut die Waren auf, befestigt Preisschilder (Butter: »Kilo 60 DM« usw.).

STETTINER Hier gibts alles, Geschke, kauf.

GESCHKE *kratzt seine Eßschüssel aus:* Mein Geld kann die HO nicht wechseln.

EIN JUNGER ARBEITER Gibts die Butter auch grammweise, Fräulein?

DIE VERKÄUFERIN Wenn du mich auf den Arm nehmen willst, überhebst du dich, mein Junge.

Brillenträger, kurzsichtig, studiert löffelnd mit krummen Knien die Preisschilder.

STETTINER Immer heran, Herrschaften, hier wird euch die Haut abgezogen.

EIN ALTER ARBEITER Du halts Maul, Stettiner. Du hast laut genug Heil gebrüllt. Kannst die Suppe ruhig mit auslöffeln.

STETTINER *feixend:* Die Preise hier hat Hitler gemacht, was?

DER ALTE ARBEITER Stimmt.

STETTINER Und für den Westen billiger hat er auch gemacht.

DER ALTE ARBEITER Das wird sich zeigen.

DIE VERKÄUFERIN *da niemand kauft:* Nicht drängeln. Es kommt jeder dran.

KARRAS Worauf wartet ihr? *Er greift sich eine Flasche Schnaps, macht sie auf, trinkt; zu Balke:* Prost, Aktivist!

Balke schweigt. Karras gibt die Flasche an Zemke weiter, der an Geschke usf.

DIE VERKÄUFERIN *zu Karras, laut:* Macht 41 Mark, Kollege.

KARRAS *greift nach der Flasche:* Wieso?

GESCHKE *sich den Mund wischend:* Ist doch Volkseigentum. Lesen Sie keine Zeitung, meine Dame?

ZEMKE Zu lange in der Frauenschaft gewesen?

DIE VERKÄUFERIN *zu Karras:* Sie haben noch nicht bezahlt, mein Herr.

KARRAS *trinkt die Flasche leer:* Ich geb die Flasche zurück. In Ordnung?

DIE VERKÄUFERIN *laut:* Wo ist der Betriebsschutz?

KARRAS *zu den Mittrinkern:* Legen wir zusammen?

Schweigen. Brillenträger verläßt die Kantine.

EIN ARBEITER Warum säufst du, Karras?

KARRAS Weil ich nichts zu fressen habe.

DER ARBEITER Kauf dir was.

KARRAS Und wer bezahlt den Schnaps? *Er tritt an den Stand und zahlt.* Den Kassenzettel!

DIE VERKÄUFERIN Wieso?

KARRAS Zum Andenken an 41 Mark.

DIE VERKÄUFERIN Hab keine Kassenzettel.

KARRAS *reißt ein Stück Pappe von dem Spruchband:* Da!

DIE VERKÄUFERIN *quittiert auf der Pappe:* Bitte.

Karras steckt die Pappe ein und setzt sich abseits auf eine Kiste.

EIN SEHR ALTER ARBEITER *auf die Preisschilder starrend:* Die Nazis haben das Genick gebrochen. Ich hab gedacht, jetzt fängt das neue Leben an, für das wir die Haut zu Markt getragen haben, und für uns Arbeiter kommt das Paradies.

EIN ANDERER Das Sowjetparadies.

DER SEHR ALTE ARBEITER *zu Schurek:* Jetzt frag ich dich: Wer kann sich Butter kaufen für 60 Mark?

BALKE *tritt an den Stand:* Ein Pfund Butter. *Balke zahlt, die Verkäuferin gibt ihm die Butter.*

STETTINER Soviel Geld hat nicht jeder.

GESCHKE Es kriegt auch nicht jeder eine Prämie.

ZEMKE Hände waschen, Fräulein, das Geld stinkt.

STETTINER Es hat sich schon mal einer die Finger verbrannt an einer Prämie.

SCHUREK *auswendig:* Wenn wir besser leben wollen, müssen wir mehr produzieren. Das ist doch klar, Kollegen.

EIN ARBEITER Jetzt reiten wir zum Tierarzt, sagte der Viehhändler. Da hatte sich der Gaul das Bein gebrochen.

STETTINER Genau wie früher. Der Arbeiter ist der Dumme.

BALKE Schlagt euch nicht den Schädel ein, zerbrecht euch lieber den Kopf.

ZEMKE *provozierend:* Was denn, wenn wir den Laden hier zusammenschlagen, stellen sie uns morgen einen neuen her!

BALKE Wir müssen die Butter billiger machen.

ZEMKE Sieh mal an, der Aktivist.

KARRAS Und wie will er das machen, der Klugscheißer?

BALKE *heftig:* Besser arbeiten.

Großes Gelächter. Herein Ingenieur Kant. Er geht zu Bittner, der noch sitzt und ißt.

KANT Im Ofen 4 sind drei Deckel gerissen, Bittner. Die müssen in drei Tagen aufgemauert sein, oder wir sitzen fest.

BITTNER *kauend:* Ich weiß. Aber ich hab zwei Maurer weniger als vor acht Tagen und kein beßres Material.

BALKE Wir sind sechs. Zwei Mann für einen Deckel.

BITTNER Wir mauern zu dritt, wie immer. Drei Tage brauchen wir für einen Deckel. Das ist die Norm.

BALKE Gut, ich übernehm den zweiten Deckel und mache eine neue Norm. *Pause.*

LERKA Wenn Leistungslohn gezahlt wird, mach ich den dritten.

KANT In Ordnung.

BALKE Aber wir brauchen Handlanger.

GESCHKE Was kriegt der Handlanger?

ZEMKE Ein steifes Kreuz.

BALKE *zu Geschke:* Machst dus?

GESCHKE Nicht umsonst.

BALKE Wir arbeiten auch für Geld. Wer macht den Handlanger für Lerka?

Brillenträger, der zurückgekommen ist, stopft sich Brot in den Mund, tritt heran und hebt einen Finger.

LERKA Gut.

GESCHKE Was kriegt der Handlanger?

BITTNER Wir mauern, wie wir es gewöhnt sind, auf die alte Art und solide. Du denkst, du bist ein ganz Gerissner, Balke. Wenn der Deckel gerissen ist, den du gemauert hast, wirst du an mich denken.

3

Halle. Arbeiter, stehend oder sitzend, beim Frühstück und beim Skat.

DIREKTOR Kollegen, wir kommen also jetzt zur Wahl der Gewerkschaftsleitung . . .

EIN SKATSPIELENDER ARBEITER Ich brauch keine.

EIN ESSENDER ARBEITER Wo ist überhaupt die alte Leitung? Wo ist Kohn?

EIN ANDERER Wo ist der Parteisekretär?

KARRAS Im Westen. Kohn hat da einen Schrebergarten geerbt, und der Sekretär ist mit und hilft umgraben. *Gelächter.*

DIREKTOR Vorgeschlagen ist Schurek. Ihr könnt natürlich andere Vorschläge machen. Ihr müßt wissen, wem ihr euer Vertrauen schenken wollt.

EIN ARBEITER Schenken ist gut gesagt.

EIN ANDERER Geschenkt ist geschenkt. *Lachen.*

SCHUREK Kollegen, wir wissen alle, worauf es ankommt. Reine

Weste, ein Herz für die Kollegen und die Treue zur Arbeiterregierung –
Karras lacht.

DIREKTOR Willst dus machen, Schurek?
Schurek nickt bescheiden.

DIREKTOR Also ich schlage den Kollegen Schurek vor, ihr kennt ihn, und er kennt sich aus. Habt ihr andere Vorschläge?

ZEMKE Schurek ist ein Arschkriecher. *Ab.*

DIREKTOR Hast du einen Vorschlag, Kollege?

GESCHKE *zu Stettiner:* Wer Schurek wählt, ist selber schuld.

STETTINER Willst dus machen?
Geschke schweigt.

STETTINER Unser Recht kriegen wir nie. Hier nicht. Egal, wer den Bonzen macht.

EIN ANDERER Wir können nichts machen.

DIREKTOR Also, wer für Schurek ist, Hand hoch.
Die Arbeiter, auch die Esser und Skatspieler, auch Geschke, heben die Hand, einige mit Frühstücksbrot oder Spielkarte. Wenige Ausnahmen, darunter Karras.

KARRAS *laut:* Ich kann jetzt nicht, hab die Hand grad in der Tasche. *Direktor zählt die Stimmen.*

4

Halle mit Ringofen. Balke und Lerka bei der Arbeit an den Kammerdeckeln. Geschke, Balkes Handlanger, und Brillenträger, Lerkas Handlanger, schleppen Steine heran. Balke und Geschke bauen aus Klötzen und Brettern eine Bank um den Kammerdeckel, darauf Steine, Schamotte, Mörtel und vier Kalkkästen, an jeder Ecke einen. Lerka mauert schon, sehr schnell und schwitzend, Steine usw., aber nur einen Kalkkasten auf dem Boden, so daß er sich nach jedem Stein bücken muß.

BALKE So machst du dich kaputt. Nimm vier Kalkkästen und alles auf die Bank.

LERKA Ja, auf die lange Bank!

BALKE Es ist die kurze.

LERKA Mich kostet die Minute einen Groschen.

BALKE Du machst dich kaputt.

LERKA *ächzend:* Besser ein Jahr weniger, aber gut gelebt.
Balke arbeitet, Lerka schuftet. Geschke und Brillenträger, die Handlanger, kommen mit leeren Hucken, ohne Steine.

LERKA *zu Brillenträger:* Steine her!

BRILLENTRÄGER Die Steine sind alle.

GESCHKE *zu Balke:* Die noch da sind, sind feucht.

LERKA *zu Brillenträger:* Bring, was du kriegen kannst.

BRILLENTRÄGER Und wenn der Deckel reißt?

LERKA Bring Steine.

Brillenträger ab.

BALKE *zu Geschke:* Frag den Ingenieur, wo wir trockne Steine herkriegen.

Geschke ab. Pause.

BALKE Lerka, weißt du, was du machst, wenn du mit feuchten Steinen mauerst?

Brillenträger bringt feuchte Steine, Lerka mauert.

LERKA Tempo oder Qualität. Alles können sie nicht haben.

BALKE Die Minute kostet einen Groschen, Lerka. Aber der Ofen kostet mehr.

LERKA *nervös:* Wer hat mir was zu sagen? Der Laden hier ist volkseigen, stimmts? Ich bin das Volk, verstehst du.

Balke schweigt.

5

Buchhaltung. Büro des Direktors. Ein schmaler Gang dazwischen. Der Direktor betritt sein Büro, im Mantel. Er zieht den Mantel aus, setzt sich an den Schreibtisch. Der Buchhalter kommt über den Gang ins Büro. Fräulein Matz, allein in der Buchhaltung, unterbricht ihre Arbeit an den Lohnlisten und bearbeitet statt dessen ihre Fingernägel.

BUCHHALTER Ich wollte Ihnen nur sagen, Herr Direktor, so geht es nicht. Eine Planung, die davon ausgeht, daß die Öfen ständig ausgelastet sind, ist unverantwortlich bei dem Zustand der Öfen. Ein Zwischenfall, und wir stehen vor dem Nichts!

DIREKTOR *in einer Spiegelscherbe seine Bartstoppeln betrachtend, unaufmerksam:* Wir stehen vor dem Nichts, mein Herr. Wir bauen ein zerstörtes Land auf. Das bedeutet: Produzieren, um jeden Preis produzieren.

BUCHHALTER Es kann sein, die Produktion ist der Preis. Ich möchte nur darauf hingewiesen haben. Ich wasche meine Hände.

Er geht zurück in die Buchhaltung. Fräulein Matz schminkt sich.

BUCHHALTER Sie schminken sich schon wieder, Fräulein Matz.

FRÄULEIN MATZ Kann ich dafür, daß der Lippenstift nichts taugt? *Pause. Der Direktor zieht die Jacke aus und legt Rasierzeug zurecht.*

BUCHHALTER Früher hielt man sich an die Termine, aber die Kirche blieb im Dorf. Es kam Geld ein. Das Ausland interessierte sich für uns, und der Arbeiter wurde satt. Das war die Ausbeutung. Davon sind wir ja nun befreit.

FRÄULEIN MATZ Sehr komisch.

BUCHHALTER *scharf:* Sind die Lohnlisten fertig, Fräulein Matz? *Fräulein Matz schweigt, arbeitet heftig. Der Direktor fängt an, sich einzuseifen. Die Seife schäumt nicht. Im Gang erscheint Schurek, Geschke hinter ihm.*

GESCHKE Hör mal, Schurek, ich brauch sie. Soll ich barfuß arbeiten? *Er zeigt abgerissene Schuhe.*

SCHUREK Die Zuteilung ist ausgegeben.

GESCHKE Ich war wieder nicht dabei.

SCHUREK Wir stellen Tonbehälter her, feuerfeste Steine für die Industrie usw. Schuhe stellen wir nicht her, die Bezugscheine machen wir nicht. Ich kann deinetwegen nicht aus der Reihe tanzen. Wir müssen Opfer bringen für den Sozialismus.

GESCHKE Da soll ich barfuß in den Sozialismus laufen, was? Du gefällst mir, Schurek.
Schurek läßt Geschke stehen und geht ins Büro. Geschke blickt auf seine Schuhe. Es kommt ein junger Mann, der Reporter, er geht ins Büro, Geschke ab.

DIREKTOR *noch überm Einseifen, zum Reporter, den er erwartet hat:* Sie sind der Zeitungsschreiber?

REPORTER Ich brauch was über Produktionserfolge, für die Sonntagsbeilage.

DIREKTOR Das wird schwerhalten.

REPORTER Wie steht es mit dem Wettbewerb?

DIREKTOR Allein marschiert der Stiefel nicht.

REPORTER Wieso?

DIREKTOR Es muß ihn einer anziehn.

REPORTER *notiert:* Aha. Nachtrabpolitik.

DIREKTOR *wütend:* Sie halten die Produktion auf, mein Herr!

REPORTER *grinst:* Die Schaumproduktion, was?

DIREKTOR Wenn die Seife halb soviel Schaum schlagen würde wie die Zeitungsschreiber.

SCHUREK *zum Reporter:* Ich hab was für Sie, Kollege. Wettbewerb. Warten Sie, ich hol den Ingenieur. *Ab.*

Schweigen in Buchhaltung und Büro. Der Direktor rasiert sich. Schurek kommt mit Ingenieur Kant zurück.

KANT *zum Reporter:* Kant.

REPORTER Aus der Familie der großen Philosophen, was? *Er lacht ausgiebig.*

KANT Nicht direkt.

REPORTER Sie arbeiten nach sowjetischen Neuerermethoden, sozialistischer Wettbewerb?

KANT Wissen Sie, was ein Ringofen ist?

REPORTER *auswendig:* Ofen mit in Ringform angeordneten Brennräumen, nacheinander als Vorwärm-, Trocken-, Brenn- und Abkühlkammer dienend, zum Brennen von Zement, Kalk, Ziegeln usw. ohne Unterbrechung. Rauminhalt einer Kammer 8 Kubik, Deckel und Wände aus feuerfester Schamotte, Temperatur 1000 Grad. Heiße Arbeit.

DIREKTOR Ob er das ganze Lexikon auswendig weiß?

KANT Wir sind knapp mit Öfen durch die Bombenangriffe. Wir können einpacken, wenn einer ausfällt. Das Material taugt nicht viel. Vor kurzem sind in einem Ofen drei Deckel gerissen, eine Woche, nachdem wir zwei Maurer verloren hatten; einer ging ins Sanatorium, der andre über die Grenze. Für die Reparatur war drei Tage Zeit.

REPORTER Sabotage, was?

KANT Ich sagte schon: Das Material taugt nichts.

SCHUREK Sie haben gesagt, nicht viel.

REPORTER Verstehe. Objektive Schwierigkeiten.

KANT Der Brigadier, ein alter Facharbeiter, erklärte: In drei Tagen ist die Reparatur unmöglich. Richtig ist: die Norm sieht für einen Deckel drei Tage vor.

REPORTER »Die Facharbeiter brechen sich kein Bein. / Wenn das Haus auch einfällt, ihnen fällt nichts ein.« Von mir.

KANT Zwei nicht so alte Facharbeiter machten eine neue Norm. Das ist alles.

REPORTER Grandios.

Herein Lerka, eine Schramme im Gesicht. Er bleibt an der Tür stehn.

LERKA *zu Kant:* Der Deckel ist hin. *Pause.*

SCHUREK Du hast ihn gemauert, Lerka.

KANT Sie haben feuchte Steine vermauert, was?

LERKA Nicht direkt. Herr Ingenieur, ich war immer ein guter Arbeiter, aber wenns schneller gehn soll, als es geht. Zehn

Stunden Arbeit und zum Frühstück trocken Brot, und vier Kinder und eine kranke Frau.

KANT Wissen Sie, was Sie da gemacht haben, Lerka?

LERKA Werden Sies mir vom Lohn abziehn? Mit der Prämie ist es aus, das weiß ich.

SCHUREK Das ist Sabotage. Dafür wirst du bezahlen.

DIREKTOR Jemand verletzt?

LERKA Nein.

KANT Sie bluten.

LERKA *wischt sich mit dem Handrücken Blut aus dem Gesicht:* Eine Schramme.

Kant ab, ihm nach der Reporter. Wenn Lerka folgen will, spricht ihn der Direktor an.

DIREKTOR Lerka, ich weiß nicht, warum du das getan hast. Aber ich kann nicht so tun, als hättst dus nicht getan. Ich sitz hier nicht für mich und nicht zum Vergnügen.

LERKA Ihr könnt mir nicht den Kopf abreißen für ein Versehn. Denkt ihr, ich hab gewollt, daß der Deckel reißt?

SCHUREK Du hast dir ins eigne Fleisch geschnitten. Jetzt schrei nicht, daß es weh tut. *Pause.*

LERKA So ist das also. Da schindet man sich krumm, ins Kreuz getreten dreißig Jahre, fressen wie ein Hund und in Trab wie ein Gaul. Und jetzt heißt es: ein Saboteur! Das ist also euer Arbeiterstaat. Ihr seid nicht besser als die Nazis.

DIREKTOR *gepreßt:* Sag das noch mal.

LERKA Ich hab gesagt, ihr seid nicht besser als die Nazis.

Direktor schlägt Lerka ins Gesicht. Pause.

Das kostet dich die Stellung, Direktor. Das ist nicht wie bei Hitler. *Ab.*

Pause. Dann geht der Direktor in die Buchhaltung hinüber.

DIREKTOR Sind die Lohnlisten fertig?

FRÄULEIN MATZ Ja.

6 a

Buchhaltung und Büro. Der Direktor am Schreibtisch, angestrengt und lustlos lesend. Auf dem Schreibtisch ein Stoß Bücher über Buchführung. Der Buchhalter zahlt Lohn aus, an Geschke, an Brillenträger, an Balke.

BUCHHALTER *zu Balke:* Ihnen soll ich 400 Prozent auszahlen. Da kriegen Sie wohl das Geld für Herrn Lerka mit?

BALKE Ja, 400. Nach der alten Norm. Das muß ich verlangen.

Sonst kriegen wir die neue Norm nicht, die wir brauchen. Wenn mans ihnen schwer macht, machen sie sichs leicht.

Geschke und Brillenträger sehn zu, wie Balke das Geld einsteckt, gehn ins Büro zum Direktor, Balke ab.

GESCHKE Der Aktivist kriegt eine Prämie. Die Steine haben wir geschleppt.

Brillenträger nickt.

DIREKTOR Was ihr gemacht habt, kann jeder machen.

GESCHKE Ich machs nicht wieder. *Mit Brillenträger ab.*

Schurek tritt ins Büro, eine Zeitung schwingend.

DIREKTOR *nervös:* Was willst du?

SCHUREK *nimmt ein Buch auf und liest den Titel:* »Doppelte Buchführung.« Wird der Buchhalter entlassen?

DIREKTOR Nein, kontrolliert. Was willst du?

SCHUREK *entfaltet die Zeitung, in der Balke abgebildet ist:* Hier. Unser bestes Pferd. Das kommt in die Wandzeitung.

Er trennt das Blatt mit dem Bild ab, nimmt Reißnägel aus der Tasche, befestigt das Blatt an der Wand, tritt zurück und prüft die Wirkung.

DIREKTOR Hier ist kein Pferdestall. *Er liest weiter.*

Schurek ab. Das Zeitungsbild bleibt hängen. Der Direktor nimmt eine Flasche und ein Schnapsglas aus dem Schreibtisch, trinkt. Es kommt Schorn, der neue Parteisekretär. Der Direktor, nach einem Versuch, Glas und Flasche verschwinden zu lassen, stellt ein zweites Glas vor Schorn.

SCHORN *schiebt das Glas weg:* Danke.

DIREKTOR *füllt sein Glas:* Hier ist ein heißes Pflaster. Leicht wirst dus nicht haben als Parteisekretär. Du bist der dritte. *Er trinkt.* Den ersten hat der Schnaps kaputtgemacht. Mit Saufen angefangen hat er wegen Sabotage. Der zweite war ein grüner Junge, frisch vom Lehrgang, ein Tintenfisch. Er sitzt im Westen. Der Arbeiter hat kein Vertrauen zur Partei. Der Faschismus steckt ihm in den Knochen. Granaten haben sie gedreht mit allen Vieren, jetzt schreien sie ›Akkord ist Mord‹. Wenn du mich fragst: ich trau keinem. *Er trinkt.*

SCHORN *auf das Zeitungsblatt deutend:* Wer ist das?

DIREKTOR Balke, Bestarbeiter, 400 Prozent. Unser bestes Pferd.

SCHORN Er hat mir unters Beil geholfen 44, unser bestes Pferd. Gib mir einen Schnaps.

DIREKTOR *gibt ihm einen Schnaps:* Der hat nur vierzig.

6 b

Kantine. Mittagspause. Am HO-Stand ein Schild: »Wegen Warenübernahme geschlossen«. Das Spruchband ist entfernt. Auf den Tischen liegen Decken. An der Hinterwand ein Brett. Darauf steht »Wandzeitung«. Das Brett ist leer.

GESCHKE *löffelnd:* Meinem Ausbeuter hätt ich so was ins Gesicht geschüttet.

KOLBE Geschke, der Held!

EIN ANDERER Es ist Fleisch drin.

KARRAS Fleisch hat er gesagt. Er spinnt. Das ist der Hunger.

KALBSHAXE Heiligabend hatten wir immer Kalbshaxe, bis vierundvierzig. *Zu Karras:* Kennst du Kalbshaxe? Wenn du sie in Butter schmorst, zergeht sie auf der Zunge.

KARRAS Wer hat die Kalbshaxe bezahlt?

KALBSHAXE *kichernd:* Der Staat. Ich war Beamter.

EIN ANDERER Und wer hat den Staat bezahlt?

ZEMKE *zu Kalbshaxe:* Nazi gewesen?

KALBSHAXE Ich hatte sechs Kinder, Kollegen.

KARRAS Das kommt vom Fleischfressen.

Herein Fräulein Matz. Sie bringt das Zeitungsblatt mit Balkes Bild am Wandbrett an. Karras sieht ihr zu. Das Brett hängt hoch.

Ich glaube, in der Suppe war Fleisch.

Lachen. Fräulein Matz schnell ab.

STETTINER Da hängt der Aktivist.

Herein Balke.

ZEMKE *laut:* Da kommt er persönlich, die Arschtasche prall von unserm Geld. *Er reißt das Zeitungsblatt mit Balkes Bild vom Wandbrett.*

STETTINER *geht in Deckung, dann:* Lohndrücker. Arbeiterverräter.

GESCHKE Was kriegt der Handlanger, Balke?

Balke holt sein Essen, setzt sich. Die am Tisch Sitzenden stehn auf, zuerst Karras und Zemke. Sitzen bleiben Kolbe und Krüger.

KRÜGER Balke, ich hab nichts gegen dich, und Stettiner war in der SA und ist ein Arschloch. Aber das ist wahr: du bist uns in den Rücken gefallen.

BALKE Ich hab nichts für mich behalten.

STETTINER Das ist nicht anständig, das ist dämlich.

BALKE Was ich gemacht habe, kann jeder machen.

KARRAS Kann.

BALKE In der Versammlung gestern habt ihr euch das Maul zerrissen: es gibt keine Schuhe. Wenn die Arbeiter in den Schuhfabriken mehr Schuhe machen würden, hätten wir mehr Schuhe.

EIN ARBEITER Mach ein Kind, wenn du kastriert bist.

SCHUREK Es liegt an uns, ob wir zu einem bessren Leben kommen.

KARRAS Das kann ich in der Zeitung lesen, auf die mein Hintern abonniert ist.

BALKE Mit dem gescheiten Hintern gehörst du ins Büro.
Lachen.

KRÜGER Liegt an uns, sagst du. Gut, an uns solls nicht liegen. Aber wer schöpft ab? Hast du den Gewerkschaftsprediger gesehn in der Versammlung gestern?

KOLBE Wenn er dir nicht gefällt, warum läßt du ihn dir gefallen?

GESCHKE Warum wohl?

KOLBE Im Direktorzimmer sitzt ein Arbeiter am Schreibtisch. Du bist auch ein Arbeiter und kannst mit ihm reden.

KARRAS Und wer hat Lerka die Sabotage angehängt für den Unfall? Der Arbeiter am Schreibtisch. Den Arbeiter hat er mit dem Arbeitsanzug ausgezogen.

BALKE Es war kein Unfall. Das wißt ihr so gut wie ich. *Pause.* Wenn ihr von der neuen Norm nichts wissen wollt, wer drückt dann den Lohn, ihr oder ich?

KOLBE Ihr schneidet euch ins eigne Fleisch. Wir leben so gut wie wir arbeiten.

KRÜGER Den Finger geben wir, den Arm reißen sie uns aus.

ZEMKE *zu Balke:* Wenn du weiter den Lohndrücker machst, schlagen wir dich zum Krüppel.

7

Straße. Abend.

SCHORN Wir haben zusammen in der Rüstung gearbeitet, Balke. Vierundvierzig haben sie mich eingesperrt: Sabotage. Dich haben sie nicht eingesperrt. Du warst der Denunziant.

BALKE Was heißt da Denunziant. Ich war in der Prüfstation. Da hatten sie mich hingestellt, weil sie mich hereinlegen wollten, zwischen zwei Aufpasser. Bei den Handgranaten aus eurer Abteilung waren die Schlagstifte zu kurz. Ich ließ sie durchgehn oder legte sie zum Ausschuß, je nachdem, wo die Spitzel standen. Das riß aber nicht ab. Ich war auch dafür, daß man den Krieg abkürzt, aber mir hätten sie den Kopf abgekürzt, wenns ohne mich herauskam.

SCHORN *kalt:* Vielleicht. *Schweigen.* Was war da für ein Streit in der Kantine heute mittag?

BALKE Das ging gegen mich. Lohndrücker, Arbeiterverräter und dergleichen. *Pause.*

SCHORN Sag es mir, wenn sie dir Schwierigkeiten machen. *Pause.*

BALKE Was gewesen ist, kannst du das begraben?

SCHORN Nein.

8 a

Technisches Büro. Die Ingenieure Kant und Trakehner, der Direktor, Schorn, Balke, Bittner.

DIREKTOR Der Ofen 4 ist gerissen. Ich brauche Ihnen nicht zu erklären, was das heißt. Die zerbombten Öfen sind noch nicht wieder aufgebaut, Material ist knapp. Wenn ein Ofen ausfällt, ist der Plan ein Stück Papier.

TRAKEHNER Das ist er mit und ohne Ofen 4.

DIREKTOR Darüber läßt sich streiten. Sie haben sich den Ofen angesehn. Eins ist klar: Er muß völlig umgebaut werden, mit Ausflicken ist nichts getan. Das heißt: er fällt aus, vier Monate, solange dauert der Umbau.
Es wird an die Tür geklopft.

FRÄULEIN MATZ Entschuldigung. Der Zeitungsreporter ist hier. Er will zu Ihnen. Er sagt, er braucht was aus der Produktion, für die Sonntagsbeilage.

DIREKTOR Sagen Sie ihm, er soll über Maikäfer schreiben. Das interessiert die Leute im Dezember. Ich kann ihn nicht gebrauchen. Jetzt nicht.

FRÄULEIN MATZ *kichert, dann:* Aber ... *Auf einen Blick vom Direktor:* Ja. Maikäfer. *Ab.*

DIREKTOR Es ist üblich, den Ofen für die Zeit des Umbaus ganz stillzulegen. Es ist immer so gemacht worden. *Pause. Trocknet sich den Schweiß ab.*

TRAKEHNER Ich sehe keine andre Möglichkeit.

BITTNER Richtig, es ist immer so gemacht worden.
Kant schweigt.

DIREKTOR Wenn wir den Ofen stillegen, kommen wir in Teufels Küche. Da sind vor allem die Liefertermine.

TRAKEHNER Ist es vorgekommen, daß sie eingehalten wurden?

DIREKTOR Es ist vorgekommen. Jedenfalls, mit dem Ofen 4 steht und fällt der Produktionsplan. Stillegen ist ausgeschlossen.

TRAKEHNER Schön und gut, aber nicht stillegen ist auch ausgeschlossen.

DIREKTOR Das wollt ich fragen.

KANT Sie wollen den Ofen bei Feuer umbauen?

DIREKTOR Ja. Die Kammer, die in Arbeit ist, wird natürlich stillgelegt.

TRAKEHNER Unfug.

BITTNER Wenn das ginge, die Unternehmer hätten es gemacht.

TRAKEHNER Preisfrage: Was fällt eher zusammen: Maurer oder Ofen?

KANT Bei 100 Grad Hitze kann man vielleicht arbeiten. Die Frage ist: Kann man sauber arbeiten? Ich bezweifle das.

SCHORN Das ist nicht nur eine Frage der Technik, des Materials.

TRAKEHNER »Sondern eine Frage des Bewußtseins.« Ich maße mir nicht an, Ihnen da hineinzureden, schließlich werden Sie dafür bezahlt. Aber hier handelt es sich um Tatsachen.

SCHORN Die Arbeiterklasse schafft neue Tatsachen.

TRAKEHNER Hut ab vor der Arbeiterklasse. Aber Ausbeutung ist keine neue Tatsache.

DIREKTOR Der Maurer Balke hat sich bereit erklärt, den Ofen umzubauen, bei Feuer. Ich bin dafür, daß sein Vorschlag geprüft wird.

TRAKEHNER Balke ist ein Wirrkopf.

SCHORN Balke ist Maurer.

TRAKEHNER Ich verstehe. Wenn der Maurer den Ofen macht, ist er ein Held. Wenn der Ofen reißt, sind wir die Saboteure.

Schorn lächelt.

BITTNER Der Ofen wird reißen.

BALKE Er ist gerissen.

BITTNER Du denkt, du bist gerissner, was?

TRAKEHNER Ich lehne die Verantwortung ab.

BALKE Ich verlange, daß ich den Ofen machen kann.

Pause, Trakehner raucht eine Zigarre an.

DIREKTOR Wir kommen in Teufels Küche.

TRAKEHNER Denken Sie von mir, was Sie wollen. Ich habe immer meine Pflicht getan.

DIREKTOR Mehr.

TRAKEHNER Jawohl, auch mehr. Aber daß ich meinen Ruf als Fachmann aufs Spiel setze, das geht zu weit. Das kann niemand von mir verlangen. *Pause.* Dieser Plan ist etwas für den Papierkorb, eine Utopie.

BALKE *zum Direktor:* Ich kann den Ofen auch ohne Ingenieur umbauen.

TRAKEHNER Bitte. *Er steht auf.* Ich finde mein Brot überall. Ihren Sozialismus aufzubauen ist kein Spaß. *Er drückt seine Zigarre aus.* Nicht einmal die Zigarren sind ein Spaß.

SCHORN Sie haben recht.

TRAKEHNER Wie?

SCHORN Ich sage, Sie haben recht. Aber Balke kann den Ofen 4 nicht ohne Ingenieur machen.

Pause. Trakehner setzt sich und raucht die Zigarre wieder an.

KANT *zu Balke:* Haben Sie eine Kalkulation gemacht?

BALKE *reicht ihm Papiere:* Ich habs versucht. *Schweigen. Kant liest.*

8 b

Halle. Arbeiter. Der Direktor, Balke und Schurek vor ihnen.

DIREKTOR Eine große Sache haben wir vor. Das gibt ein Beispiel für die ganze Produktion. Damit können wir beweisen, was die Arbeiterklasse leisten kann. Es muß für euch eine Ehre sein, mitzumachen. *Pause.*

SCHUREK Es ist eine Arbeit wie jede andre. Nur daß sie zum erstenmal gemacht wird.

EIN ARBEITER Schnaps ist Schnaps, sagte der Budiker und schenkte Terpentin aus.

KRÜGER Das ist Ausbeutung.

BALKE Es geht um den Plan, Kollegen.

STIMME *aus dem Hintergrund:* Wir scheißen auf den Plan.

BALKE Fragt sich, ob ihr was zu scheißen habt ohne den Plan.

Brillenträger lacht meckernd, verstummt, als die andern nicht mitlachen.

Ich kann den Ofen nicht allein umbaun, aber wir brauchen ihn. *Schweigen.*

DIREKTOR Krüger, du sagst: Ausbeutung. Du bist dein Leben

lang ausgebeutet worden. Jetzt ist dein Junge auf der Universität.

KRÜGER Hab ich ihn auf die Universität geschickt? Ich war dagegen. *Schweigen.*

BALKE Es wird schwer sein, sehr heiß. Doppelter Verdienst, dreifache Arbeit.

EIN ARBEITER Und acht Jahre, wenn was schief geht, wie bei Lerka.

BITTNER Ich sage, das wird Murks.

BALKE Ich weiß, was ich mache. *Pause.*

KOLBE Ich hab in einem Panzer gesessen, bis fünfundvierzig. Das war auch kein Kühlschrank. Ich mach mit.

KRÜGER *tritt vor:* Wenns sein muß.

8 c

Hof. Stettiner, Geschke, dann Brillenträger, später Kolbe.

STETTINER Brauchst du trockne Steine, Geschke? Am Ofen 4 liegt Vorrat.

GESCHKE Die braucht Balke selber.

STETTINER Eben.

Brillenträger, aus der Kantine kommend, bleibt stehen.

Mensch, wenn die den Ofen fertigkriegen, ist unser Lohn versaut bis 1980.

Kolbe kommt mit Balkes Essen aus der Kantine.

Laut: Er schleppt ihm schon das Essen in den Ofen, dem Herrn Brigadier. Der schont sich.

KOLBE Wenn ich herauskriege, wer Balke die Jacke geklaut hat, daß er nicht in die Kantine kann, aus der Ofenhitze über den Hof, ich weiß, was ich mache.

STETTINER Die Menschen sind schlecht.

Kolbe ab.

GESCHKE Hast du die Jacke?

STETTINER Wenn du eine brauchst, dir geb ich sie billig, Geschke.

Geschke ab.

BRILLENTRÄGER Guter Stoff?

STETTINER Reine Wolle. Fast neu.

8 d

Am Ofen. Balke und Krüger. Sie sind erschöpft. Kolbe kommt mit Balkes Essen und Bier.

KOLBE *trinkt:* Gegen den Ofen war der Panzer ein Kühlschrank.

BALKE *essend:* Der Ofen ist kein Nazitank. Du kannst aussteigen.

KRÜGER *zu Kolbe:* Hast du die Zeitung mit?

KOLBE *zieht eine Zeitung aus der Tasche:* Hier. »Durchbruch im VEB ›Roter Oktober‹. Die Arbeiter des VEB ›Roter Oktober‹ erzielten einen Durchbruch. Der Aktivist Balke entwickelte den Plan, einen Ringofen, der gerissen war, ohne Betriebsunterbrechung umzubauen, was in diesem Produktionszweig als unmöglich galt. Propagiert durch den BGL-Vorsitzenden Schurek ...«

KRÜGER Ausgerechnet Schurek.

KOLBE »... wurde diesem Plan begeistert zugestimmt, der eine Einsparung von 400 000 Mark bedeutet und die Planerfüllung sicherstellt. Wir suchten die Brigade des kühnen Neuerers an ihrem Arbeitsplatz auf, wo ein reges Treiben herrscht, und konnten einen Blick in den Ofen werfen. Wie diese Männer mit den Steinen umgehn, das ist sozialistisches Tempo ...« Spinner! Ohne Tempo verbrennst du dir die Pfoten. *Er liest weiter:* »Sie arbeiten mit Handschuhen, denn die Steine glühen, und im Vordergrund steht die Sorge um den Menschen. Während eine Kammer nach der andern stillgelegt, abgerissen und neu ausgemauert wird, brennt nebenan hinter einer dünnen Wand das Feuer weiter. Es kommt vor, daß die Pantinen der Männer in Brand geraten. Eine Leistung, welche sich der Laie nicht vorstellen kann. Von den nackten Oberkörpern rinnt der Schweiß, aus den Gesichtern sprechen Entschlossenheit und Zuversicht. Die Belegschaft ist stolz auf sie.«

BALKE Deswegen klauen sie uns auch die trocknen Steine, die wir brauchen.

KOLBE Wenn der Tintenkuli wiederkommt, machen wir Schulung mit ihm, bei hundert Grad im Ofen.

KRÜGER Dich hat er ja ganz schön herausgestrichen, Balke.

9

Ofen. Darin Balke, Krüger und Kolbe bei der Arbeit. Brillenträger wirft im Vorbeigehen einen Stein, der Balke trifft.

KRÜGER Das ist zu viel.

KOLBE *den Stein aufhebend:* Den heben wir auf. Das ist ein Beweisstück.

BALKE *die getroffene Stelle reibend:* Ist er trocken?

KOLBE Ja.

BALKE *grinsend:* Das Beweisstück wird vermauert.

Kolbe reicht ihm den Stein.

10

Kneipe, Straße. Abend. Der Budiker spült Gläser. An der Trümmerwand eine primitive Aktzeichnung. Daneben steht ein junges Mädchen.

EIN JUNGER MANN *schlendert an dem Mädchen vorbei und zurück:* Haben Sie hier Modell gestanden, Fräulein?

Das junge Mädchen geht schnell ab. Geschrei von Kindern beim Kriegsspiel, näher kommend. Der junge Mann tippt mit einem Finger dem Akt auf die Brüste und geht dem Mädchen nach, pfeifend. Zwei Jungen mit rostigem Stahlhelm und Gasmaske, bewaffnet mit Resten einer Maschinenpistole. Ein dritter, der kleinste, trommelt auf einem Topf.

ERSTER JUNGE *»schießt«, brüllt:* Tot!

ZWEITER JUNGE Gilt nicht.

DER ERSTE *geht auf ihn los und wirft ihn zu Boden:* Gib deine Waffen ab. Los! *Sie ringen um die Waffen.*

DER ZWEITE Ich bin der Ami, und der Ami gewinnt, sagt mein Vater. *Er »schießt«.*

DER ERSTE Spielverderber!

DER ZWEITE Feigling. *Sich prügelnd ab. Der dritte folgt, trommelnd.*

Zwei Herren mit Aktentaschen.

ERSTER HERR *im Gehen:* Wie ich die Lage sehe, kommt es bestimmt zum Krieg. Amerika kann sich das nicht gefallen lassen. Wissen Sie, was ich gehört habe? *Er sieht sich um, flüstert: . . .*

ZWEITER HERR Er soll gesagt haben: Der Krieg ist nicht unvermeidlich. *Mit erhobenem Zeigefinger:* Nicht unvermeidlich!

Die Preisbewegung in der HO

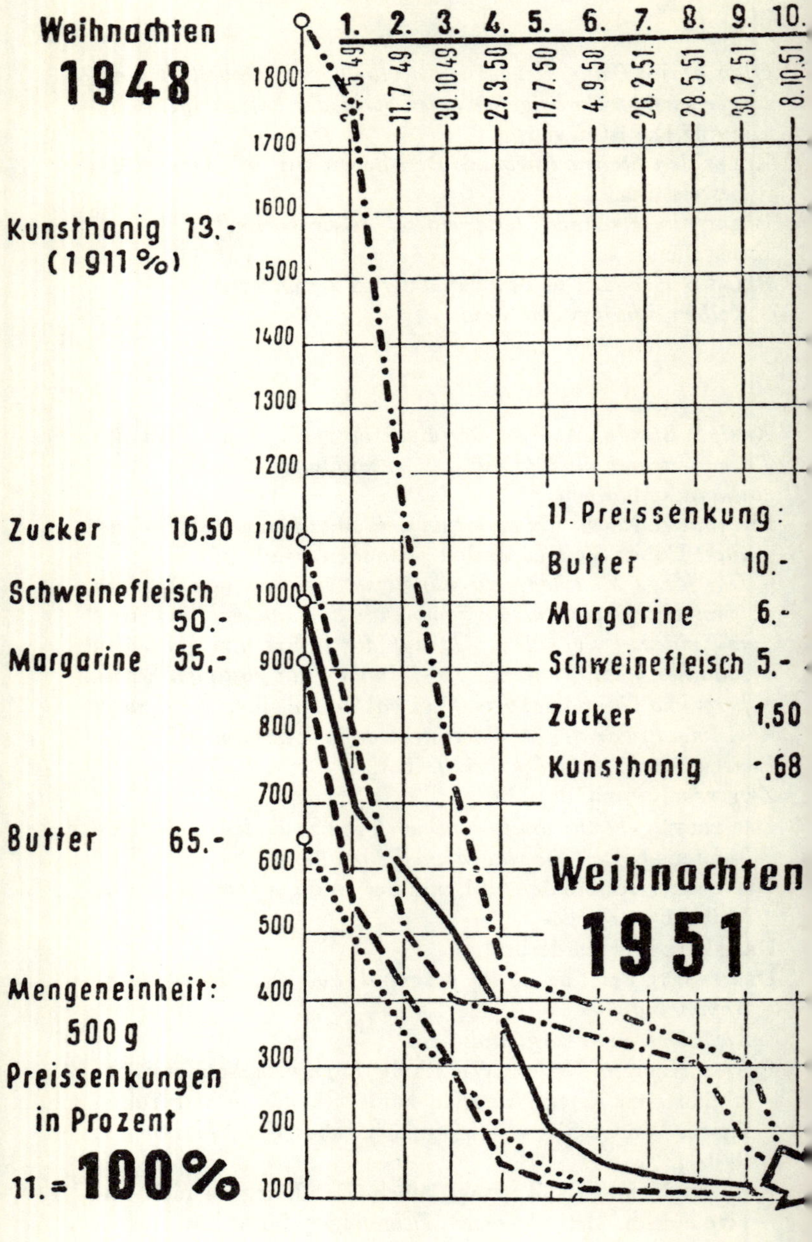

Baubrigaden warten auf neue Arbeit

Will VEB Wohnungsbau Berlin täglich 8000 DM nutzlos ausgebe

Brigade Franik hielt Wort

Glück und Stolz sprechen aus den lachenden Gesichtern der Kumpel von der Brigade Franik des Karl=Marx=Werkes in Zwickau. Der Juniplan des Werkes ist

Nationalpreisträger und Verdienter Bergmann Franz Franik
Porträtplastik von Prof. Fritz Cremer

Die zwei Herren lachend ab.

Zwei Bauarbeiter gehen in die Kneipe. Der Budiker bringt Bier.

DER ERSTE BAUARBEITER Acht Tage noch. Dann saufen wir Wasser.

DER ZWEITE Mein Eisschrank ist im Eimer, arbeitslos. Noch acht Raten.

DER BUDIKER Die Herren sind von drüben?

DER ERSTE BAUARBEITER Was dagegen?

DER BUDIKER *hält ein Glas mit Wasser hoch:* Sehn Sie, was ich trinke? Wasser. Sie meinen, der Budiker kann Bier trinken? Hier nicht. Im Osten nicht. Hier wird der Mittelstand ausgehungert.

DER ERSTE BAUARBEITER *tippt dem Budiker auf den Bauch:* Ist das auch Wasser?

DER BUDIKER Der Gewerbetreibende hat nichts zu lachen. Lieber arbeitslos in Freiheit.

DER ERSTE BAUARBEITER Gemacht. Wir übernehmen die Budike. *Zum zweiten:* Laß dir die Bücher zeigen, Hanke! *Zum Budiker:* Sind Hypotheken drauf?

DER BUDIKER Seien Sie froh, daß Sie nicht in meiner Lage sind.

DER BAUARBEITER Rückzieher? Das kostet.

DER BUDIKER *lacht blöd:* Weil Sies sind. Ein Lage. *Die Bauarbeiter trinken aus und gehen.*

In die Kneipe kommen Karras und Zemke. Der Budiker bringt Bier und Schnaps.

ZEMKE Hast du noch eine Zigarette? Danke.

KARRAS Balke hat es immer noch nicht aufgegeben, der verrückte Hund.

ZEMKE Der braucht einen Denkzettel.

Karras schweigt.

ZEMKE Er arbeitet heute wieder länger. Er fährt mit dem Rad nach Hause, allein. Er muß hier vorbei.

KARRAS Balke ist ein zäher Hund.

ZEMKE Ein Lump ist er. Ich weiß Bescheid. Ich war rot wie keiner. Mit Faust und Stuhlbein für die Weltrevolution. Sie haben mich auf den Kopf geschlagen und in den Arsch getreten, Polizei und Reichswehr. Ich hab gesagt: In Ordnung, es ist für die Weltrevolution. Dann hab ich gemerkt, unsre Führung hat den Kopf nicht hingehalten. Wie ich das gemerkt hab ...

KARRAS Bist du zur SA gegangen.

ZEMKE Wieso?

KARRAS Warst du etwa nicht in der SA?

ZEMKE Gehts dich was an? *Pause.* Partei ist Partei. Alles dasselbe. Leere Versprechungen und die Kassen voll Arbeitergroschen. Die Weltrevolution müssen wir selber machen, Karras. Da wäscht uns kein Regen ab.

KARRAS Balke hat uns die Norm versaut. Dafür kriegt er acht Mark die Stunde und von mir einen Denkzettel, daß er nicht mehr in den Ofen paßt. Aber deine Weltrevolution kannst du allein machen, Zemke.

ZEMKE Schiß?

KARRAS Ich nicht.

ZEMKE Ich komm auf zwanzig Mark die Stunde, wenn ich will. Aber ich laß mich nicht kirre machen. *Pause.*

KARRAS Wir haben ihn gewarnt. *Er geht zur Tür, blickt auf die Straße.* Er kommt. *Sie gehen hinaus, Balke entgegen.*

KARRAS Steig ab, Balke.

BALKE *bremst sein Fahrrad und steigt ab:* Was wollt ihr? Ihr seid ja besoffen.

KARRAS Wir haben dich gewarnt, Balke.

BALKE Was wollt ihr?

Zemke schlägt zu. Das Fahrrad fällt um.

An der Trümmerwand: Ihr schlagt euch selber ins Gesicht.

Zemke und Karras schlagen auf ihn ein.

11

Büro. Schorn, Direktor.

SCHORN Wenn Balke ausfällt, wer übernimmt den Ofen?

DIREKTOR *zögernd:* Es ist das erstemal, daß ein Ofen bei Feuer umgebaut wird.

SCHORN Das heißt: Es geht nicht ohne Balke?

DIREKTOR Noch nicht.

SCHORN Es hängt viel von ihm ab. Zu viel. *Pause.* Ich habe mit ihm in der Rüstung gearbeitet, Handgranaten. Seine Handgranaten waren immer in Ordnung. Er war ein guter Arbeiter. Er hat die Aufrüstung nicht sabotiert. Ich frage mich: Wird er den Aufbau sabotieren?

Herein Stettiner.

DIREKTOR Was willst du?

STETTINER Ich wollte fragen, ob mein Verbesserungsvorschlag

schon geprüft ist. Es geht mir nicht um die Prämie.

DIREKTOR Worum denn?

STETTINER Wir haben doch eine Arbeiterregierung. Ich bin Arbeiter.

DIREKTOR Wir arbeiten nicht für die Regierung. Du kriegst Bescheid, wenn dein Vorschlag geprüft ist.

STETTINER *bleibt stehen:* Ich war in der SA, das stimmt. Hitler hat mich hereingelegt. Jetzt haben wir eine Arbeiterregierung.

DIREKTOR *schroff:* Was willst du?

STETTINER Ich will eintreten, in die Partei.

Direktor schweigt. Pause.

SCHORN Hier ist ein Formular. Füll es aus. *Stettiner ab mit dem Formular.*

DIREKTOR Zweimal Arbeiterregierung *blickt auf die Uhr* in drei Minuten. Das ist zuviel.

SCHORN Drei neue Mitglieder im Jahr, das ist zu wenig.

DIREKTOR Weniger ist vielleicht mehr.

12

Am Ofen. Balke, im Gesicht Schlagspuren, Kolbe und ein Arzt stehen vor Krüger, der bleich auf Steinen hockt, an Steine gelehnt. In einiger Entfernung Bittner, Karras, Zemke und andere. Krüger atmet mühsam.

DER ARZT Ich habe gesagt, diese Art zu arbeiten ist Selbstmord. Aber auf den Arzt hören sie ja erst im Sarg. *Zu Krüger:* Hören Sie, Mann, lassen Sie den Ofen Ofen sein, sonst krieg ich Sie nicht wieder auf die Beine. Sie, Balke, gehören auch eher in ein Krankenbett als in den Ofen.

BALKE Ich glaube, Sie wissen nicht, worum es geht, Herr Doktor.

DER ARZT Um die bessre Zukunft auf den Knochen der Arbeiter, wie?

KRÜGER *mit Anstrengung:* Das hätten Sie den Nazis sagen sollen, Doktor.

DER ARZT Ich verbiete Ihnen, zu sprechen, Krüger, Sie kriegen eine Blutung.

KRÜGER Vorhin haben Sie gesagt, das ist schon eine.

DER ARZT Noch ein Wort, und Sie haben eine. Was ist mit Ihrem Schädel, Balke? Wollten Sie wieder mit dem Kopf durch die Wand? Die Wand war stärker, wie?

BALKE Die Wand war ich.

Karras ab. Herein zwei Arbeiter mit einer Trage. Sie bringen Krüger hinaus, gefolgt vom Arzt und Kolbe. Die Zuschauer zerstreuen sich. Zurück bleiben Bittner und ein junger Arbeiter. Balke setzt sich auf die Steine.

DER JUNGE ARBEITER Bittner, was meinst du, schaffen sies?

Bittner zieht die Schultern hoch.

Wetten wir. Ich sag: sie schaffens.

BITTNER Ich wette nicht.

Der junge Arbeiter ab. Bittner tritt zu Balke, bietet ihm eine Zigarette an. Balke nimmt eine volle Packung aus der Tasche.

Hast du schon Ersatz für Krüger, Balke?

Balke schweigt.

Ich würde schon mitmachen. Was sein muß, muß sein.

Balke schweigt.

Das ist so: Ich hab gedacht, ich bin seit dreißig Jahren Ofenmaurer, ich weiß alles über Öfen, und mir macht keiner was vor.

BALKE Und wenn du dich wieder irrst?

BITTNER Willst du den Ofen allein machen, Balke?

BALKE *steht auf:* Hab ich das gesagt? Ich hab nichts dagegen, daß du mitmachst.

BITTNER Gehn wir zusammen? *Sie gehen.*

Stettiner und Brillenträger kommen vorbei.

STETTINER Wenn einer den Einfall hat, genügend Steine in den Gaskanal zu schmeißen, seh ich schwarz für Balke und den Ofen.

13

Am Ofen. Balke, Schorn.

BALKE Steine im Gaskanal. Das heißt: drei Tage Aufenthalt. Der Plan fällt ins Wasser. *Pause.* Ich frage mich, wie lange steht der Ofen noch. Ich höre auf, ehe sie ihn in die Luft jagen. Sie haben gelacht über den blöden Aktivisten. Steine haben sie mir nachgeschmissen. Sie haben mich zusammengeschlagen auf der Straße. Ich werd ihnen was scheißen.

SCHORN Wem? *Schweigen.* Weißt du, wer die Steine in den Gaskanal geschmissen hat? *Schweigen.*

BALKE Was passiert, wenn ich den Namen sage?

SCHORN Du mußt wissen, was du willst, Balke.

BALKE Ich bin kein Denunziant.

SCHORN Du mußt wissen, was du willst. Uns gehören die Fabriken und die Macht im Staat. Wir verlieren sie, wenn wir sie nicht gebrauchen. *Schweigen.*

BALKE Der Brillenträger wars.

14

Kantine. Arbeiter, die Verkäuferin.

ZEMKE Erst Lerka, jetzt der Brillenträger. Das ist zuviel.

STETTINER Das ist die Arbeitermacht. *Ab.*

GESCHKE Ja, das lassen wir uns nicht gefallen.

EIN ANDERER Was können wir machen?

EIN JUNGER ARBEITER Wir streiken.

EIN ÄLTERER Wir schneiden uns ins eigne Fleisch.

ZEMKE Ich kenn einen, der im Ministerium sitzt. Unter Hitler war er so – *er zeigt ein Streichholz.* Jetzt hat er Übergröße und braucht jede Woche einen neuen Anzug. Das ist das Fleisch, in das wir schneiden. Wer arbeitet, ist ein Verräter.

Sirene. Der ältere Arbeiter ab.

EIN ALTER Ich wette, der hetzt uns die Polizei auf den Hals.

Einige Arbeiter ab.

EIN ARBEITER *zum Alten:* Dir kanns ja recht sein. Dein Ältester ist doch bei der Polizei.

DER ALTE Ja, er ist schon Leutnant. *Er steht auf und geht, langsam. Zwei andre folgen.*

ZEMKE Wer arbeitet, ist ein Verräter. *Pause. Tritt an den HO-Stand:* Bier. *Die Verkäuferin kommt heraus und schließt den Stand ab.*

Was soll das heißen?

VERKÄUFERIN *trocken:* Streik. *Ab.*

EIN ARBEITER Das geht zu weit.

Ein anderer steht auf und geht. Herein Balke.

ZEMKE Da kommt der Denunziant.

BALKE *zu Bittner und Kolbe:* Wollt ihr nicht anfangen?

ZEMKE *pflanzt sich vor Balke auf:* Mit einem Denunzianten arbeiten wir nicht.

Bittner und Kolbe schweigen. Balke ab. Zemke spuckt aus. Pause.

EIN ARBEITER Ich will meine ruhige Kugel schieben, das ist alles. Akkord ist Mord.

Zemke hat den HO-Stand aufgebrochen, zerrt einen Kasten Bier heraus. Dabei tritt er auf die Butter.

KARRAS Steig von der Butter, Zemke.

ZEMKE Scheiß auf die Butter.

Die Arbeiter, außer Karras, Bittner und Kalbshaxe, holen sich Bier.

ZEMKE Was ist mit dir, Kalbshaxe?

KALBSHAXE Ich hab kein Geld.

ZEMKE Das ist Freibier, du Idiot. VEB Zemke.

Kalbshaxe holt sich Bier. Es kommen Balke, Schorn, der Direktor mit einigen Arbeitern.

SCHORN Bringt das Bier zurück.

Zemke trinkt, Schorn ansehend, in langen Zügen. Die Arbeiter, einer nach dem andern, trinken zögernd. Kolbe, eine Flasche in der Hand, trinkt nicht.

Was wollt ihr?

ZEMKE *trinkt die zweite Flasche:* Gerechtigkeit.

ANDERE Wo ist der Brillenträger?

Wo ist Lerka?

Die Norm muß weg.

Akkord ist Mord.

SCHORN *zeigt auf die zertretene Butter:* Soll die Butter auch weg?

Pause.

EIN ARBEITER Was hat die Butter mit der Norm zu tun?

SCHORN Ohne Norm keine Butter.

EIN ARBEITER Ohne Butter keine Norm.

SCHORN Wer macht die Preise?

ZEMKE Uns machst du nicht besoffen.

SCHORN Das besorgt ihr selber, wie?

DIREKTOR Geht an die Arbeit.

ZEMKE Nicht ohne den Brillenträger.

DIREKTOR Die Sabotage kostet zwanzigtausend.

SCHORN Das ist unser Geld. Und ihr schreit nach Freiheit für den, der uns darum gebracht hat.

ZEMKE Schön reden konnten sie schon immer, wenns um ihre Posten ging. Wer arbeitet, ist ein Verräter.

BALKE Und worum gehts dir, du Maulheld?

SCHORN Du kannst gehen, Zemke. *Pause.*

ZEMKE Ich mache, was ich will. *Er steckt die Bierflasche ein und geht zur Tür.*

SCHORN Das Bier wird bezahlt

Zemke zurück, schmeißt Geld auf das Verkaufsbrett, ab. – Schweigen.

DIREKTOR Geht an die Arbeit.

Einige Arbeiter legen Geld auf den Verkaufstisch und gehn.

GESCHKE *zu Schorn:* Du hast die Politik gefressen, Sekretär. In Amerika gibts keinen Sozialismus, aber Arbeiter, die im eignen Auto fahren. Im Sozialismus gibts Schuhe auf Bezugschein. Erklär mir das.

SCHORN Das Auto gehört dem Arbeiter. Aber wem gehören die Arbeiter? Unsre Schuhe gibts auf Bezugschein. Aber die Autofabriken gehören uns.

EIN ALTER ARBEITER Reden kannst du. Aber wer sagt uns, daß es stimmt?

Herein Schurek, hängt ein Spruchband mit Text »Die Werktätigen fordern die Erhöhung der Norm« auf.

SCHORN Wenn ihrs nicht begreift, gehn wir alle drauf.

KARRAS Geschke fragt nach Schuhen. *Er hebt Geschkes Fuß an, den löchrigen Schuh zeigend.* Hier. Draußen 10 Grad Frost. Du willst ihm das Maul mit Autofabriken stopfen. Wir beschweren uns, daß ihr die Norm hochsetzt über unsern Kopf weg. Ihr hängt uns ein Schild vor die Nase: »Die Werktätigen fordern die Erhöhung der Norm«. Der Sozialismus bleibt links liegen.

SCHUREK Wir nehmen eure Interessen wahr, wenn wir die Norm hochsetzen.

KARRAS Ein Maurer jagt einen Ofen in die Luft. Ihr sagt: Saboteur. Weg mit Schaden. Habt ihr ihm erklärt, warum der Aktivist 400 Prozent kriegt und er ein Taschengeld? Warum wird Schurek fett, seit er unsre Interessen wahrnimmt?

SCHORN Wer hat Schurek gewählt?

EIN ARBEITER Nicht für immer.

Schurek verschwindet.

SCHORN *grinst:* Wählt eine Kommission, zur Untersuchung, warum Schurek fett wird, seit er eure Interessen wahrnimmt.

DIREKTOR Vergeßt nicht, das Bier zu bezahlen.

GESCHKE Und was ist mit der Norm?

SCHORN *auf das Spruchband deutend:* Wollt ihr den Unternehmer wiederhaben, reißt das ab.

Arbeiter legen Geld auf das Verkaufsbrett.

SCHORN Wo ist die Verkäuferin?

EIN ARBEITER Sie hat gehört, daß wir streiken.

Ein anderer Hat den Laden einfach zugemacht und ist verschwunden.

Kalbshaxe Keine Disziplin. Da muß durchgegriffen werden.

Geschke *zu Kalbshaxe:* Wer bezahlt die Butter, die du geklaut hast, Justizrat?

Kalbshaxe *leert seine Taschen aus:* Ich war nur Inspektor.

Arbeiter ab. Es bleiben Bittner, Kolbe, Karras. Karras nimmt eine Flasche Bier, bezahlt, setzt sich und trinkt.

Direktor *zu Balke, Bittner und Kolbe:* Wie lange braucht ihr, bis der Schaden behoben ist?

Balke Drei Tage.

Direktor Und der Termin?

Balke Wir schaffens, wenn wir schnell arbeiten.

Bittner nickt.

Kolbe Mit dem Saboteur will ich nichts zu tun haben, aber mit einem Denunzianten arbeite ich nicht. *Pause.*

Balke Dann dauert es fünf Tage, und wir können den Termin nicht einhalten.

Kolbe Die Arbeit im Ofen 4 ist freiwillig. *Er bleibt an der Tür stehn.*

Direktor Karras, was ist mit dir? Du bist Ofenmaurer.

Karras *Balke ansehend, der sich wegwendet:* Balke hat die Suppe eingebrockt, soll er sie auslöffeln.

Schorn Balke ist nicht für sich selber in den Ofen gegangen. *Pause.*

Karras Wann soll ich anfangen?

Kolbe ab.

Balke Ihr habt euch das Maul zerrissen über den Lohndrükker, ihr wolltet nicht begreifen, worum es geht. Ihr habt mir Steine nachgeschmissen. Ich hab sie vermauert. Ihr habt mich zusammengeschlagen, du und Zemke, als ich aus dem Ofen kam. Und wenn ich mit den Zähnen mauern muß, mit dir nicht. *Schweigen.*

Karras Vielleicht ist er doch für sich selber in den Ofen gegangen. *Ab.*

Schweigen.

Schorn Du wirst nicht mit den Zähnen mauern, Balke.

Balke Mit Karras kann ich nicht arbeiten.

Schorn Wer hat mich gefragt, ob ich mit dir arbeiten kann?

15

Fabriktor. Morgen. Karras kommt, hinter ihm Balke.

BALKE Ich brauch dich, Karras. Ich frag dich nicht aus Freundschaft. Du mußt mir helfen.

KARRAS *bleibt stehn:* Ich dachte, du willst den Sozialismus allein machen. Wann fangen wir an?

BALKE Am besten gleich. Wir haben nicht viel Zeit.

Sie gehn durch das Fabriktor. Nach ihnen kommt Kolbe.

L. E. ODER DAS LOCH IM STRUMPF

Luise Ermisch, Mitglied des Zentralkomitees der SED, organisierte 1949 die erste »Brigade für ausgezeichnete Qualität« in der volkseigenen Textilindustrie der DDR.

Im Sommer im Jahr achtundvierzig fand
In einer Stadt in Mitteldeutschland
Ein Streit statt. Um drei Löcher in einem Strumpf
Stritten ein Mann, eine Frau. Und was die Frau sagte, war Trumpf.
Platz: eine Strumpffabrik, vor wenig Wochen
Von Arbeitern Arbeitern zugesprochen
Die Tünche auf der Wand war frisch
In der Kantine. Um den kahlen Tisch
Sie saßen vor ihren Schüsseln, Männer und Fraun
Da war viel auszulöffeln, wenig zu kaun.
Sagte der Mann: Gegen Wasser mit Lauch
Streikte man früher. Fragte die Frau: Gegen Hitler auch?
Sagte der Mann: Es ist nicht nur das Essen.
Die Textilien nicht zu vergessen.
Und er zog den Schuh aus, dann den Strumpf
Schwang den, drei Löcher, als seinen Trumpf
Gestern gekauft, ein Fetzen heute
Da möcht ich wissen, warum ich arbeite.
Man hörts, man kratzt schweigend die Schüsseln leer
Die Frau, was kann sie sagen. Sie sagt: Zeig her.
Drei Löcher. – Ja, dem stopfst du nicht das Maul
Mit Maulaufreißen. Da ist etwas faul
In der Wirtschaft. – Ja, sagt die Frau, erraten.
Nur, Kollege, es hängt nicht am Faden.
Wirkfehler. – Und hält ihm den Strumpf
Unter die Nase, den dreilöchrigen Trumpf.
Ihr habts gehört. Wie stehts mit euren Strümpfen?
Ihr bessert nichts mit einem Naserümpfen.

Schüler und Studenten! Lernt die Wissenschaft meistern!

29. Entfaltet die Masseninitiative für die vorfristige Erfüllung des V wirtschaftsplanes 1950!

30. Schützt das Volkseigentum (ßere Wachsamkeit! Kämpft gegen Saboteure un ten!

1950

31. Aktivisten in den volkseigenen Betrieben! Entfaltet weiter machtvoll Arbeitselan und verbreitert die Wettbewerbsbewegung!

32. Arbeiter, Ingenieure, Techniker der volkseigenen Wirtschaft! Folgt Beispiel Henneckes! — Durchbrecht die alten Arbeitsnormen! — Kä um den Titel „Brigade der ausgezeichneten Qualität"!

33. Alle Kräfte zur Steigerung der Arbeitsproduktivität! — Erhöht die Qua der Produktion! — Senkt die Selbstkosten! — Spart Material!

34. Mehr und bessere Produkte für unseren größeren Export!

35. Aktivisten, Wissenschaftler, Ingenieure und Techniker! Folgt dem Bei unserer Nationalpreisträger! — Entfaltet Eure schöpferische Initiativ Beschleunigt den technischen Fortschritt!

36. Belegschaften des Kohlenbergbaus! Erhöht die Förderleistungen sichert die Tagesplanerfüllung!

37. Mansfelder Kumpels! Steigert und verbessert die Förderung von Ku erzen! — Folgt dem Beispiel der fortschrittlichen Kameradschafte Überbietet Eure Vorkriegsnormen!

---

30. Spart im Betrieb mit jedem Gramm Material, mit jed Minute, mit jedem Pfennig!
Entfaltet die Bewegung ihrung Persönlicher Konte

1952

31. Arbeiter, Techniker und Ingenieure des Schwermaschine baus, Eure Planerfüllung ist die Voraussetzung für d Aufschwung der gesamten Industrie!

32. Maschinenbauer! Mehr Maschinen für die Industrie, me Traktoren, Maschinen und Geräte für die Landwirtscha

33. Stahlwerker! Mehr Stahl ist mehr Brot! Entwickelt d Qualitätsproduktion!

34. Arbeiter und Ingenieure der Walzwerke! Beschleunigt u erhöht Eure Produktion!

---

len
tie
jen
les
on,
elt-
nd-
len

Kämpft um die Erhöhung der Arbeitsnormen! Verbessert die Qualität der Erzeugnisse! Senkt die Selbstkoste

1953

32. Meistert die fortschrittliche Wissenschaft und Technik! Entfaltet kühn den Kampf für die Anwendung der Errungenschaften der Sowjetwissenschaft und Sowjettechnik!

33. Arbeiter und Angestellte der volkseigenen Wirtschaft! Kämpft beharrlich um die Aneignung der besten Erfahrungen der Aktivisten und Neuerer!

34. Werktätige der Deutschen Demokratischen

DIE KORREKTUR

Ein Bericht vom Aufbau des Kombinats »Schwarze Pumpe«

Ein Brigadier

BREMER Bist du der Sekretär?

PARTEISEKRETÄR Ja. Was ist?

BREMER Ich heiße Bremer, bin Parteimitglied seit 1918, war im KZ bis 45, Funktionär bis vor acht Tagen. Die Partei hat mich in die Produktion kommandiert, weil ich einem Nazi in die Fresse geschlagen habe, der bei der Nationalen Front einen Posten hat. Und jetzt bin ich hier im Kombinat.

PARTEISEKRETÄR Gut, Genosse Bremer. Du arbeitest im Abschnitt 6 als Brigadier. *Pause.* Du wirst Schwierigkeiten haben. Der Sozialismus wird nicht nur mit Sozialisten aufgebaut, hier nicht und woanders nicht, am wenigsten hier. Das Kombinat ist eine Großbaustelle, kein Musterbetrieb, und wir müssen schnell baun. Unsre Industrie braucht Strom und Kohle und braucht beides schnell. Du kommst nicht durch, wenn du dich nicht an die Partei hältst.

BREMER Hier bist du die Partei, was?

PARTEISEKRETÄR Die Partei hat mich hier eingesetzt. Du kannst mich kritisieren, wenn ich Fehler mache. Dazu gibt es Versammlungen. Auch dazu.

Erzählung des Arbeiters Franz K.

FRANZ K. Ich bin Bauarbeiter, rot seit 1918, seit 46 nicht mehr so. Ich habe mit der Wismut das Erzgebirge auf den Kopf gestellt, acht Stunden täglich, in Schächten ohne Sicherung, die jeden Tag absaufen konnten. Wer nicht mit dem Schacht absoff, soff ab im Schnaps. Wen der Schnaps nicht fertigmachte, den brachten die Weiber auf den Hund. Es war schwer, sich herauszuhalten: aus den Schächten, aus den Weibern, aus dem Schnaps. Jetzt hat sich das gebessert: die Schächte sind gesichert, und die Weiber sind verheiratet. Hier im Kombinat hab ich mir noch kein Bein ausgerissen.

Wenns der Bauleitung zu langsam geht, warum kommt sie nicht zu uns auf die Baustelle? Manchmal schicken sie einen Dispatcher mit Motorrad. Der kommt an in einer Staubwolke, reißt das Maul auf und fährt wieder ab in einer Staubwolke, eh wir zu Wort gekommen sind. Aber in der Versammlung reden sie uns mit Arbeiterklasse an. Wenigstens könnten sie dafür sorgen, daß es keine Wartezeiten gibt. Wir warten auf die Zeichnungen. Wir warten auf Material. Das drückt auf den Lohn. Wir wissen, was wir wert sind und machen nichts umsonst. Eh wir uns bescheißen lassen, baun wir vor: der Lohn steigt schneller als die Mauern, die Kurve schneller als die Produktion. Die Brigadiere schreiben die Norm, die wir brauchen, und der Polier drückt beide Augen zu. Es ist nicht sein Schaden. Bremer war der erste, der das nicht mitgemacht hat. Er sagte immer wieder: Das ist Betrug. Betrug kommt nicht in Frage. Er hat nicht mitgemacht, nicht für Prügel, die er gekriegt hat, und nicht für Bier, das wir ihm angeboten haben. Er ist rot bis auf die Knochen.

Die Normenschaukel

DER »MAJOR« Komm auf die Schaukel, Brigadier. Auf die Normenschaukel.

FRANZ K. Er ist neu. Er kennt sich nicht aus. Klär ihn auf, Major.

MAJOR Also paß auf, Brigadier. Du bist neu hier und kennst dich nicht aus. Hier, das ist die Norm, gemacht von einem Streber mit 6 Mann Hilfestellung, der dafür eine Prämie gekriegt hat: eine Ungerechtigkeit. Die muß ausgeglichen werden. Korrigiert. Also wird geschaukelt. Was wir auf dem Arbeitsplatz nicht schaffen, schaffen wir auf dem Papier. Den Bleistift hast du. Du mußt rechnen können, das ist alles.

HEINZ B. Das ist die Normenschaukel. *Lachen.*

FRANZ K. Die Wartezeiten drücken auf den Lohn, wir drükken dagegen. Und die Norm bleibt oben.

DER BRIGADIER Betrug kommt nicht in Frage.

MAJOR Betrug würd ich nicht sagen.

BRIGADIER Was bist du für einer? Warum nennt ihr ihn Major?

FRANZ K. Er war Hauptmann. Wir haben ihn zum Major befördert. Er ist ein Lump. Aber er hat recht mit der Norm.

BRIGADIER Wofür arbeitet ihr eigentlich?
HEINZ B. Für Geld. *Gelächter.*
BRIGADIER Ich weiß, wofür ich arbeite.
FRANZ K. So? Weißt du das? *Singt:* Der Pole kriegt die Kohle, der Tscheche kriegt das Licht . . . *Redet weiter:* Dafür, was?
MAJOR Schreib zweihundert Prozent. Unter dem machen wir es nicht. Wir haben feste Preise.
BRIGADIER Bei mir steht: hundertzwanzig. Hundertzwanzig haben wir geschafft.
FRANZ K. Richtig. Und das ist zu wenig. Deshalb runden wir nach oben auf und schreiben zweihundert.
BRIGADIER Wenn ihr mehr verdienen wollt, arbeitet mehr.
MAJOR Ein Vorschlag, Brigadier: Ein Kasten Bier für einen Rechenfehler. Starkbier.
BRIGADIER Nach Waldheim bring ich dich, du Lump.
MAJOR Was heißt hier Waldheim? Auf dem Ohr sind wir taub. Aber die zweihundert brauchen wir. Wenns nicht mit Bier geht, reden wir Fraktur. Wer nicht für uns ist, ist gegen uns.
BRIGADIER Betrug kommt nicht in Frage. Nicht, solange ich hier Brigadier bin.
MAJOR Dann laß dir gleich einen andern Posten reservieren.

Erzählung des Ingenieurs Martin E.

MARTIN E. Das Kombinat ist eine Großbaustelle. Wenn es fertig ist, ist das größte Braunkohlenkombinat der Welt fertig. Die Steinkohle, auf der die Ruhrbarone sitzen, fehlt uns dann nicht mehr. Was man aus Braunkohle machen kann, werden wir hier machen: in Brikettfabriken, Kraftwerken und Kokereien. Vorläufig wird gebaut, mit neuen Methoden und mit alten. Hier sitzt ein Mann am Schaltbrett und lenkt eine Maschine, die hundert Arbeiter ersetzt. Zehn Schritt weiter schachten drei eine Grube aus, mit Geräten wie die alten Römer, schwitzend und schlecht bezahlt. Mancher Betrieb wird geleitet nach der Methode: mein Freund, der Plan. Das sieht so aus: Der Betrieb hat Schulden, also wird der Betrieb umbenannt; weg ist er, und weg sind die Schulden. Der Betrieb ist ja volkseigen, er gehört ja keinem, man kann mit ihm machen, was man will, der Staat schießt zu. Es gibt noch mehr Geschichten, die nicht in der Zeitung stehn. Die von dem Gewerkschaftssekretär im

Frauenschlafsaal steht auch nicht drin. Das war in der ersten Zeit: der hatte Auftrag, aufzupassen, daß den Frauen nichts passiert. Jede Nacht stiegen die Kollegen ein, und das ging über die Arbeitskraft. Er konnte aber nicht die ganze Nacht aufbleiben. Also legte er sich zwischen die Frauen schlafen. Als der Sekretär einem andern Auftrag gab, auf den Aufpasser aufzupassen, schlief der auch noch dort. Das ist Bewußtsein. Oder die Geschichte von der Waldarbeit mit den Mädchen aus der Spinnerei in Spremberg. Wir hatten aus einer Spinnerei weibliche Hilfskräfte zum Roden und, weil Hochsommer war, die HO bestellt mit Selter. Die HO brachte Wein. Der Wein wurde getrunken wie Selter. Die Mädchen wurden durch den Wald gejagt. Die Bäume blieben stehn. Das war in der wilden Zeit. Jetzt ist der Wald gerodet, das Gelände planiert. Die ersten Bauten stehn: Schornsteine, Kühltürme, das Stahlgerüst für die Montagehallen, Fundamente, und in Hoyerswerda wächst die Wohnstadt für die Arbeiter. Die Gegend sieht sich selber nicht mehr ähnlich. Beim Menschen geht der Umbau langsamer. Ich weiß, was los ist, abends in den Kneipen: Da sitzen die wandernden Goldgräber. Sie gehen immer der Nase nach. Geld riechen sie auf hundert Kilometer. Sie sind abonniert auf die Großbaustellen. Sie grinsen über Schwierigkeiten. Sie verdienen viel und trinken mehr, gehn heim und schimpfen im Vorbeigehn auf die Transparente, auf denen Sozialismus steht, und stehn früh an ihrem Platz und baun mit schwerem Schädel am Sozialismus. In den Versammlungen schimpfen sie auf die Ingenieure in der Aufbauleitung. Die Ingenieure hören es sich an. Beim Menschen geht der Umbau langsamer.

Vorschriften

INGENIEUR C. *telefoniert:* Hier Konstruktionsbüro, Ingenieur C. Bitte Abschnitt 6, die Bauleitung. – Hören Sie, Sie müssen die Arbeit an den Fundamenten sofort einstellen. – Bis auf weiteres. – Drei Tage, vierzehn Tage, was weiß ich. – Passen Sie auf, ich will Ihnen genau sagen, was passiert ist. Wir haben die Unterlagen für den Bunker vom Planbüro bekommen, wie immer. Bei einer Zeichnung ist ein Fehler unterlaufen. – Nein, nichts Kompliziertes, soweit wir feststellen konnten. Leicht zu korrigieren. Aber wir können da nichts unternehmen ohne Rücksprache mit Berlin. – Die Grundrißzeichnung muß zurückgeschickt, nachgeprüft, diskutiert und neu angefertigt werden. Wir müssen warten. – Das ist der normale Weg. – Mit den Arbeitern müssen Sie sich auseinandersetzen. – Die Leute müssen eben auch warten. – Der Plan? Der Plan muß auch warten. – Geht nicht? Was meinen Sie, was alles geht. *Legt auf.*

INGENIEUR E. Das geht nicht.

INGENIEUR C. Wie meinen Sie?

INGENIEUR E. Ich sage, das geht nicht. Der Plan kann nicht warten.

INGENIEUR C. *überlegt:* Gut. Sagen Sie dem Bauleiter, daß die Zeichnungen bis morgen mittag bei den Brigaden sind. Wir machen sie fertig.

INGENIEUR E. Es ist gegen die Vorschrift.

INGENIEUR C. Ja. Wir müssen es riskieren.

INGENIEUR E. Bis mittag werden wir nicht fertig.

INGENIEUR C. Wir haben noch die Nacht. Morgen mittag sind die Zeichnungen bei den Brigaden.

INGENIEUR R. *telefoniert:* Hier Konstruktionsbüro. Bitte Abschnitt 6, die Bauleitung.

Erzählung des Arbeiters Heinz B.

HEINZ B. Mein Vater ist im Kohlenpott krepiert. Meine Mutter ist im Kohlenpott erfroren, 47 im Winter, weil ich wegen Kohlendiebstahl saß und keine Kohlen klauen konnte. Ich hab dann ein Mädchen aus dem Osten kennengelernt. Die sagte, da gibts Arbeit, und ich bin herüber. Wir wollten heiraten, das kostet Geld. So kamen wir ins Kombinat. Sie war Schlosserin. Sie verdiente gut, mehr als ich, und kriegte Prämien für gute Arbeit. Nach drei Monaten merkte ich, daß sie auch nachts Überstunden machte. Zwei Maurer schlugen sich auf der Baustelle. Dabei kam es heraus. Der eine hatte ihr zwölf Mark geboten. Er war Brigadier, und sie hatte ihm gesagt: Fritz ist kein Brigadier und zahlt schon dreizehn; unter fünfzehn laß ich einen Brigadier nicht ran. Ich habe sie gefragt: Was bin ich schuldig, und ob ichs abzahlen kann, ich schaff es nicht auf einen Ritt bei ihrer Taxe. Jetzt ist sie, wo ich hergekommen bin, im Westen. Als Schlosserin kommt sie da nicht an, als Hure ja. Wir hatten schon eine Wohnung ausgesucht, mit Bad und Müllschlucker, in

Hoyerswerda in den neuen Fertighäusern. Das Haus war fertig, nur die Kanalisation hatten sie vergessen. Sonst wären wir eingezogen, und ich hätte sie durch den Müllschlukker gejagt. Kurz danach hab ich beim VEB gekündigt, weil unser Brigadier ein Arschloch war. Ich hatte es zu laut gesagt, und die Bauleitung kriegte mich am Arsch. Ich kam bei einer Privatfirma unter. Die Arbeiter waren mit dem Betrieb verheiratet. Ich hatte mir vorgenommen, ich heirate nie. Aber die Arbeit klappte: sie aasten nicht mit dem Material, die Termine wurden gehalten. Ich frage mich: Warum kann das beim VEB nicht auch so sein? Der Chef sagte: Wir sind eine große Familie. Das hieß: Überstunden werden nicht bezahlt. Das war ich nicht gewöhnt. Wie er mir auf die Schulter klopft und sagt: Bei mir werden Sie nicht gefragt, welcher Partei Sie angehören, frag ich ihn: Mit welcher halten Sies denn, Chef? Das nahm er übel. Wegen der Überstunden bin ich weg, zurück zum VEB. Der neue Brigadier war ein Scharfmacher. Der Vers »Der Bleistift vom Polier / Hört auf den Kasten Bier« paßte nicht auf ihn. Wir schlugen ihn zusammen, weil wir dachten, vielleicht hört er darauf. Er hat nicht zurückgeschlagen. Er stand auf und wischte sich das Blut ab. Er ließ sich auf nichts ein. Er sagte: Betrug kommt nicht in Frage. Wenn ihr mehr verdienen wollt, arbeitet mehr. Dann hat ihm der Major in der Bierschwemme die Ehre abgeschnitten. Er hat Franz K. den Zollstock weggenommen und dem Brigadier in die Tasche gesteckt. Es sollte aussehn, als ob der ihn weggenommen hätte. Ein Zollstock kostet rund zwei Mark, aber die Kollegen haben es geglaubt, K. zuerst. Das hat den Brigadier getroffen. Dann passierte der Skandal mit dem Fundament. Es sackte ab, weil wir den Beton nicht nachgemischt hatten. Mit dem Beton ist das so: Wir kriegen ihn vom Mischturm. Der läuft automatisch und ist das Neuste. Aber die Spezialloren für den Transport hat die Bauleitung an einen andern Betrieb verpumpt, als bei uns Pause war. Wir haben sie nicht wiedergesehn. Also trocknet der Beton auf dem Transport aus, und wir müssen jedesmal nachmischen. Das kostet Zeit und unser Geld. Ich sagte: Er ist zu trocken. Das tritt sich fest, sagte der Major. Der Brigadier läßt uns nicht verdienen, was wir brauchen. Wir müssen sehen, wo wir bleiben. Zeit ist Geld. Franz K. sagte: Wir haben schon auf die Zeichnung warten müssen, und nicht zum erstenmal. Sollen wir draufzahlen, weil die Intelligenz Verspätung hat? Haben wir Polster unterm Hintern? Es muß ja nichts passieren, sagte er. Das mit den Zeichnungen stimmt. Normalerweise ist es so, daß in einem Stück gebaut wird: erst wenn die ganze Projektierung fertig ist. Das Kombinat wird in Scheiben geliefert: eine Scheibe Projektierung, eine Scheibe Bau. Aber wir haben den Beton nicht nachgemischt. Der Brigadier war nicht dabei. Er hat im nächsten Abschnitt die Verschalung kontrolliert. Als es passiert war, fragte er: Was habt ihr da gemacht? Der Major sagte: Genau wie sonst. Der Brigadier hatte die Verantwortung für unsre Arbeit. An ihm blieb alles hängen.

Fundamente

DER VORSITZENDE Das Eckfundament von Halle 6 rutscht ab. Es muß herausgerissen und neu gegossen werden. Gearbeitet hat dort die Brigade Bremer. Sie hat schlecht gearbeitet. Das muß untersucht werden.

EINE ARBEITERIN Wir verlangen, daß der Unfall an der Strecke untersucht wird. Eine Streckenwärterin ist an der Kreuzung Autostraße-Werkbahn überfahren worden. Der LKW hat auf ihr Haltesignal nicht gehalten, sie mußte zum Gleis ausweichen, und die Lok hat sie überfahren. Sie hat vier Kinder und liegt im Krankenhaus, beide Beine ab, sie stirbt, weil der LKW-Fahrer keine Zeit hatte.

EIN JUNGER ARBEITER Er steht im Leistungslohn.

DIE FRAU Einen Mord hat er geleistet.

DER JUNGE ARBEITER Er hat Signal gegeben.

DIE FRAU Er hat nicht gehalten.

EIN HEISERER Wenn wir immer auf euch Weiber warten wollen, kommen wir nie zurecht.

DIE FRAU Ich kenn euch. Wir sind das fünfte Rad, wenn es um eure Pfennige geht. Wenn ihr uns bespringen wollt, scheut ihr keine Kosten.

DER HEISERE Dir mach ich kein Kind mehr, Prohaskan.

DIE FRAU Ich kann mir meine Kinder selber machen. Dich brauch ich nicht dazu, du Bock. Wir verlangen, daß der Unfall untersucht wird.

ERSTER ARBEITER Erst das Fundament.

DIE FRAU Wir wollen gehört werden. Wir arbeiten wie ihr.

Das ist auch ein Fundament.

VORSITZENDER Das bestreiten wir nicht. Eure Forderung ist berechtigt, der Unfall wird untersucht, der LKW-Fahrer bestraft, wenn sich herausstellt, daß er schuld ist. Aber eins nach dem andern, das Wichtigste zuerst. Das müßt ihr einsehn.

DIE FRAU Wir sind nicht wichtig, was? Warum vermauert ihr uns nicht gleich in euer Fundament?

VORSITZENDER Weil wir das Kombinat nicht nur zum Vergnügen baun. Der verunglückten Kollegin können wir nicht helfen, wenn die Ärzte ihr nicht helfen können. Ihren Kindern helfen wir, wenn wir besser baun und schneller. Also erst das Fundament.

ZWEITER ARBEITER Wo sind die Kinder?

DIE FRAU Im Wochenheim.

ZWEITER ARBEITER Hat sie Verwandte?

DIE FRAU Nein.

ZWEITER ARBEITER Dann müssen wir uns darum kümmern, was jetzt mit den Kindern wird.

DRITTER ARBEITER Hier liegt noch eine Beschwerde vor. Ein sorbischer Bauer beschwert sich, daß ein Lastwagen mit Bauholz durch sein Rübenfeld gefahren ist, um den Weg abzukürzen.

VORSITZENDER Hol ihn herein. Aber er soll es kurz machen. *Herein ein Bauer.*

EIN BAUER Durch mein Rübenfeld ist ein Lastwagen vom Kombinat gefahren. Ich will Schadenersatz. Ich hab schon drei Felder abgegeben für euer Kombinat. Der Russe hat sie mir gegeben. Jetzt wollt ihr sie für euren Sozialismus haben, und euer Sozialismus fährt mit dem Lastwagen durch mein einziges Rübenfeld.

ERSTER ARBEITER Unser Sozialismus heißt Fritz Erpen. Wir haben ihn schon zweimal verwarnt. Er war zuletzt beim Zirkus. Feuerspeier. Er versäuft seinen Sprit. Der fehlt ihm dann, und er muß es am Weg einsparen.

VORSITZENDER Ist er hier?

DER ARBEITER Nein.

DER BAUER Ich will Schadenersatz.

DER HEISERE Halt uns nicht auf. Wir haben mehr zu tun, als dein Gejammer anzuhörn, Pollack.

DER BAUER Ich bin Sorbe.

DER HEISERE Das ist dasselbe.

DER BAUER Pollack haben die SS zu mir gesagt. Jetzt heißt es Sorbe.

DER HEISERE Bei uns am Bunker arbeiten zwei von deinen Leuten, Sorbe. Wer ersetzt uns den Schaden, wenn die uns die Norm hochtreiben, weil sie sich anschmeißen wollen? Ich weiß Bescheid.

VORSITZENDER Wenn ihr halb soviel arbeiten würdet wie die sorbischen Kollegen, wären wir weiter.

DER BAUER Die Rüben fehlen mir. Das Soll hab ich nicht festgesetzt.

VORSITZENDER Wegen Schadenersatz geh zur Aufbauleitung. Wer durch dein Feld fährt, fliegt. Noch was?

DER BAUER Ich renn ihm die Forke in die Reifen beim nächstenmal. *Ab.*

VORSITZENDER Jetzt das Fundament. Bremer, du bist der Brigadier. Ihr habt das Fundament gemacht. Was hast du zu sagen?

BREMER Wir haben gearbeitet wie sonst. Es muß ein Fehler in der Zeichnung sein. Das kommt davon, daß sich die Intelligenz auf der Baustelle nicht sehn läßt. Wenn was passiert, weil sie sich nicht drum kümmern, geben sie den Arbeitern die Schuld.

INGENIEUR Ich bin der verantwortliche Ingenieur. Die Zeichnung habe ich gemacht. Sie stimmt. Sie können Gift darauf nehmen. Das ist nachgeprüft. Für die Ausführung bin ich nicht verantwortlich. Wer sind Sie überhaupt? Sie sind doch neu hier.

BREMER Ich hab acht Jahre im KZ gesessen. In der Zeit habt ihr euch den Bauch gefüllt und Bomber konstruiert für Hitler, als Spezialisten für die Rüstung. Ihr habt alles ruiniert und euch dabei gesundgestoßen. Davon profitiert ihr jetzt. Wir müssen aufbaun, was ihr kaputt gemacht habt.

VORSITZENDER Schluß, Genosse Bremer. Zur Sache: Das Fundament. Der Ingenieur hat recht. Die Zeichnung stimmt. Für die Ausführung bist du verantwortlich.

BREMER Ich trau keinem, der für Hitler gearbeitet hat. Das gehört zur Sache.

INGENIEUR Das ist eine Diffamierung. Auf dieser Basis ist eine Zusammenarbeit nicht möglich. Ich verlange, daß der Mann entlassen wird. *Sich entfernend.* Ich lasse mir das nicht bieten.

STIMME Den sind wir los.

VORSITZENDER Genosse Bremer, du wirst dich bei dem Ingenieur entschuldigen. Er kann nicht aus seiner Haut. Was er im Kopf hat, gibt er her. Du hast kein Recht, ihn zu beleidigen.

BREMER Ich laß mich in Stücke reißen für den Sozialismus. Aber ich krieche einem Ingenieur nicht in den Hintern.

VORSITZENDER Auch für den Sozialismus nicht? Überlegs dir, schnell. Was ist mit dem Fundament? *Pause. Unruhe.*

HEINZ B. Brigadier, wir haben den Beton nicht nachgemischt. Das kann es sein. Der Beton war ausgetrocknet vom Transport, weil die Spezialloren fehlen. Wir wollten Zeit sparen.

FRANZ K. Wir hatten schon auf die Zeichnung warten müssen.

VORSITZENDER Also: Drei Wochen Zeitverlust durch Kampf um die Minute. Von den Kosten nicht zu reden. Bremer, was sagst du jetzt? Dem Ingenieur wirfst du vor, daß er Geld kostet und sich nicht um die Brigaden kümmert. Deine Brigade hat sabotiert unter deiner Leitung. Das Fundament kostet mehr als ein Ingenieur.

BREMER Das ist keine Brigade, das sind Lumpen.

STIMME Du bist ein guter Brigadier, nur die Brigade taugt nichts, was?

BREMER Im KZ hab ich gewußt, wofür ich sitze. Jetzt weiß ichs nicht mehr.

Erzählung des Parteisekretärs

PARTEISEKRETÄR Ich kam Ende 44 aus der Sowjetunion nach Deutschland zurück, mit dem Fallschirm über Pommern abgesetzt im Auftrag der Partei. Was ich sah, war schlimmer, als wir es vorausgesehen hatten. Kleinbürgerfrauen, behängt mit den Eroberungen ihrer Männer: Kleidern aus Paris, Pelzen aus dem Osten. Mütter, die ihre Kinder in den Volkssturm jagten. Witwen in stolzer Trauer. Und in den Todeszellen die Genossen. Damals dachte ich: wir müssen jede Hand abhacken, die sich für Hitler gerührt hat. Jetzt seh ich, wie das Kombinat gebaut wird, auch mit solchen Händen. Ich hatte den Bericht gelesen über die Produktionsberatung, in der Bremer einen Ingenieur beleidigt hatte. Der Ingenieur drohte mit der Kündigung. Bremer lehnte ab, sich zu entschuldigen. Er hatte sein Leben lang für die Partei seinen Kopf hingehalten, und das ging nicht hinein. Ich mußte ihn vorladen. Es war nicht leicht für mich.

Ich konnte verstehen, daß er nicht verstand, was die Partei von ihm verlangte.

Die Korrektur

PARTEISEKRETÄR Bremer, der Ingenieur droht mit der Kündigung. Die Sache muß aus der Welt geschafft werden. Du hast ihn zu Unrecht beschuldigt. Also mußt du dich entschuldigen bei ihm. Ich versteh, daß es dir schwerfällt, aber es muß sein.

BREMER Soweit sind wir also. Ich bin im Unrecht. Hat vielleicht der Ingenieur im KZ gesessen für die Partei, hab ich Bomber konstruiert für Hitler?

PARTEISEKRETÄR Du hast im KZ gesessen für die Partei, der Ingenieur hat Bomber konstruiert für Hitler. Das bestreitet keiner. Aber wir baun das Kombinat auf. Wir brauchen den Ingenieur. Du hast als Brigadier versagt, du hast ihn vor den Kopf gestoßen ohne Grund, und die Partei verlangt von dir, daß du die Sache aus der Welt schaffst.

BREMER Soweit sind wir also.

PARTEISEKRETÄR Wir können es uns leisten, den Sozialismus auch mit Leuten aufzubauen, die der Sozialismus nicht interessiert. Soweit sind wir. Wir können nicht auf sie verzichten. Soweit sind wir noch nicht. Und wenn wir soweit sind, ist es nicht mehr nötig, weil sie sich interessieren werden für den Sozialismus.

BREMER Wißt ihr überhaupt noch, wo rechts und links ist? Ich hab schon 1918 auf der Barrikade gestanden, auf der richtigen Seite. Ich weiß noch, wo der Feind steht.

PARTEISEKRETÄR Wir brauchen keine Barrikaden, Genosse Bremer, wir brauchen Industriekombinate. Wir müssen den Kapitalismus an die Wand arbeiten. Wenn du das nicht begreifst, hast du nichts begriffen. Wir verlangen von dir, daß du dich entschuldigst.

BREMER Ich mach mich nicht lächerlich. Die Intelligenz lacht über uns.

PARTEISEKRETÄR Sie arbeitet für uns.

BREMER Sie wird auch dafür bezahlt, und nicht zu knapp.

PARTEISEKRETÄR Sie ist noch knapp.

BREMER Also die Partei verlangt von mir, daß ich zu Kreuze krieche vor einem bürgerlichen Ingenieur.

PARTEISEKRETÄR Daß du deinen Fehler korrigierst.

Erzählung des Ingenieurs Herbert C.

INGENIEUR C. Es passierte mir zum erstenmal, daß ein Arbeiter sich mir gegenüber so etwas herausnahm. Ich habe immer saubere Arbeit geleistet, korrekt auch unter schwierigen Bedingungen wie hier. Was auf der Baustelle passiert, ist nicht meine Sache. Ich bin Ingenieur. Zwei Tage nach der Produktionsberatung über das verpfuschte Fundament im Abschnitt 6 führte ich eine Delegation durchs Baugelände, Studenten, Journalisten, Techniker aus der ÇSR. Bei den Kühltürmen kam Bremer auf uns zu. Er hatte einen Zettel in der Hand. Er sah müde aus. Er tat mir fast leid. Er gab mir den Zettel und ging weiter. Auf dem Zettel stand: Ich nehme die in der Produktionsberatung gegen den Ingenieur C. erhobene Beschuldigung zurück. Sie entspricht nicht den Tatsachen. Bremer. Einer der Journalisten fragte mich nach dem Verhältnis zwischen Arbeitern und Intelligenz im Kombinat. Gut, sagte ich.

Das Einverständnis

HEINZ B. Ich will in die Partei eintreten, Brigadier.

BREMER Brigadier bin ich nicht mehr.

HEINZ B. Aber in der Partei bist du. Ich hab dem Major das Nasenbein zerschlagen. Wird das angerechnet auf die Kandidatenzeit?

BREMER Unsre Aufgabe besteht nicht darin, Nasenbeine zu zerschlagen. Wir sind die herrschende Klasse. Unsre Waffe ist der Staat. In die Partei willst du eintreten. Weißt du, auf was du dich da einläßt? Da wird viel verlangt. Weniger Bier, mehr Arbeit. Bis an den Bauch im Dreck, wenn es sein muß. Aufstehn, wenn du fällst, und wieder aufstehn, wenn du wieder fällst. Und glaub nicht, daß dabei ein Posten abfällt. Die Partei ist kein Versorgungsinstitut. Wieviel Frauen hast du? Zähl genau. Zwei sind zuviel.

HEINZ B. Keine.

BREMER Das ist vielleicht zu wenig. Aber du hast Zeit. Also: Du weißt, was du machst?

HEINZ B. Ja.

BREMER Gut. Dann red mit dem Sekretär. Und was wird mit dem Fundament?

Heinz B. Das Fundament machen wir neu.
Bremer Wenn es wieder absackt, zerbrech ich dir den Schädel. Einverstanden?
Heinz B. Einverstanden.

Aus dem Protokoll einer Diskussion über »Die Korrektur« im Kombinat »Schwarze Pumpe«

Betriebsfunkredakteur: Eins steht fest, in der Szenenfolge ist sehr, sehr viel Wahrheit drin. Und verschiedene Typen kennt man genau wieder. Es gibt viele Dinge, wo ich erkenne, daß sich die Kollegen nicht nur irgendwo in Berlin an den Tisch gesetzt haben, sich haben was erzählen lassen, sondern sie müssen auf der Baustelle gewesen sein, sie müssen mit den Menschen gesprochen haben, und nicht nur zwei Stunden, sondern mindestens zwei Wochen. Sonst könnten sie das nicht machen. Das, was sie gebracht haben, stimmt, ist Wahrheit. Aber man muß wenigstens so viel, wie man an Negativem gebracht hat, auch an Positivem bringen. Das fehlt. Die Szenen, die gebracht wurden, sind hundertprozentig richtig. Aber bringt auch das Positive.

FDJ-Sekretär: Also, die Sache mit dem Stundenschreiben, das wird sehr stark herausgestellt, meiner Ansicht nach ein bißchen zu stark. Es sind viele Wahrheiten drin, das ist klar, und darüber gibt es gar keine Diskussion. Aber ich bin der Überzeugung, daß man doch eins beachten muß: dieses Hörspiel ist gedacht für die Menschen in der DDR. Wenn es nur für den Betrieb wäre, dann wäre gar nicht so viel zu bemängeln. Ich bin also der Überzeugung, daß man hier ein zu stark negatives Bild bekommt gegenüber dem, was hier bei uns schon steht. Ist nicht das Typische auf der Baustelle der Kampf der Arbeiter um die Einhaltung der Pläne? Dieses Typische, dieser Kampf kommt meiner Meinung nach zu wenig zum Ausdruck.

Betriebszeitungsredakteur: Mich hat ohne weiteres beeindruckt, daß trotz dieser – von verschiedenen Seiten wurde gesagt, zu stark negativer Seiten bei richtigem Hineindenken der Kampf, das heißt die Änderung des Bewußtseins unserer Menschen vom Anfang des Hörspiels bis zum Schluß zum Ausdruck kommt. Jawohl, das ist eine einfache und klare Feststellung, die stimmt. So hab ich es empfunden, das muß man von vornherein sagen. Das soll ja das Ziel der Hörfolge sein, meiner Ansicht nach, aufzuzeigen, wie sich aus den negativen Elementen der Brigade der Kern herausschält, der in der Weiterentwicklung die führenden Kräfte im Kampf um die Planerfüllung hier auf der Baustelle darstellt. So hab ich das empfunden, und so hab ich das aufgenommen. Mich persönlich hat die Stelle am meisten beeindruckt, als in der Brigade diese Scheidung eintrat, daß der bewußte Kern jetzt sogar den entscheidenden Schritt getan hat und zu dem Menschen gekommen ist, den sie vorher verprügelt haben, den sie geschlagen haben, den sie trotz allem, und das kam zum Ausdruck, anerkannt haben. Sie haben gesehen, der Genosse ist standhaft, der läßt nicht ab von seiner Normerfüllung, der macht trotz Prügel keine Normenschaukelei mit. Trotz allem nicht. Und dann, daß einer aus der Brigade den Mut und die Kraft findet, zu sagen: Genosse Bremer, ich will in die Partei eintreten. Das ist auch meiner Ansicht nach sprachlich sehr gut dargestellt gewesen, weil du gemerkt hast in der Ausdrucksweise dieses Arbeiters – ich hab das gemerkt, ich bin ein junger Genosse –, der hat selbst mit sich gerungen. Du hast richtig gemerkt, wie er auf die Zähne gebissen hat und gesagt: Ich geh in die Partei, ich gehöre da rein, und der Kampf bei ihm kam in der Sprache sehr gut zum Ausdruck. Meiner Ansicht nach ist auch die Rolle des Genossen Bremer gut dargestellt, weil man dort ebenfalls erkennt, wie er mit sich ringt, und weil gezeigt wird, in wenigen Momenten, wie der Genosse Bremer durch die ruhige und sachliche, überzeugende Art des Parteisekretärs – und das ist so, wir haben auf der Baustelle ohne weiteres die führende Rolle der Partei –, wie also auch der Genosse Bremer seine Meinung ändert, wie er im Gespräch mit dem Kollegen, der in die Partei eintreten will, auch sich selber sagt: Du hast Fehler gemacht.

BAULEITER: Wenn wir zurückdenken, wenn wir nur an die Normengeschichte denken, was das gegeben hat. Am Rohkohlebunker, wo die Brigade Roßbach, die eine gute, eine ausgezeichnete Brigade war, gesagt hat: Also wenn wir unter 180 Prozent verdienen, dann ist Sense bei uns. Das war doch kein seltener Fall. Unsere Devise ist doch im Betrieb, in allen volkseigenen Betrieben: Der Kollege bekommt das bezahlt, was er leistet. Aber es ist doch kein Geheimnis bei uns, daß im vergangenen Jahr nachweislich weit mehr Löhne gezahlt wurden, als wir wieder verrechnen konnten, und das ist doch nicht in Ordnung. Und es ist auch kein Geheimnis, daß diese Normenschaukelei durchaus gemacht wird. Ein konkretes Beispiel dafür: Es wurden aufgeführt 32 Meter Transportweg, und weil wir ja nun auch die Baustelle kennen, ist uns aufgefallen, daß das zu weit ist. Nun sind wir hin, und da waren das 16 Meter, aber man hat geschrieben: 16 Meter hin und 16 Meter her. Also man hat den Hin- und Rückweg berechnet, aber in der Norm ist das nicht drin, und dadurch ist ein völlig unreales Bild entstanden, und der Betrieb hat dafür einige Monate Lohn bezahlt, hat das so hingehen lassen, konnte es aber dem Auftraggeber nicht verrechnen. Es ist uns klar, daß einem das eigene Hemd näher liegt als dem andern sein Mantel. Aber wenn wir alles billiger haben wollen, dann kommt es darauf an, wie wir arbeiten. Und wir erreichen es nur, wenn die Organisation in unserm Betrieb und im ganzen verändert wird. Die Kumpel, wenn die Material und alles haben, daß sie zügig arbeiten können, kommen in den seltensten Fällen darauf, irgendwelchen Schwindel zu machen. Der Schwindel beginnt dann, wenn Stokkungen im Arbeitsablauf eintreten, wenn sie ihren Lohn in Gefahr sehen. Dann macht der Bleistift die Norm, dann macht der Bleistift die Lohnsumme. Das ist nicht richtig, und da müssen wir alle drangehen, aber alle, und das ist gut herausgestellt worden mit dem Kasten Bier oder mit dem und jenem. Es trifft doch zu bei uns, daß Normen beim Bierkasten ausgehandelt worden sind.

ARBEITER: Ich glaube, die Kollegen haben es sehr gut verstanden, in der Diskussion um den Unfall die Frage der Gleichberechtigung der Frau hereinzubringen. »Dann mauert uns doch in den Beton ein«, die Antwort dieser Frau, das ist gut. Und dann die Anklage dieses Sorben. »Du Pollacke«, das wird ihm an den Kopf geschmissen. Da sagt er: »Du Pollacke, das haben die Nazis zu uns gesagt, ja, ich bin Sorbe«, und das sagt er voller Stolz, auch wenn er dabei seinen Rübenacker im Kopf hat, das spielt ja keine Rolle, er sagt voller Stolz: »Ich bin Sorbe.«

INGENIEUR: Wir können heute sagen, daß der größte Teil der Ingenieure, die hier auf der Baustelle, besonders in der Aufbauleitung, arbeiten, seine ganze Kraft einsetzt und auch versucht, den Kontakt mit der Baustelle zu bekommen und immer helfend einzugreifen. Daß sich mal ein Ingenieur mit dem Polier draußen in die Haare kriegt, weil frischer Beton auf alten, bereits abgebundenen aufgekippt wird, das sind natürlich Dinge, wenn mal die Galle überläuft. Die sind aber nicht darauf zurückzuführen, weil ein Mißverhältnis ist zwischen dem Kumpel und dem Ingenieur, sondern lediglich, weil in beiden das gesunde Bestreben drinsteckt, eine gute Arbeit zu leisten.

INGENIEUR: Den Ingenieur soll man suchen hier auf der Baustelle, der sagt: Das ist nicht meine Sache, was draußen passiert. Den gibt's, glaub ich, nicht bei uns. *(Zwischenruf:* Au, au!)

STAATSFUNKTIONÄR: Na, Kollege W., hast du nicht einiges miterlebt vor einem halben, dreiviertel Jahr, wie sich alle hingestellt haben und jeder alles abgeschoben hat? Ich will jetzt hier nicht Historie machen, aber wir haben's doch oft gehabt, also das wirst du mir doch zugeben . . .

INGENIEUR: Wir müssen eben bei diesen Dingen beachten, es ist vor einem dreiviertel Jahr. Das ist es.

STAATSFUNKTIONÄR: Und gerade diese Fälle, die wahrscheinlich zur Grundlage dieses Hörspiels genommen worden sind. Wenn ich das Wort Fundamente höre . . . Also ich bin der Meinung, wir müssen immer wieder davon ausgehen, im Juni 1957, da war's so. *(Zwischenruf:* Jawohl, 1957 aufgenommen, und jetzt bringt man's.)

SCHRIFTSTELLER: Ich soll ein kleines Buch schreiben über das Kombinat, und deshalb bin ich in dieser Zeit hier. Und ich glaube, wir sollten sagen, es ist viel gelungen in diesem Hörspiel. Was mir fehlt, nach meinen kurzen Erfahrungen – ich bin zehn Tage hier –: es ist etwas zu kalt, das Ganze. Es gehört mehr an Wärme herein. Es gehört mehr etwas herein, woran man spürt, das Gute, das Prächtige, das teilweise Hervorragende an den Kumpeln hier im Kombinat.

ARBEITER: Das ganze Hörspiel ist in seiner Gestaltung mal anders. Es ist doch so: Bremer kommt ins Kombinat, kommt zu einem Parteisekretär, unterhält sich mit diesem Parteisekretär, und es erscheint jetzt in der Diskussion die Frage nach der

Wärme, nach dem Verhältnis zwischen den Menschen. Der Parteisekretär ist nüchtern, ganz sachlich. Ganz ruhig sagt er zu dem Genossen Bremer: Lieber Freund, du gehst zum Bauabschnitt 6, wirst dort eine Brigade übernehmen. Schluß. Aus. Damit hat sich die Diskussion zwischen diesen beiden erledigt. Und jetzt kommt der Mann hier heraus, und ich glaube, jetzt darf gar keine menschliche Wärme, kein persönlicher Kontakt erscheinen. Denn wie soll jetzt zwischen der Brigade, zu der dieser Bremer kommt, zwischen ihm und der Brigade irgendein Kontakt entstehen? Der Bremer steht tatsächlich im Moment allein. Und ich glaube, es ist so, daß eine ganze Reihe von bewährten Genossen hier auf der Baustelle am Anfang schwer zu kämpfen hatten. Nämlich mit solchen Leuten, die das Abenteuererblut von der Wismut mitgebracht und hier gesagt haben: Das, was bei der Wismut war, geht hier weiter. Und dann ging's »Hoch-die-Tassen«. Und dann ging's mit dem spitzen Bleistift: Wer schreibt, der bleibt. Und das will Bremer bekämpfen. Da ist es selbstverständlich, daß er keinen positiven Kontakt finden kann. Sein Gegenspieler, genau das Gegenteil von Bremer, das ist der »Major«. Und als zum Schluß der Genosse sagt: Du, ich hab dem das Nasenbein zerwichst, krieg ich das auf meine Kandidatenzeit mitangerechnet?, da erscheint die Lösung des Konflikts zwischen dem »Major« und Bremer. Der Konflikt wird nicht von Bremer selbst gelöst, sondern wird gelöst durch die Anfrage: Ich möchte Mitglied der Partei werden. Und das ist auch der Moment, wo man sagen kann, jetzt ist dieser »Major« ausgeschaltet, jetzt ist Feierabend für ihn. Denn jetzt ist jemand mehr, der zu Bremer findet. Und hinzu kommt dann eins, ganz klein eingeblendet, die Sache mit dem Ingenieur. Der Bremer hat den Ingenieur doch beleidigt, der hat ihm doch harte Worte an den Kopf geschmissen, der hat gesagt: Du bist schuld, obwohl er nicht schuld ist. Und trotzdem sagt der Ingenieur, und dort erscheint wirklich eine sehr große menschliche Wärme, nämlich als er sagt: Er schleicht also dahin, sieht übernächtigt aus, drückt mir den Zettel in die Hand. Und dann die kurze Antwort an die tschechische Delegation: Gut. Weiter nichts. Und da ist soviel Wärme drin, mehr wäre zuviel.

Heiner Müller
Zwischenbemerkung

Die Selbstkritik der Autoren ist in die exekutive Phase getreten: »Die Korrektur« wird korrigiert. Die neue Literatur kann nur *mit dem neuen Publikum* entwickelt werden.
Im folgenden einige Notizen zur Herstellung der richtigen Proportionen zwischen den Fehlern des Stücks und der Kritik am Stück, bezogen auf eine Diskussion nach der Probeaufführung von »Lohndrücker« und »Korrektur« im Maxim-Gorki-Theater in Berlin. In der Diskussion sprachen Funktionäre aus Betrieben und Kulturfunktionäre. Ihre Äußerungen, besonders über »Korrektur«, gaben Aufschluß über Fehlerquellen bei der Beschreibung der neuen Wirklichkeit und Einblick in den Stand der Entwicklung des neuen Publikums.
Die Mehrzahl der Diskussionsredner hatte der Aufführung nicht entnommen, daß die in »Korrektur« dargestellten heftigeren Kämpfe nicht mehr wie die in »Lohndrücker« behandelten auf der Ebene des Wiederaufbaus einer ruinierten Wirtschaft ausgetragen werden, sondern auf der höheren Plattform des sozialistischen Aufbaus; daß der Fluß der Dinge reißender geworden ist, mehr und verschiedenere Menschen mitreißend, daß da mehr in Fluß ist als 1949 (damals gab es keine Großbaustellen, war die Position der Frauen in den Zentren der Produktion noch kein Faktor, der den Ausschlag geben konnte, war der Prozentsatz der Arbeiter, die die Bonner Republik verließen, um in der DDR zu arbeiten, gleich null usw.). Man kritisierte auch die Kopplung zweier Stücke, deren erstes 1949 in einem volkseigenen Industriebetrieb, deren zweites 1956 auf einer Großbaustelle spielt, wo unter ganz anderen (schwierigeren) Bedingungen andere (schwierigere) Leute arbeiteten, kurz: die etwas ganz anderes sei. Daß Großbaustellen überhaupt gegenüber 1949 etwas Neues sind, war der Aufführung nicht entnommen worden.
Zu »Korrektur« im besonderen: Nicht verständlich geworden war, daß der dargestellte *Mißbrauch* des Normprinzips, eine rückschrittliche Haltung, die *Durchsetzung* des Normprinzips bedingt, einen Fortschritt. Die die Norm nicht akzeptierten, mißbrauchen sie schon. Perspektivisch richtig wäre hier für »schon« ein »noch« zu setzen. Fehler in »Korrektur«: Das »noch« ist nicht gesetzt. Es kann auch vom Zuschauer

nur gesetzt werden, wenn ihm das nächste »schon« gezeigt wird: die Position der Vorhut, die vom Normprinzip produktiven Gebrauch macht. Das Publikum, dem diese Sehhilfe verweigert wird, liest so nicht einmal das »schon« heraus, sondern nur ein »immer noch«.
Die Aufführung bewirkte Depression statt, wie erwartet, Aktivität. Was nicht auf das Konto des Stücks geht: Offenbar nahm sogar dieses Publikum zu der Vorführung seiner Schwierigkeiten auf dem Theater eine andere (passive) Haltung ein als zu ihrem Vorkommen in der Wirklichkeit. Die souveränere (un-depressive, aktive) Haltung des Publikums im Kombinat »Schwarze Pumpe« zur Darstellung seiner Kämpfe erklärt sich einmal daraus, daß es seine Siege täglich und handgreiflich vor Augen hat, zum andern daraus, daß die Gefahr der Einschüchterung durch »Kunst« beim Abhören der Funkfassung in einer Baracke nicht bestand.
Der Vergleich der zweiten Fassung von »Korrektur« mit der ersten wird eine konkrete Untersuchung dieser Fragen ermöglichen.
Weitere Fragen können hier nur angedeutet werden: Der Widerspruch zwischen dem technischen Niveau (der Produktionsmittel) und dem höheren politisch-ökonomischen (der Produktionsverhältnisse), unvermeidlich in der Übergangszeit. Seine Folgen für die Produzierenden: die Schwierigkeit, Funktion und Person zur Kongruenz zu bringen, das unnatürliche »Dienst-ist-Dienst-und-Schnaps-ist-Schnaps« zu liquidieren. Folgen für die Dramaturgie: Tendenz zu »offenen« und Splitterformen, Schwierigkeit, zu »geschlossenen« Formen zu gelangen. Zu untersuchen bleibt, wie der in »Korrektur« unternommene Versuch, eine geschlossene Form herzustellen, weil verfrüht, die Inhalte beschneidet, wie der ästhetische Vorgriff einen politischen Rückschlag auslöst.

Hans Dieter Mäde
Die Neufassung

Heiner Müller analysiert weiter oben die Wirkung, die von der ersten Fassung der »Korrektur« ausging. Die Diskussion nach der »Probeaufführung« im Maxim-Gorki-Theater blieb nicht die letzte. Weitere Beratungen und Aussprachen mit dem gesamten Ensemble, mit Genossen aus der Parteiorganisation des Theaters und aus dem Parteiapparat, mit der Dramaturgie und der Theaterleitung folgten. Dann »trat die Selbstkritik der Autoren in die exekutive Phase«: Heiner und Inge Müller gingen an die Umarbeitung.
Es hat nicht an Leuten gefehlt, die versuchten, diesen Entschluß zu mißdeuten. Sie wurden in doppelter Hinsicht enttäuscht. Weder die Autoren noch das Theater spielten die Beleidigten, weil sie kritisiert worden waren. Sie wollten nämlich etwas über unsere neue Wirklichkeit sagen und wollten es selbstverständlich so gut, so klar, so nutzbringend wie möglich sagen. (Müller: »Die neue Literatur kann nur *mit dem neuen Publikum* entwickelt werden.«) So war wenig Zeit zur Kopfhängerei, wohl aber Anlaß zu gründlichem Nachdenken und zu verstärkten Anstrengungen. Das Stück, das dann seine Uraufführung erlebte, war auch keineswegs das alte mit ein paar »Retuschen«, sondern wirklich eine neue Fassung, in der die Kritik produktiv umgesetzt war. Ich meine, das ist ein großer Erfolg – politisch und künstlerisch. So ist ein Vergleich der beiden Fassungen wohl von allgemeinerem Interesse.
Die in den Aussprachen ermittelten Ursachen für die Depression, die durch die erste Fassung bewirkt wurde, lassen sich unter drei Hauptgesichtspunkten zusammenfassen: 1. Die Widersprüche und der Hauptkonflikt; 2. Die Widersprüche und die Partei; 3. Die Widersprüche und die Arbeiterklasse (Spontaneität und bewußter Kampf).
Zu Punkt 1: Seit geraumer Zeit lenkt die Sozialistische Einheitspartei Deutschlands die Aufmerksamkeit ihrer Mitglieder und aller Werktätigen auf die Existenz von inneren Widersprüchen im Leben unserer Republik, sie erläutert die dialektische Gesetzmäßigkeit der Entstehung solcher Widersprüche im Übergang zur sozialistischen Gesellschaft und zeigt die Wege zu ihrer Überwindung in bewußtem Kampf. Die besondere Begabung von Heiner und Inge Müller besteht – wie sie schon im »Lohndrücker« bewiesen – vor allem in ihrer Fähigkeit, mit dialektischem Scharfblick solche Gesetzmäßigkeiten, solche charakteristischen Widersprüche aufzuspüren und die Möglichkeit und Notwendigkeit ihrer Lösung zu gestalten. So ist es nicht erstaunlich, daß sie bei einem Besuch in »Schwarze Pumpe« auf eine ganze Reihe größerer (und ernsthafter) oder kleinerer (und komischer) Widersprüche stießen und mit reichem Material nach Hause fuhren.

ırocken stellten sich die jungen Hochöfner vom Ofen IV den Pro-
ıren entgegen. Ohne die Arbeit zu unterbrechen, verteidigten sie
ihren Ofen und erstickten jeden Putschversuch im Keime.

Rudolf-Harlaß-Gießereien geht es um den Ausschuß Foto: Seid

-Harlaß-Gießereien in Karl-Marx-Stadt werden regelmäßig am Arbeitsplat
ısberatungen zum Thema „Kampf dem Ausschuß" durchgeführt

Bei der Konzeption ihrer Fabel unterlief jetzt den Autoren der erste Irrtum. Sie verknüpften auf knappstem Raum (Spieldauer der Erstfassung 28 Minuten) zwei außerordentlich komplizierte Probleme. Der gesellschaftliche Hauptkonflikt ist sogleich in der Erzählung des Arbeiters Franz K. und in der Szene 3 (»Normenschaukel«) gegeben: noch vorhandene Normenschaukelei aus Mangel an sozialistischem Bewußtsein und unter dem Einfluß unbelehrbarer reaktionärer Elemente. Die eigentliche Fabel aber wird bewegt durch den Konflikt, der aus Bremers sektiererischem Verhalten entsteht. Bremer, schon wegen einer sektiererischen Fehlhandlung zur Bewährung auf die Großbaustelle geschickt, macht den gleichen Fehler in anderer Form ein zweites Mal. Er wird dafür kritisiert, als Brigadier abgesetzt, hält jedoch trotz aller »Nackenschläge« zur Sache. Durch seine Haltung beeindruckt – »beschämt« –, entschließt sich Heinz B. zum Eintritt in die Partei.
Diese Fabel-Konzeption war die erste Ursache für die im Zuschauerraum beobachtete Depression. Ohne Zweifel war gerade die Auslösung des »Beschämungseffekts« auch im Zuschauerraum eines der Ziele der Autoren. Aufführung und Diskussionen ergaben jedoch, daß die beabsichtigte Wirkung nicht eingetreten war. Denn ein nicht unbeträchtlicher Teil des Publikums las die Fabel, grob gesprochen, so: Bremer, ein alter Revolutionär, der für die Sache der Partei acht Jahre im KZ gesessen hat, wird wegen eines Fehlers als Funktionär abgesetzt und ins Kombinat geschickt (»bezieht Prügel«). Er widersteht dem Verlangen seiner Brigade nach Betrug (und bezieht, diesmal buchstäblich, Prügel). Er macht einen neuen Fehler, wird kritisiert und abgesetzt (bezieht also wieder Prügel). Eine Lesart, die nicht gerade geeignet war, bei der Klärung von Rolle und Funktion eines Parteimitgliedes im Leben unserer Gesellschaft zu helfen.
Außerdem: Diese Fabel-Konzeption ließ die gesellschaftliche Hauptfrage, wie sie in der Szene »Die Normenschaukel« als Kampf des Neuen mit dem Alten vor uns erscheint, zurücktreten vor Bremers Problemen. Dadurch erhielten Schwierigkeiten, Rückständigkeiten, Negatives ein in der Proportion zu großes Gewicht. So wurde denn auch die Partei (und damit sind wir bei Punkt 2) lediglich in ihrem Bemühen gezeigt, Bremers Fehler zu korrigieren, nicht aber in der Führung und Organisierung des bewußten Kampfes zur Lösung der hauptsächlichen Widersprüche. Und endlich – dies betrifft Punkt 3 – kam der aktive Anteil der Arbeiter am Kampf um die Meisterung ihrer Probleme ungenügend zum Ausdruck. Auseinandersetzungen unter den Arbeitern wurden wenig gezeigt; so bekamen sowohl der Parteieintritt Heinz B.s als auch die Erfolge und die Entstehung des Neuen, von denen berichtet wurde, den Anstrich des Spontanen.
Am Rande: All das wurde durch einige Mängel der Inszenierung – besonders der Hauptszene »Fundamente« – eher unterstrichen als gemildert.
Das etwa war der Ausgangspunkt, als die Autoren neu an die Arbeit gingen. Wie man sieht, handelte es sich weniger um formale als vielmehr um elementare politische und inhaltliche Fragen, bei deren Lösung allerdings Formprobleme nicht unbeachtet blieben. (Müller hat auf sein Streben nach einer geschlossenen Form als eine Ursache dafür hingewiesen, daß er die Fabel so und nicht anders führte und dadurch »die Inhalte beschnitt«.) So erwies sich die strenge Form der ersten Fassung a–b–a–b (Szene-Erzählung–Szene–Erzählung) in der neuen Aufgabestellung als nicht mehr durchführbar und wich einer lockeren Abfolge, die Szenentitel fielen weg usw. Untersuchen wir die Veränderungen im einzelnen.
Die neue Fassung beginnt mit einem Prolog. Die bisherige erste Szene (»Ein Brigadier«), in der Bremer vorgestellt wurde und in der der Parteisekretär als eine Art besserer Empfangschef fungierte, ersetzten die Autoren durch zwei neue Szenen (1a, 1b). In ihnen tritt uns die Partei – vorläufig in Gestalt ihres Sekretärs – als aktive, an der Veränderung der Wirklichkeit arbeitende Kraft gegenüber. Wir erfahren, daß die Brigade Sense – »hat den höchsten Lohn und arbeitet schlecht« – einen neuen Brigadier bekommt. (Bauleiter: »Er kommt aus der besten Brigade. Er heißt Bremer. Er wird mit ihnen schlittenfahren.« Sekretär: »Er soll mit ihnen arbeiten. Das kann er nur, wenn er ihnen sagen kann, wofür.«) Also: In der neuen Exposition ist das ideologisch-politische Motiv des Sektierertums, das Bremer ins Kombinat gebracht hat, weggefallen. Wir werden klar auf Ökonomisches (Arbeitsproduktivität, Wartezeiten usw.) orientiert.
Die Erzählung des Arbeiters Franz K. (jetzt Szene 2a) weist nur geringe Veränderungen auf, darunter aber eine für die Geschichte bedeutsame: Am Schluß nimmt Franz K. das Motiv der Szene 1a (»Das kann er nur, wenn er ihnen sagen kann, wofür.«) von der Gegenseite her auf. Er spricht von dem Versuch der Brigade, Bremer zur Teilnahme an der Normenschaukelei zu bewegen, und schließt: »Er hat nicht mitgemacht, nicht für Prügel, die er gekriegt hat, und nicht für Bier, das wir ihm angeboten haben. Er sagt: Betrug kommt nicht in Frage. *Aber mehr sagte er nicht.«*

Und in der übrigen fast unveränderten Szene 2b (Normenschaukel) stellt Heinz B., auf Bremers zornig vorgebrachtes: »Ich weiß, wofür ich arbeite!«, die Gegenfrage: »Wofür denn?«, und Bremer bleibt die Antwort schuldig.
Diese Beispiele machen die neuen Akzente, unter denen Bremers Geschichte konzipiert wurde, bereits deutlich. Die in der alten Fassung folgende »Erzählung des Ingenieurs Martin E.« und die Szene »Vorschriften« sind von den Autoren gestrichen worden. Beide hatten nur lockere Verbindungen zur Fabel. Die Ingenieurserzählung berichtete, in sprachlich reizvoller Form, von anekdotischen Begebenheiten aus der »wilden Zeit«, der Baustelle; aber das Eigenleben, das diese Mißlichkeiten innerhalb des Fabelgeschehens besaßen, ließ zu, sie allgemeingültiger auszulegen, als sie gemeint waren. Die Szene »Vorschriften« hatte zu den künstlerisch schwächsten des Stücks gehört. Neu an dieser Stelle ist der »Brief des Ingenieurs Herbert C.«, der die Position dieses Vertreters der alten Intelligenz präzis umreißt und die Schranken, die seine Sicht noch hemmen, ebenso deutlich macht wie sein schon erreichtes Verständnis der friedlichen Perspektive unseres Staates. Die »Erzählung des Arbeiters Heinz B.« blieb, von einigen Straffungen abgesehen, unverändert.
Die nun folgenden Veränderungen bilden das Herzstück der neuen Fassung; über sie muß im Zusammenhang gesprochen werden. Bei der Analyse der großen Mittelszene (bisher »Fundamente«, jetzt 3b) fällt sofort dreierlei auf. Erstens: Die Aktivität in der Auseinandersetzung um ihre Probleme wurde mit knappen Strichen verstärkt. Jetzt wird z. B. weder die Unterstellung, der Leistungslohn sei schuld an dem zu verhandelnden Unfall, noch der Ausfall des Heiseren gegen die Sorben unwidersprochen hingenommen. Zweitens: Aus dem Vorsitzenden, der in der Erstfassung auftrat, ist ein Bauleiter geworden. Das ist mehr als eine Bezeichnungsänderung. Die Figur ist eindeutiger geworden, wir haben sie schon in Szene 1a kennengelernt. (im Prolog wird über den Bauleiter gesagt: »Er hat falschen Tritt.«) Diese Veränderung setzt bestimmte Härten und Unvollkommenheiten der Produktionsberatung ins richtige Verhältnis. Drittens: Der bisherige Hauptinhalt der Szene, die Beleidigung des Ingenieurs durch Bremer ist zwar nicht herausgenommen, aber doch so verknappt, daß er zu einer Episode unter anderen wird. Das verstärkt zugleich die Wirkung des Konflikts zwischen Bremer und der Brigade.
Diese entschiedene Akzentverlagerung setzt sich fort in der Szene, die dem Stück den Namen gab (»Die Korrektur«, jetzt 4b). In der alten Fassung bestand ihre Funktion darin, Bremer klarzumachen, daß der Ingenieur gebraucht wird und daß er, Bremer, sich korrigieren (entschuldigen) muß. Daraus ist jetzt eine völlig neue Szene geworden. Das drückt sich rein äußerlich darin aus, daß die etwas fatale Zweisamkeit Sekretär – Bremer aufgegeben ist. Jetzt findet eine Parteiberatung statt, an der auch der Bauleiter und der erste Arbeiter teilnehmen; dieser greift an zwei entscheidenden Punkten der Sitzung in das Geschehen ein. Verändert ist aber vor allem die inhaltliche Zielrichtung der Szene: Die Auseinandersetzung Bremers mit dem Ingenieur ist nur noch Einleitungs- und Randmotiv. Die Korrektur, die von Bremer verlangt wird, ist völlig anderer, tieferer Natur. Der Sekretär formuliert die Aufgabenstellung in der Neufassung seiner Erzählung folgendermaßen: »Bremer hatte den Kopf riskiert für die Partei, als es darauf ankam. Seine Brigade hat ein Fundament verdorben, und auf Fundamente kommt es an. Das war eine Niederlage. Das hatte er begriffen. Wie man aus der Niederlage einen Sieg macht, das mußte er begreifen.«
Und Bremer begreift – nicht widerstandslos, nicht ohne Schmerzen, aber er begreift. Darum wird auch der Vorschlag des Bauleiters, ihn als Brigadier abzusetzen, vom ersten Arbeiter und vom Sekretär nachdrücklich zurückgewiesen. Bremer bleibt Brigadier. Der Sekretär entläßt ihn mit dem Hinweis auf den jungen Arbeiter, der in der Produktionsberatung einen Betrug aufdeckte, den er selbst mitgemacht hat. (»Niemand hat ihn gefragt. Aber er hat geantwortet. Warum? Frag ihn.«)
Schon diese Veränderungen haben entscheidende Bedeutung. Aber die Autoren gingen noch einen Schritt weiter. Sie schrieben zwei neue Szenen, die innerhalb der Brigade spielen. Schon in der Szene »Fundamente« war der Mitteilung Heinz B.s über den nicht nachgemischten Beton eine kurze Auseinandersetzung mit dem Major vorangegangen. Sie wird jetzt in der Szene 3c wieder aufgenommen. Die Brigade beginnt, sich von dem Major zu distanzieren. In der gleichfalls neuen Szene 5a wird die Grundsituation von 2b (Normenschaukel) unter veränderten Bedingungen wiederholt. Bremer hat verstanden, daß es nicht genügt, einen Standpunkt zu haben, daß man ihn auch vertreten, erklären, durchsetzen muß. Die Differenzierung in der Brigade ist weiter vorangetrieben: der Major ist faktisch isoliert, Franz K. nimmt die Diskussion auf und muß sich, als er die Argumente Bremers mit einem skeptischen »Hört sich gut an, Brigadier« quittiert, von Heinz B. sagen lassen: »Rot seit 1918, aber nichts behalten und nichts dazugelernt.« So ist dem Parteieintritt Heinz

B.s (5c) die Zufälligkeit, das Nur-Spontane genommen, er ist vorbereitet, und auch die neue Schlußpointe, mit der die Autoren ein Motiv aus dem ersten Bild des »Lohndrückers« umgewandelt wieder aufnehmen, wird möglich. Aus der Geschichte des einsamen, sich nicht mehr zurechtfindenden Sektierers ist die Geschichte einer Brigade geworden. So kann der Prolog ankündigen: »Wir zeigen, wie eine von tausend Brigaden (und es ist nicht die beste) klug wird durch Schaden.«

Vergleicht man die Summe der Veränderungen mit der selbstgestellten Aufgabe, so wird deutlich, daß es den Autoren gelungen ist, alle wesentlichen Hinweise, die ihnen gegeben worden waren, Punkt für Punkt fruchtbar zu machen – wobei diese ideologischen Berichtigungen fast ausnahmslos zu echten künstlerischen Vertiefungen wurden. So bewirkte denn die Neufassung auch nicht mehr Depression, sondern von ihr ging – um die Worte eines Kritikers zu zitieren – »heitere Klarheit und Zuversicht« aus.

Die Veränderungen entstanden nicht in der »Isolierzelle« und nicht »auf einen Ritt«. Zwischenstadien wurden zur Diskussion gestellt und zwischen Autoren, Dramaturg und Regisseur beraten. Die Zusammenarbeit war nützlich und lehrreich für alle Teile. Den Regisseur zwang z. B. die neue, weniger strenge Form, seine bisherige Grundkonzeption zu überprüfen. Die Podestlösung der ersten Inszenierungsfassung wurde verworfen. Der Gedanke, alle mitwirkenden Schauspieler ständig auf der Bühne anwesend sein zu lassen, um nachdrücklich das gemeinsame Entstehen für die Sache zu unterstreichen, wurde von den Autoren aufgegriffen und zu Ende geführt. So entstand die heiter-ironische Vorstellung der Figuren, die dem Zuschauer hilft, seine Aufmerksamkeit auf das Wesentliche der Vorgänge einzustellen, und die eine optimistische Ausgangsposition, eine Betrachtung der Vorgänge aus der Perspektive des »Wir sind über 'n Berg«, möglich macht. Oder: Die Autoren schlugen in ihrem Prolog, der den »Lohndrücker« mit der »Korrektur« verbindet und damit wirklich zu einem Theaterabend zusammenführt, die Zeilen vor: »Wenn wir jetzt die Bühne drehn, werden wir sieben Jahre weiter sehn«, und das Theaterkollektiv fand, dadurch angeregt, jene offene Verwandlung aus der noch düsteren »Lohndrücker«-Stimmung in die Helligkeit der »Korrektur«-Dekoration, die eine zusätzliche, befreiende emotionale Wirkung auslöst.

Die Korrektur der »Korrektur« ist abgeschlossen. Inzwischen ging die Neufassung bereits in zahlreichen Vorstellungen über die Bretter. Nicht abgeschlossen ist die Diskussion, die auf neuer Ebene fortgeführt und ständig aus dem Zuschauerraum in die Betriebe getragen wird. In diesen Aussprachen ist zu erfahren, daß »Die Korrektur« von unseren Arbeitern als praktische Hilfe bei der Lösung ihrer Probleme verstanden wird. So zeugt die Geschichte dieses kleinen Stücks neuer Literatur von der höheren Qualität, die das Verhältnis von Produzenten und Konsumenten auch im Bereich der Kunst bei uns bereits erreicht hat.

DIE KORREKTUR

Prolog

SPRECHER Wir zeigen, wie eine von tausend Brigaden
(Und es ist nicht die beste) klug wird durch Schaden.
Wir hoffen, unser Spiel beweist:
Dumm ist, wer sich selber bescheißt.
Alle Spieler stehen auf der Bühne.

PARTEISEKRETÄR Das ist Bremer, Brigadier, Kämpfe gewohnt.
Aber die alten Waffen genügen nicht an der neuen Front.

SPRECHER Ders ihm beibringt, ist der Parteisekretär.

PARTEISEKRETÄR Es ist nicht nur der.

BREMER Das ist Heinz B. An dem hab ich festgestellt:
Es ist nicht alles Hund, was bellt.

HEINZ B. Franz K., Goldgräber. Im Verlauf
des Spiels geht ihm ein Auge auf.

FRANZ K. Das ist der Major. Von Hitler zum Hauptmann gemacht.
Im Arbeiterstaat hat ers nicht mal zum Maurer gebracht.

SPRECHER Und hier: Bauleiter Otto Schmidt,
Genannt der Zahlenotto. Er hat falschen Tritt.

INGENIEUR C. Gestatten Sie, daß ich ergänz:
Hier steht die alte, da steht die neue Intelligenz.

SPRECHER Wir sind der Rest, den keiner mit Namen kennt,
Doch unentbehrlich zum guten End.
Der wußte vor zehn Jahrn noch nicht, was eine Kelle ist.
Der lernte es als Kind schon. Der ist Aktivist.
Der Heisere. Er säuft. Doch bitten wir, sich da nicht aufzuregen.
Eh er uns absäuft, werden wir ihn trockenlegen.
Die Frauen, die sich nichts gefallen lassen,
Mitbaun am eignen Haus, mitfahrn auf eignen Straßen.
Der Bauer, der sich plagt um Soll und Saat.
Unbekannte Täter der großen Tat.

1 a

PARTEISEKRETÄR Du bist Bauleiter im Abschnitt 6. Dort arbeitet die Brigade Sense, hat den höchsten Lohn und arbeitet schlecht. Warum?

BAULEITER Ganz einfach: sie betrügen.

SEKRETÄR Warum?

BAULEITER Sie betrügen alle, wenn der Brigadier mitmacht. Und ich kann nichts machen, solange ich nichts in der Hand habe, daß ich ihnen auf die Finger schlagen kann.

SEKRETÄR Da meinst du also, wenn du ihnen auf die Finger schlägst, mit denen sie arbeiten, arbeiten sie besser? Gut, daß du nichts in der Hand hast.

BAULEITER Zugegeben: die Leute haben Wartezeiten, und das heißt Verdienstausfall. Was wir hier machen, ist auch für die Ingenieure neu. Sie machen nichts ohne Rückendekkung, das frißt Zeit. Die Zeichnungen verspäten sich, und die Brigaden müssen warten.

SEKRETÄR Sind die Ingenieure bei den Produktionsberatungen dabei?

BAULEITER Selten, und auch dann nicht alle.

SEKRETÄR Das müßt ihr ändern. Habt ihr den Arbeitern erklärt, was sie hier aufbaun und warum, und wen sie betrügen?

BAULEITER Soll ich ihnen die Zeitung vorkaun? Was soll ich denn noch alles machen?

SEKRETÄR Was nötig ist.

BAULEITER Die Brigade Sense kriegt einen neuen Brigadier. Er kommt aus der besten Brigade. Er heißt Bremer. Er wird mit ihnen schlittenfahren.

SEKRETÄR Er soll mit ihnen arbeiten. Das kann er nur, wenn er ihnen sagen kann, wofür.

1 b

SEKRETÄR Du bist Ingenieur. Die Arbeiter schimpfen auf die Ingenieure.

INGENIEUR E. *lacht:* Ja. Die Polstermöbel und die Wartezeiten.

SEKRETÄR Die Polstermöbel interessieren mich nicht. Mich interessieren die Wartezeiten.

INGENIEUR E. Das Material können wir nicht machen. Die Intelligenz ist keine Zementfabrik. Mit den Zeichnungen ist das so: Normalerweise wird erst alles projektiert und dann gebaut. Projektierung auf Raten ist neu für die meisten Ingenieure. Also arbeiten sie nur mit Rückendeckung. Und die kriegen sie von Berlin.

SEKRETÄR Die Arbeiter werden sie ihnen nehmen, hier, in den Produktionsberatungen. Warum nehmen die Ingenieure nicht an den Produktionsberatungen teil?

INGENIEUR E. Arbeiter als Aufsichtsräte, das ist auch neu für die alte Intelligenz.

SEKRETÄR Dann verlegt die Produktionsberatungen in die Ingenieursbaracken. Da haben sie ihre Polstersessel und sitzen fest.

2 a

FRANZ K. Ich bin Bauarbeiter, rot seit 1918, seit 46 nicht mehr so. Ich habe mit der Wismut das Erzgebirge auf den Kopf gestellt acht Stunden täglich, in Schächten ohne Sicherung, die jeden Tag absaufen konnten. Wer nicht mit dem Schacht absoff, soff ab im Schnaps. Wen der Schnaps nicht fertigmachte, den brachten die Weiber auf den Hund. Es war schwer, sich herauszuhalten: aus den Schächten, aus den Weibern, aus dem Schnaps. Dann wurden die Schächte gesichert und die Weiber verheiratet. Da wurde es langweilig. Hier im Kombinat hab ich mir noch kein Bein ausgerissen. Wenns der Bauleitung zu langsam geht, warum kommt sie nicht zu uns auf die Baustelle? Manchmal schicken sie einen Dispatcher mit Motorrad. Der kommt an in einer Staubwolke, reißt das Maul auf und fährt wieder ab in einer Staubwolke, eh wir zu Wort gekommen sind. Aber in der Versammlung reden sie uns mit Arbeiterklasse an. Wenigstens könnten sie dafür sorgen, daß es keine Wartezeiten gibt. Wir warten auf die Zeichnungen. Wir warten auf Material. Das drückt auf den Lohn. Wir wissen, was wir wert sind und machen nichts umsonst. Eh wir uns bescheißen lassen, baun wir vor: der Lohn steigt schneller als die Mauern, die Kurve schneller als die Produktion. Die Brigadiere schreiben die Norm, die wir brauchen, und der Polier drückt beide Augen zu. Es ist nicht sein Schaden. Bremer war der erste, der das nicht mitgemacht hat. Er sagte immer wieder: Das ist Betrug. Betrug kommt nicht in Frage. Er hat nicht mitgemacht, nicht für Prügel, die er gekriegt hat, und nicht für Bier, das wir ihm angeboten haben. Er sagt, Betrug kommt nicht in Frage. Aber mehr sagte er nicht. Er ist rot bis auf die Knochen.

2 b

Brigadier rechnet.

DER »MAJOR« Komm auf die Schaukel, Brigadier. Auf die Normenschaukel.

FRANZ K. Er ist neu. Er kennt sich nicht aus. Klär ihn auf, Major.

MAJOR Also paß auf, Brigadier. Du bist neu hier und kennst dich nicht aus. Hier, das ist die Norm, gemacht von einem Streber mit sechs Mann Hilfestellung, der dafür eine Prämie gekriegt hat: eine Ungerechtigkeit. Die muß ausgeglichen werden. Korrigiert. Also wird geschaukelt. Was wir auf dem Arbeitsplatz nicht schaffen, schaffen wir auf dem Papier. Den Bleistift hast du. Du mußt rechnen können, das ist alles.

HEINZ B. Das ist die Normenschaukel. *Lachen.*

FRANZ K. Die Wartezeiten drücken auf den Lohn, wir drükken dagegen. Und die Norm bleibt oben.

BREMER Betrug kommt nicht in Frage.

MAJOR Betrug würd ich nicht sagen.

BREMER Was bist du für einer? Warum nennt ihr ihn Major?

FRANZ K. Er war Hauptmann. Wir haben ihn zum Major befördert. Er ist ein Lump. Aber er hat recht mit der Norm.

BREMER Wofür arbeitet ihr eigentlich?

HEINZ B. Für Geld. *Gelächter.*

BREMER Ich weiß, wofür ich arbeite.

FRANZ K. So? Weißt du das? *Singt:*
Der Pole kriegt die Kohle,
der Tscheche kriegt das Licht . . .
Redet weiter: Dafür, was?

MAJOR Schreib zweihundert Prozent. Unter dem machen wir es nicht. Wir haben feste Preise.

BREMER Bei mir steht: hundertzwanzig. Hundertzwanzig haben wir geschafft.

FRANZ K. Richtig. Und das ist zu wenig. Deshalb runden wir auf und schreiben zweihundert.

BREMER Wenn ihr mehr verdienen wollt, arbeitet mehr.

MAJOR Ein Vorschlag, Brigadier: Ein Kasten Bier für einen Rechenfehler. Starkbier.

BREMER Nach Waldheim bring ich dich, du Lump.

MAJOR Was heißt hier Waldheim? Auf dem Ohr sind wir taub. Aber die zweihundert brauchen wir. Wenns nicht mit

Bier geht, reden wir Fraktur. Wer nicht für uns ist, ist gegen uns.

BREMER Betrug kommt nicht in Frage. Nicht, solange ich hier Brigadier bin.

MAJOR Dann laß dir gleich einen andern Posten reservieren.

BREMER Das schlag dir aus dem Kopf, Major. Wenn ihr nicht mehr arbeiten wollt, verdient ihr weniger. Wozu bin ich Brigadier?

3 a

HEINZ B. Mein Vater ist im Kohlenpott krepiert. Meine Mutter ist im Kohlenpott erfroren, 47 im Winter, weil ich wegen Kohlendiebstahl saß und keine Kohlen klauen konnte. Ich hab dann ein Mädchen aus dem Osten kennengelernt. Die sagte, da gibts Arbeit, und ich bin herüber. Wir wollten heiraten, das kostet Geld. So kamen wir ins Kombinat. Sie war Schlosserin. Sie verdiente gut, mehr als ich, und kriegte Prämien für gute Arbeit. Nach drei Monaten merkte ich, daß sie auch nachts Überstunden machte. Zwei Maurer schlugen sich auf der Baustelle. Dabei kam es heraus. Der eine hatte ihr zwölf Mark geboten. Er war Brigadier, und sie hatte ihm gesagt: Fritz ist kein Brigadier und zahlt schon dreizehn; unter fünfzehn laß ich einen Brigadier nicht ran. Ich habe sie gefragt: was bin ich schuldig, und ob ichs abzahlen kann, ich schaff es nicht auf einen Ritt bei ihrer Taxe. Jetzt ist sie, wo ich hergekommen bin, im Westen. Als Schlosserin kommt sie da nicht an, als Hure ja. Kurz danach hab ich beim VEB gekündigt, weil unser Brigadier ein Arschloch war. Ich hatte es zu laut gesagt, und die Bauleitung kriegte mich am Arsch. Ich kam bei einer Privatfirma unter. Die Arbeiter waren mit dem Betrieb verheiratet. Ich hatte mir vorgenommen, ich heirate nie. Aber die Arbeit klappte: sie aasten nicht mit dem Material, die Termine wurden gehalten. Ich frage mich: warum kann das beim VEB nicht auch so sein? Der Chef sagte: Wir sind eine große Familie. Das hieß: Überstunden werden nicht bezahlt. Das war ich nicht gewöhnt. Wie er mir auf die Schulter klopft und sagt, bei mir werden Sie nicht gefragt, welcher Partei Sie angehören, frag ich ihn: mit welcher halten Sies denn, Chef? Das nahm er übel. Wegen der Überstunden bin ich weg, zurück zum VEB. Der neue Brigadier war ein

Scharfmacher. Der Vers »Der Bleistift vom Polier / Hört auf den Kasten Bier« paßte nicht auf ihn. Wir schlugen ihn zusammen, weil wir dachten, vielleicht hört er darauf. Er hat nicht zurückgeschlagen. Er stand auf und wischte sich das Blut ab. Er ließ sich auf nichts ein. Er sagte: Betrug kommt nicht in Frage. Wenn ihr mehr verdienen wollt, arbeitet mehr. Dann passierte der Skandal mit dem Fundament. Es sackte ab, weil wir den Beton nicht nachgemischt hatten. Mit dem Beton ist das so: Wir kriegen ihn vom Mischturm. Der läuft automatisch und ist das Neuste. Aber Spezialloren sind nicht da. Also trocknet der Beton auf dem Transport aus, und wir müssen jedesmal nachmischen. Das kostet Zeit und unser Geld. Ich sagte: Er ist zu trocken. Das tritt sich fest, sagte der Major. Der Brigadier läßt uns nicht verdienen, was wir brauchen. Wir müssen sehen, wo wir bleiben. Zeit ist Geld. Franz K. sagte: Wir haben schon auf die Zeichnung warten müssen und nicht zum erstenmal. Sollen wir draufzahlen, weil die Intelligenz Verspätung hat? Haben wir Polster unterm Hintern? Es muß ja nichts passieren, sagte er. Das mit den Zeichnungen stimmt. Normalerweise ist es so, daß in einem Stück gebaut wird, erst wenn die ganze Projektierung fertig ist. Das Kombinat wird in Scheiben geliefert: eine Scheibe Projektierung, eine Scheibe Bau. Aber wir haben den Beton nicht nachgemischt. Der Brigadier war nicht dabei. Er hat im nächsten Abschnitt die Verschalung kontrolliert. Als es passiert war, fragte er: Was habt ihr da gemacht? Der Major sagte: Genau wie sonst. Es muß an der Zeichnung liegen. Der Brigadier hatte die Verantwortung für unsre Arbeit. An ihm blieb alles hängen.

3 b

BAULEITER Das Eckfundament von Halle 6 rutscht ab. Es muß herausgerissen und neu gegossen werden. Gearbeitet hat dort die Brigade Bremer. Sie hat schlecht gearbeitet. Das muß untersucht werden.

ARBEITERIN Wir verlangen, daß der Unfall an der Strecke untersucht wird. Eine Streckenwärterin ist an der Kreuzung Autostraße/Werkbahn überfahren worden. Der LKW hat auf ihr Haltesignal nicht gehalten. Sie mußte zum Gleis ausweichen, und die Lok hat sie überfahren. Sie hat vier Kinder und liegt im Krankenhaus, beide Beine ab. Sie stirbt, weil der LKW-Fahrer keine Zeit hatte.

EIN JUNGER ARBEITER Er steht im Leistungslohn.

ARBEITERIN Einen Mord hat er geleistet.

2. ARBEITER Richtig. Was heißt hier Leistungslohn.

3. ARBEITER Der Leistungslohn ist schuld, ihr seid die Unschuld selber, was?

DER HEISERE Wenn wir immer auf die Weiber warten, kommen wir nie zurecht.

ARBEITERIN Wir verlangen, daß der Unfall untersucht wird.

1. ARBEITER Erst das Fundament.

ARBEITERIN Wir wollen gehört werden. Wir arbeiten wie ihr. Das ist auch ein Fundament.

BAULEITER Das bestreiten wir nicht. Eure Forderung ist berechtigt. Der Unfall wird untersucht, der Fahrer wird bestraft, wenn sich herausstellt, daß er schuld ist. Aber eins nach dem andern, das Wichtigste zuerst. Das müßt ihr einsehn.

ARBEITERIN Wir sind nicht wichtig, was? Warum vermauert ihr uns nicht gleich in euer Fundament!

1. ARBEITER Erstens: weil wir das Kombinat nicht zum Vergnügen baun. Zweitens: die Kohle ist für alle.

BAULEITER Der Kollegin können wir nicht helfen, wenn die Ärzte ihr nicht helfen können. Ihren Kindern helfen wir, wenn wir besser baun und schneller. Also erst das Fundament. Wo sind die Kinder?

ARBEITERIN Im Wochenheim.

BAULEITER Hat sie Verwandte?

ARBEITERIN Nein.

BAULEITER Gut. Dann sorgt ihr dafür, daß für die Kinder gesorgt wird und schnell. Und gebt uns Bescheid.

ARBEITERIN Ja.

2. ARBEITER Hier liegt noch eine Beschwerde vor. Ein sorbischer Bauer beschwert sich, daß ein Lastwagen mit Bauholz durch sein Rübenfeld gefahren ist, um den Weg abzukürzen.

BAULEITER Hol ihn herein. Aber er soll es kurzmachen. *Herein der Bauer.*

DER BAUER Durch mein Rübenfeld ist ein Lastwagen vom Kombinat gefahren. Ich will Schadenersatz. Ich hab schon drei Felder abgegeben für euer Kombinat. Der Russe hat sie mir gegeben. Jetzt wollt ihr sie für euren Sozialismus haben, und euer Sozialismus fährt mit dem Lastwagen durch mein einziges Rübenfeld.

3. Arbeiter Unser Sozialismus heißt Fritz Erpen. Wir haben ihn schon zweimal verwarnt. Er war zuletzt beim Zirkus. Feuerspeier. Er versäuft seinen Sprit. Der fehlt ihm dann, und er muß es am Weg einsparen.

Bauleiter Ist er hier?

3. Arbeiter Nein.

Der Bauer Ich will Schadenersatz.

Der Heisere Halt uns nicht auf. Wir haben mehr zu tun, als dein Gejammer anzuhörn, Pollack.

Der Bauer Ich bin Sorbe.

Der Heisere Das ist dasselbe.

Der Bauer Pollack haben die SS zu mir gesagt. Jetzt heißt es Sorbe.

Der Heisere Bei uns im Bunker arbeiten zwei von deinen Leuten, Sorbe. Wer ersetzt uns den Schaden, wenn die uns die Norm hochtreiben, weil sie sich anschmeißen wolln? Ich weiß Bescheid.

2. Arbeiter Wenn du halb soviel arbeiten würdest wie die sorbischen Kollegen, wären wir weiter.

Der Bauer Die Rüben fehlen mir. Das Soll hab ich nicht festgesetzt.

Bauleiter Wegen Schadenersatz geh zur Aufbauleitung. Wer durch dein Feld fährt, fliegt. Noch was?

Der Bauer Ich renn ihm die Forke in die Reifen beim nächstenmal. *Ab.*

Bauleiter Jetzt das Fundament. Bremer, du bist der Brigadier. Ihr habt das Fundament gemacht. Was hast du zu sagen?

Bremer Wir haben gearbeitet wie sonst. Ist die Zeichnung geprüft worden?

Junger Arbeiter Ist die Zeichnung überhaupt fertig? *Lachen.*

Ingenieur C. Ich bin der verantwortliche Ingenieur. Die Zeichnung habe ich gemacht. Sie stimmt. Sie können Gift darauf nehmen. Für die Ausführung bin ich nicht verantwortlich. Wer sind Sie überhaupt? Sie sind neu hier. Ich bin Fachmann, Bauingenieur seit dreißig Jahren.

Bremer Spezialist für Rüstung, was?

Bauleiter Genosse Bremer, zur Sache: das Fundament. Der Ingenieur hat recht. Die Zeichnung stimmt. Um die Ausführung hat er sich nicht gekümmert, das ist sein Fehler. Aber der Brigadier bist du.

BREMER Ich trau keinem, der für Hitler gearbeitet hat. Das gehört zur Sache.

INGENIEUR C. Das ist eine Diffamierung. *Geht.* Das lasse ich mir nicht bieten.

DER HEISERE Den sind wir los.

INGENIEUR E. Er hat für Hitler gearbeitet, das stimmt. Aber die Zeichnung stimmt auch. Das ist nachgeprüft. Er kann nicht aus seiner Haut. Was er im Kopf hat, gibt er her. Sie haben kein Recht, ihn zu beleidigen.

BAULEITER Richtig. Was er im Kopf hat, gibt er her. Wir brauchen ihn. Genosse Bremer, du wirst dich bei dem Ingenieur entschuldigen.

BREMER Ich laß mich in Stücke reißen für den Sozialismus. Aber ich krieche einem Ingenieur nicht in den Hintern.

BAULEITER Auch für den Sozialismus nicht? Überlegs dir. Was ist mit dem Fundament?

Heinz B. steht auf.

MAJOR *zieht ihn zurück:* Halts Maul und laß den Brigadier ausfressen.

HEINZ B. Was du eingebrockt hast.

MAJOR Du nicht?

HEINZ B. *steht auf:* Brigadier, wir haben den Beton nicht nachgemischt. Der Beton war ausgetrocknet vom Transport, weil die Spezialloren fehlen. Wir wollten Zeit sparen.

1. ARBEITER Haben wir bessren Beton? Haben wir Spezialloren?

FRANZ K. Wir hatten schon auf die Zeichnung warten müssen.

1. ARBEITER Wir nicht?

BAULEITER Also drei Wochen Zeitverlust durch Kampf um die Minute. Von den Kosten nicht zu reden. Bremer, was sagst du jetzt? Dem Ingenieur wirfst du vor, daß er Geld kostet und sich nicht um die Brigaden kümmert. Deine Brigade hat sabotiert unter deiner Leitung. Das Fundament kostet mehr als ein Ingenieur.

BREMER Das ist keine Brigade, das sind Lumpen.

3. ARBEITER Du bist ein guter Brigadier, nur die Brigade taugt nichts, was?

3 c

MAJOR Bremer machen sie jetzt fertig, die Parteigenossen den Genossen Brigadier. Uns solls recht sein. Wir sind nur einfache Arbeiter. Was konnen wir dafür, wenn der Brigadier nicht auf uns aufpaßt.

HEINZ B. Rede nicht von Arbeitern. Du bist ein Lump.

MAJOR Wer ist hier der Lump? Wer hat uns verzinkt vor der Produktionsberatung? Der Brigadier hatte unsern Beton schon geschluckt. Anschmeißen willst du dich. Gut, schmeiß dich an. Wir werdens nicht vergessen.

FRANZ K. Wer ist wir?

4 a

PARTEISEKRETÄR Ich kam Ende 44 aus der Sowjetunion nach Deutschland zurück, mit dem Fallschirm über Pommern abgesetzt im Auftrag der Partei. Was ich sah, war schlimmer, als wir es vorausgesehen hatten. Kleinbürgerfrauen, behängt mit den Eroberungen ihrer Männer, mit Kleidern aus Paris, Pelzen aus dem Osten. Mütter, die ihre Kinder in den Volkssturm jagten. Witwen in stolzer Trauer. Und in den Todeszellen die Genossen. Damals dachte ich: Wir müssen jede Hand abhacken, die sich für Hitler gerührt hat. Heute seh ich, wie der Sozialismus aufgebaut wird auch mit solchen Händen. Bremer hatte den Kopf riskiert für die Partei, als es darauf ankam. Seine Brigade hat ein Fundament verdorben, und auf Fundamente kommt es an. Das war eine Niederlage. Das hatte er begriffen. Wie man aus der Niederlage einen Sieg macht, das mußte er begreifen. Er sagte: das sind Lumpen. Wir sagten: es sind Arbeiter. Du bist ihr Brigadier.

4 b

PARTEISEKRETÄR Bremer, du hast den Ingenieur zu Unrecht beschuldigt, also mußt du dich entschuldigen bei ihm. Ich versteh, daß es dir schwerfällt, aber es muß sein.

BREMER Soweit sind wir also.

PARTEISEKRETÄR Wir können es uns leisten, den Sozialismus auch mit Leuten aufzubauen, die der Sozialismus nicht interessiert. Soweit sind wir. Wir können nicht auf sie verzichten. Soweit sind wir noch nicht. Und wenn wir soweit sind, ist es nicht mehr nötig, weil sie sich interessieren werden für den Sozialismus.

BREMER Ich weiß noch, wo der Feind steht. Ich hab schon 1918 auf der Barrikade gestanden.

PARTEISEKRETÄR Wir brauchen keine Barrikaden, Genosse Bremer, wir brauchen Industriekombinate. Wir müssen den Kapitalismus an die Wand arbeiten. Wenn du das nicht begreifst, hast du nichts begriffen.

BREMER Ich mach mich nicht lächerlich. Die Intelligenz lacht über uns.

PARTEISEKRETÄR Sie arbeitet für uns.

BREMER Sie wird auch dafür bezahlt, und nicht zu knapp.

PARTEISEKRETÄR Sie ist noch knapp.

BREMER Also die Partei verlangt von mir, daß ich zu Kreuze krieche vor einem bürgerlichen Ingenieur.

PARTEISEKRETÄR Daß du deinen Fehler korrigierst.

BAULEITER Zweitens: Bremer hat als Brigadier versagt. Brigadier kann er nicht bleiben.

BREMER Sie haben mir Bier angeboten und Prügel. Das Bier hab ich nicht genommen, und die Prügel hab ich gekriegt. Ich bin nicht eingestiegen auf die Normenschaukel. Darum haben sie das Fundament versaut hinter meinem Rücken. Aber ich hab versagt und soll auslöffeln.

BAULEITER Du hast den Löffel, du bist Brigadier.

1. ARBEITER Das verpfuschte Fundament ist eine Kritik an deiner Arbeit.

BREMER Sollt ich den Betrug mitmachen? Auf die Schaukel, Brigadier?

1. ARBEITER Der Betrug ist gemacht worden, und du bist Brigadier.

BREMER Gegen eine Brigade komm ich auf. Aber das sind Lumpen.

SEKRETÄR Wer hat sie dazu gemacht? Mit dem Kapitalismus sind wir fertiggeworden, hier. Mit dem, was er hinterlassen hat, müssen wir fertigwerden. Gegen eine Brigade kommst du auf, also arbeite mit ihr.

BREMER Mit dem Major etwa, der Offizier war und Nazi geblieben ist? Der gehört nach Waldheim.

SEKRETÄR Wenn du weißt, daß er dahin gehört, warum ist er noch in der Brigade? Wenn wir nicht wissen, was du weißt, warum bist du in der Partei? Unsre Waffe ist der Staat, warum kämpfst du mit nackten Händen?

Pause.

BREMER Gut, ich hab versagt als Brigadier.

BAULEITER Gut, wenn du das einsiehst, Bremer. *Zum Sekre-*

tär: Wer soll jetzt den Brigadier machen?

1. Arbeiter Was ist das für ein Standpunkt: Du hast schlecht gearbeitet, also hör auf zu arbeiten.

Sekretär Du hast schlecht gearbeitet, du bist kritisiert worden, lerne daraus und arbeite besser. *Zum Bauleiter:* Bremer bleibt Brigadier und macht aus den »Lumpen« eine Brigade. *Zu Bremer:* In der Produktionsberatung hat ein junger Arbeiter aus deiner Brigade den Betrug aufgedeckt, den er selber mitgemacht hat. Niemand hat ihn gefragt, aber er hat geantwortet. Warum? Frag ihn. Er hat A gesagt; ob er B sagt, liegt an dir.

5 a

Brigadier rechnet.

Major Was soll das heißen?

Bremer Das soll heißen: für die Arbeit, die ihr am Fundament geleistet habt, gibts keinen Leistungslohn.
Pause.

Franz K. Das ist in Ordnung, Brigadier. Aber wer kommt für die Wartezeiten auf? Der Ingenieur etwa, der auf der Zeichnung sitzt? Oder wenn ein Oberplaner die Kartoffeln auf den Bauplatz dirigiert und den Zement in die Küche? Der Mist, der oben gemacht wird, fällt auch auf uns. Beschiß ist Notwehr.

Major Nichts geht in Ordnung. Was geht mich das Fundament an. Ich will mein Geld.

Bremer *zu Franz K.:* Was heißt hier Notwehr? Den Kapitalismus haben wir hinter uns. Aber er fällt uns in den Rücken, wenn wir ihn nicht an die Wand arbeiten. Wir wissen, warum wir ein Industriekombinat nach dem andern baun. Wir haben keine Zeit, das vorher zu lernen. Aber wir kommen nur weiter, wenn alle weitergehn. Wartezeiten, Planungsfehler. Wie solln wir passend machen, was uns nicht paßt, wenn ihr Kapital draus schlagt?

Franz K. Hört sich gut an, Brigadier.

Heinz B. Rot seit 1918, aber nichts behalten und nichts dazugelernt.

5 b

INGENIEUR C. Es passierte mir zum erstenmal, daß ein Arbeiter sich mir gegenüber so etwas herausnahm. Ich habe immer saubere Arbeit geleistet, korrekt auch unter schwierigen Bedingungen, wie hier. Zwei Tage nach der Produktionsberatung über das verpfuschte Fundament im Abschnitt 6 führte ich eine Delegation durchs Baugelände, Studenten, Journalisten, Techniker aus der CSSR. Bei den Kühltürmen kam Bremer auf uns zu. Er sah müde aus. Er tat mir fast leid. Er hatte einen Zettel in der Hand. Er gab mir den Zettel und ging weiter. Auf dem Zettel stand: Ich nehme die in der Produktionsberatung gegen Ingenieur C. erhobene Beschuldigung zurück. Sie entspricht nicht den Tatsachen. Bremer. – Einer der Journalisten fragte mich nach dem Verhältnis zwischen Arbeitern und Intelligenz im Kombinat. Gut, sagte ich.

5 c

Franz K., Heinz B. beim Essen. Ein Plakat im Hintergrund: »Werktätige! Die Sozialistische Einheitspartei ist eure Partei!«

HEINZ B. Brigadier, ich will in die Partei eintreten.

Pause.

BREMER Weißt du, was du da willst?

HEINZ B. Ich hab dem Major das Nasenbein zerschlagen. Wird das angerechnet auf die Kandidatenzeit?

BREMER Unsre Aufgabe besteht nicht darin, Nasenbeine zu zerschlagen. Wir sind die herrschende Klasse. Unsre Waffe ist der Staat. Der Major hat schon seine Papiere. In die Partei willst du. Weißt du, auf was du dich da einläßt? Da wird viel verlangt. Weniger Bier, mehr Arbeit. Bis an den Bauch im Dreck, wenn es sein muß. Aufstehn, wenn du fällst, und wieder aufstehn, wenn du wieder fällst. Und glaub nicht, daß dabei ein Posten abfällt. Die Partei ist kein Versorgungsinstitut. Wieviel Frauen hast du? Zähl genau. Zwei sind zu viel.

HEINZ B. Keine.

BREMER Das ist vielleicht zu wenig. Aber du hast Zeit.

HEINZ B. Ich hatte eine, hier im Kombinat. Sie war Schlosserin. Sie ist im Westen, wo ich hergekommen bin.

BREMER Warum hast du sie gehen lassen?

Heinz B. Eine Hure kann ich nicht gebrauchen.
Bremer Wer hat sie zur Hure gemacht?
Heinz B. Ich nicht.
Bremer Hat die Partei gesagt, euch kann sie nicht gebrauchen, weil ihr das Fundament versaut habt?
Heinz B. Nein, das hast du gesagt.
Bremer Also: du weißt, was du machst?
Heinz B. Ja.
Bremer Dann red mit dem Sekretär. Und was wird mit dem Fundament?
Heinz B. Das Fundament machen wir neu.
Bremer Wenn es wieder absackt, zerbrech ich dir den Schädel. Einverstanden?
Heinz B. Einverstanden.
Heinz B. und Bremer ab. Der Major kommt, im Ausgehanzug, bleibt vor dem Plakat stehn, grinst zu K. herüber, greift nach dem Plakat.
Franz K. *geht auf den Major zu:* Hände weg, Major.

Epilog
Gesprochen vom Darsteller des Heinz B.
Auf die Straße geworfen vom Kapital
In die Panzerschlachten, hinter Stacheldraht,
Von der Partei in den Kampf um Energie und Kohle
Fluß, steh still! Dein Lauf wird korrigiert!
Platz da, Erde! Was du hast, gib her!
Auf dem Bauplatz zwischen Hoang-Ho und Elbe
Mit Beil und Bagger, mit Schaufel und Großkran,
Fluchend und stolpernd und ohne Aufenthalt,
Links und links im Schritt der Fünfjahrpläne
Reißen wir aus der krepierenden alten
Die neue Welt.

LEKTIONEN

Zwei Briefe

1

Ich seh dich an der Schreibmaschine schwitzend
Mißbrauchbare Verse herstellen
Über den Erstickungstod im Netzwerk
Notwendiger Gesetze. Die Maurer, schreibst du
Wurden als Mörtel gebraucht schon
Beim Bau der Großen Mauer, und immer noch
Werden Große Mauern gebaut. Nichts Neues
Unter der Sonne, schreibst du. Du schreibst nichts Neues.
Du hast gelernt, Antworten zu befragen.
Der Beifall, der dich taub macht, ist er keine?
Die schnellen Wirkungen sind nicht die neuen.
Eine Begegnung am Abend nach unserm Gespräch:
Zwei Republikaner auf dem Weg in die Betten
Diskutieren über Demokratie
GutdasistdieFormaberwoistderInhalt
Sie zählen die Jahre nach Gehaltsaufbesserungen
Die Monate nach dem Erscheinen des *Magazin*
Jeder ein Weiser nach Keuners Entwurf
Kein Gedanke, der nicht durch den Magen geht
Und keine Angst vor Pfützen wie bei Büchner
Kleine Köpfe, aber sie haben recht
Wenn sie, deine Verse lesend, sagen:
Was sagt uns dieser Jemand eigentlich?
Hat er die Rolle der Bodenreform nicht begriffen?

2

Was richtet ein Reim aus gegen die Strohköpfe
Fragst du. Nichts, sagen einige, andere: Wenig.
Shakespeare hat *Hamlet* geschrieben, ein Trauerspiel
Geschichte eines Mannes, der sein Wissen wegwarf
Sich beugend unter einen dummen Brauch.
Er hat die Dummheit nicht ausgerottet.
Wollte er nichts weiter schreiben als einen Steckbrief?
Hamlet der Däne Prinz und Wurmfraß stolpernd

von Loch zu Loch aufs letzte Loch zu lustlos
Im Rücken das Gespenst das ihn gemacht hat
Grün wie Ophelias Fleisch im Wochenbett
Der Horizont die Rüstung dauert länger
Und knapp vorm dritten Hahnenschrei zerreißt
Ein Narr das Schellenkleid des Philosophen
Schlüpft ein beleibter Bluthund in den Panzer.
Oder der mißverstandene Bertolt Brecht
Mit großer Zähigkeit und etwas Hoffnung
Mehr als den Bogen spannen konnte auch er nicht
Wieviele Strohköpfe überlebten ihn.
Sein Leben lang suchte er eine Möglichkeit
Den Nächsten nicht zu töten. Gegen Ende
Hatte er sie von weitem gesehn
Halb verdeckt von einem blutigen Nebel.
Becher hat Schweiß vergossen beim Sonettbau
Für den Zusammenfluß von Wolga und Neckar.
Werden die Jurabauern das *Sonettwerk*
Gelesen haben, wenn der Kommunismus
Ihnen den Boden von der Schulter nimmt?
Für uns die Spanne zwischen Nichts und Wenig

Brecht

Wirklich, er lebte in finsteren Zeiten.
Die Zeiten sind heller geworden.
Die Zeiten sind finstrer geworden.
Wenn die Helle sagt, ich bin die Finsternis
Hat sie die Wahrheit gesagt.
Wenn die Finsternis sagt, ich bin
Die Helle, lügt sie nicht.

Film

45 Jahre nach der Großen
Revolution sehe ich auf der Leinwand
In einem neuen Film aus dem Land der Sowjets die
Verwandlung

Eines langsamen Kellners in einen Schnelläufer
Durch die falsche Nachricht, der hundertunderste
Wartende Gast sei Staatspreisträger.
Die wenig verschieden gekleideten Zuschauer
In dem Eckkino in der gespaltenen Hauptstadt
Meines gespaltenen Vaterlandes belachen
Den alltäglichen Vorgang, nicht alltäglich
Auf der Leinwand. Warum lachen die Leute.
O nicht genug zu preisende Langsamkeit
Der nicht mehr Getriebenen! Schöne Unfreundlichkeit
Der zum Lächeln nicht mehr Zwingbaren!

Majakowski

Majakowski, warum
Der bleierne Schlußpunkt?
Herzweh, Wladimir?
»Hat sich
Eine Dame
Ihm verschlossen
Oder
Einem andern
Aufgetan?«
Nehmt
Mein Bajonett
Aus den Zähnen
Genossen!
Die Mauern stehn
Sprachlos und kalt
Im Winde
Klirren die Fahnen.

ODER BÜCHNER, der in Zürich starb
100 Jahre vor deiner Geburt
Alt 23, aus Mangel an Hoffnung

zu einem Lehrschweißerlehrgang teil. Mit 15 männlichen Kollegen

1953 sie die Auswahlprüfung.

Auch nach dieser Prüfung gab es eine Reihe von Fachleuten aus der schweißtechnischen Leitung, die mit

dem Vorhaben der Genossen Dettmann und Sögreen nicht einverstanden waren. Irene hatte doch „keine 15 Jahre Schweißpraxis“!

Immer wieder mußte sie hören: „Geh doch erst ein paar Jahre in die Produktion, und wenn du dann versuchst, Lehrschweißerin zu werden, ist es etwas ganz anderes.“ Aber die Kollegen, die mit ihr ge-

DER BAU

Nach Motiven aus Erik Neutschs Roman
»Die Spur der Steine«

1
Der Zimmermannstanz

Baustelle

DONAT Warum zertrümmert ihr das Fundament?
STIMME *aus einer Baugrube:*
 Der Mann aus dem ersten Jahrhundert.
DREIER *taucht aus der Baugrube:*
 Hast du ihr gesagt? Ich werd dir Augen machen.
 Ich zeig dir, wer das Fundament zertrümmert.
 Das ist der Embryo von einem Kraftwerk
 Vom Neusten das Neuste, nämlich es soll
 Salzkohle fressen, was kein Kraftwerk vor ihm
 Geschluckt hat. Salzkohle ist billig, wir stehn drauf
 Aber sie will verdaut sein, schlackt, frißt Kessel.
 Besondre Mahlzeit braucht besondre Därme.
 Ein Brocken für die Projektierer, sie kaun dran
 Und malen einen Grundriß nach dem andern
 Und ein Gemälde löscht das andre aus.
 Das geht in Ordnung, wenns auf dem Papier bleibt
 Neu will probiert sein und Papier ist geduldig.
 Auf dem Papier bleibts nicht; der Bau ist Schwerpunkt
 Beschluß der VVB, warum weiß Stalin.
 Ich weiß es auch: das macht sich gut, Salzkohle
 Erstmalig in der Welt, das schüttet Prämien
 Die Politik geht vor der Ökonomie
 Ein Schwerpunkt ist ein Schwerpunkt, ein Beschluß
 Ist ein Beschluß auf Biegen oder Brechen.
 Ausbaden muß es der Beton, und der
 Ist nicht geduldig und wir badens aus.
 Jetzt weißt du, wer das Fundament zertrümmert.
 Papier sprengt den Beton, Papier wellt den Boden
 Kracht auf dein Trommelfell, leert meine Taschen
 Ersetzt mir Junker und Kapitalist
 Und schlägt mir Beulen in die Ideologie.

Wir warten auf die Zeichnung, warten heißt Zeitlohn
Warten beim Skat um die Prämie vom vorigen Jahr.
Vorm letzten Loch wird mit dem Daumen gemessen
Und auf den blauen Dunst gebaut: die Kinder
Wachsen aus den Schuhn, die Raten wolln bezahlt sein.
Dann kommt die Zeichnung, setzt den Daumen ins Unrecht
Wir reißen ein, baun neu. Der Projektant
Ändert die Zeichnung: ein Dreh mit dem Reißzeug
Wir reißen wieder ein, baun wieder neu.
So fällt ein Bein über das andre, dreht
Ein Arm den andern aus, der Kopf bleibt hinten.
Jetzt kannst du sagen: das ist Kapitalismus
Der Arbeiter wird mit dem Arbeiter gefüttert.
Da sag ich dir: das kann ich auch sagen, mach was.
So steh ich da: mein eigner Saboteur
Und in der höchsten Gesellschaft, jeder ist
Im zweiten Beruf sein eigener Saboteur hier
Vom Minister abwärts, und nicht nur sein eigner
Einsalzen kann sich Gehlen seine Mannschaft.
Schreib das in deine Zeitung, Dreier heiß ich.
Und geh zum Wasserwerk, dort hörst du mehr.
Das steht auf dem Papier bis zum letzten Strich
Die könnten baun daß der Beton schäumt, könnten
Aber der Schwerpunkt spielt die erste Geige
Und wenn er schon den kahlen Boden kratzt
Weil eine Saite nach der andern springt
Oder gleich auf dem bloßen Trommelfell:
Das Wasserwerk geht unter im Papier
Hört auf wie Krieg anfängt: weils keiner will.
Die Vögel scheißen auf die halben Wände
Der Regen wäscht sie, danach Schnee. Willst du mehr wissen?
Und was ich dir gesagt hab, unterschreib ich.

DONAT Ich bin der neue Parteisekretär.

DREIER Soll ich dir die Hand geben?
Vor dir hat mancher hier das Blaue versprochen.
Wann kommst du wieder und hebst in den Himmel
Was dir den Grund wegschlägt unter den Schuhn?
Den Arm dazu geb ich dir, wenn dus änderst.
Handschlag. Dreier in die Baugrube. Belfert.

BELFERT Meine Frau fragt mich, ob du zum Essen kommst. Sie hat wenig Abwechslung hier und ist dankbar für jeden Gast. Ich bin kein guter Esser, nicht mehr, leiten heißt leiden, wem sag ich das. Wär ich Maurer geblieben: Stein auf Stein. Oder Pionier: auf dem Vormarsch werden die Brükken gebaut, die auf dem Rückmarsch gesprengt werden, die ganze Wissenschaft ist vorn und hinten. Ich träume von Planziffern. Ich bin froh, daß ich wieder zwei Rücken habe und einen Kopf mehr, dreiundzwanzig Baustellen, so breit ist kein Kreuz, hast du dich umgesehn? Hinten das Grüne sind Kartoffeläcker. Noch zwei Ernten, dann ist Schluß mit den Kartoffeln und das Chemieprogramm schlägt Wurzeln dort auch. Essen ist Arbeit, wenn du einen Grund brauchst. *Krachen in der Baugrube.* Vorsicht, hier schlagen sie uns den Boden weg. Ein Erdbeben. Komm weiter. So nah an der Basis ist zu nah an der Basis.

DONAT Weißt du, was sie hier machen, fünf Schritt unter dir? Sie reißen das Fundament ab, das sie gebaut haben. Chruschtschow kann mit Kennedy über die Koexistenz reden, die den Kapitalismus umbringt früher oder später, du kannst mit deiner VVB über eine Plankorrektur nicht reden die uns ichweißnichtwieviel Zeit Geld Agitation spart. Wenn ein Maler einen Baum kopfstellt, geben wir ihm seine Leinwand zu fressen, und in unsern Büros ist der Abstraktionismus Fakt.

BELFERT Wärs so. Der Zorn des Gerechten. Glaubst du, das Fundament hier wird zum erstenmal zertrümmert? Zwischen Daumen und Zeigefinger liegt der Hund begraben hier auch, vor den Kommunismus haben die Götter den Geldumlauf gesetzt. Glaubst du, das ist die einzige Baustelle, auf der ein Fundament zehnmal gebaut wird und zertrümmert neunmal? Wo kommst du her? Vom Mond? Hast du zum erstenmal Beton gerochen heute? Als Parteisekretär kannst du zufrieden sein: wenigstens der Brigadier macht es nicht gern. Mit mir kannst du auch zufrieden sein; ich muß mir Augen und Ohren verkneifen, wenn ich hier vorbeikomm. Vergiß es also. Realismus ist das halbe Leben auf dem Bau. *Krachen. Belfert versinkt.*

DONAT *nach unten:* Hast du Realismus gesagt? Soll ich dir heraushelfen? Ich frage mich, ob du nicht am besten aufgehoben bist in dem Loch, das du dir gescharrt hast händehoch vor dem Beschluß. Wärst du Maurer geblieben. Oder Pionier: die Brücken werden gebaut, damit sie gesprengt werden. Wenn ich dir heraushelfe, wem helf ich außer dir? Bleib unten bis zum nächsten Plenum, oder nimm dein

Handzeichen zurück und hol dir deine Stimme wieder aus dem Schwerpunkt. Hast du dich entschieden? Dein Nachruf ist schnell aufgesetzt: an den Folgen eines schweren Praktizismus starb nicht zu früh – Sei froh, daß ich Materialist bin, die Rolle der Persönlichkeit in der Geschichte ist mir nicht so groß. *Er hilft Belfert aus der Grube.*

BELFERT Praktizismus. Weißt du, wieviel Pläne von wieviel Betrieben sich kreuzen auf jedem Quadratmeter Boden hier? Vierzig Zulieferbetriebe an jedem Bein bei jedem Schritt. Das ist die Zwangsjacke. Willst du sie anziehn? Von den Gegenplänen red ich nicht. Die sammelt Lemke in Baracke drei: die Axt im Kabel und das Komma in der Bilanzierung, ich brauch dir nicht zu sagen, daß das Komma teurer kommt, find es. Eine Höllenmaschine ist der Bau, montiert aus morgen und gestern, da und hier, sie läuft, frag mich nicht wie, ich wundre mich jeden Tag neu, ein Radwechsel und sie sagt nein. Was heißt Maurer bleiben, zeig mir den Maurer, der es bleibt. Stein auf Stein machen die Steine selber. Praktizismus. *Schlee geht vorbei, Pfiffe aus der Baugrube, Köpfe von Arbeitern.* Das schickt mir mein Ministerium, wenn ich Ingenieure brauche. Eine Ballerina, der bloße Anstand gebietet mir, sie nach Hause zu schicken; Aufwiedersehn, mein Fräulein, in zehn Jahren, warum wollen Sie auf dem Bau arbeiten, in der Giftküche der Republik mit Ihrem weißen Fragebogen? Wann haben Sie Ihre Zöpfe abgeschnitten? gestern? Und was haben Sie gelernt auf der Hochschule? Wir müssen ein Chemiekombinat aus dem Dreck zaubern hier, das auf dem Reißbrett schon ein Experiment ist, jeder zweite Strich neu, aus dem mitteldeutschen Industrieschlamm, jeder Platzregen macht einen Sumpf aus ihm, schwarz wie die Hölle und genau so zäh, sogar der Schnee wird schwarz hier eh er ankommt. Baun Sie was Sie wollen, Kindergärten werden auch gebraucht, ich habe genug an einem Hochschulabsolventen. *Hasselbein geht vorbei.*
Acht Monate und er läuft immer noch herum wie auf den Mond geschossen. Wenn ich seine Pläne nicht im Schreibtisch hätte, wär die ganze Baustelle schon auf dem Weg dahin, sein zweites Wort ist Fließbau, ein Verrückter. Und er ist ein Mann. Ein Ingenieur, der seine Röcke festhalten muß auch noch, wenn er seine Anweisungen gibt. Wenn sie häßlich wäre. Eine leibhaftige Versuchung. Ich rede nicht von

mir, bist du verheiratet? Ein schwaches Kettenglied. Sie hat mich ausgelacht, sie wird nicht lange lachen. *Donat lacht.* Du auch nicht. Hier ist nicht Schwedt, Schwarze Pumpe, Rostock. Mit einem Wald bist du schnell fertig, er wird ausgerissen, und ein Hafen ist ein Hafen. Hier fängt das Einmaleins mit dem Differential an, vor uns hat der Kapitalismus gebaut, jede Generation gegen die nächste, sieh dir sein Erbe an, das Labyrinth, ein Bremsklotz für die Planung. Und der Bremsklotz ist die Startbahn. Wir baun die Chemie für morgen, aber wir leben auch nicht vom Gestank allein. Ein Auto und ein Fahrrad in ein Flugzeug umbaun während der Fahrt, das ist ungefähr unsre Aufgabe. *Eine Autorität geht vorbei, er reißt den Hut vom Kopf.* Eine Intelligenz, mit der das Ministerium mich gestraft hat. Ein Professor, er hat in drei Tagen nichts gesehn, er versteht von Industriebau soviel wie von Kybernetik ich, er schätzt das Bautempo nach der Geschwindigkeit, mit der die Bauleiter vor ihm den Hut ziehn, er hat so viel Geld gekostet, daß er eine Autorität ist. Ich arbeite nicht für mich, ich habe kein Recht, meine Hutkrempe zu schonen.

DONAT Warum nimmst du nicht gleich den Kopf ab? Wieviel verstehst eigentlich du von Industriebau, wenn du nichts Bessres anzufangen weißt mit der Intelligenz? Die junge sperrst du in den Schreibtisch, vor der alten verlierst du den Hut. Ich muß der Ingenieurin sagen, daß sie sich anders anziehn muß hier, wenigstens auf der Baustelle, eh sie ein Fall für die Parteileitung wird. *Geht.*

BELFERT Wohin?

DONAT Zum Wasserwerk. *Ab.*

BELFERT Jetzt weiß ich immer noch nicht, ob er zum Essen kommt.

Barka und seine Brigade warten auf einen Betontransport. Hasselbein.

HASSELBEIN Ich muß es Ihnen gesagt haben, Brigadier: die Welt wird fünf Minuten früher untergehn und der Kommunismus wird aufgehn um soviel später, wenn Sie jetzt Beton klaun zum wievielten Mal in einem Monat.

BARKA Ich habs gehört. Zum drittenmal.

BOLBIG Zuschauer.
Das kostet Eintritt, Ingenieur.

BASTIAN *zu Hasselbein:* Wer klaut hier?

Sind wirs, die den Beton zum Kraftwerk leiten
Weil er am Wasserwerk gebraucht wird? Bist dus?
Da hilft kein Brilleputzen: wenn du sehn willst
Wer hier Beton klaut, brauchst du andre Gläser.

KLEIBER Ein Dumper.

BOLBIG Halt!

BARKA Was hat er geladen?

BOLBIG Beton.

BARKA Frag ihn, wo er hinfährt.

BOLBIG Zum Kraftwerk. Sagt er.

BARKA Sag ihm, er fährt zum Wasserwerk. Oder
Wir zeigen ihm den Weg.
Kleiber und Gablonzki baun sich auf.

BOLBIG Ich hab gewußt
Daß du ein intelligenter Mensch bist.
Gibt den Weg frei. Grün.
Am Wasserwerk rechnen wir ab. Umsonst ist
Die Prämie.

BASTIAN Achtung. Nummer zwei will ausschern.

BARKA Zeigt ihm den Weg.

KLAMANN Treibs nicht zu weit, Brigadier.

BOLBIG Wer fragt dich, Thälmann.

KLAMANN *zu Barka:* Wir werden Ärger kriegen.

BARKA Wir brauchen Beton.

BOLBIG *zu Kleiber und Gablonzki:* Worauf wartet ihr?
Der war zu lang in der Versammlung gestern.
Kleiber und Gablonzki ab.

KLAMANN Wo der Mensch den Kopf hat, hat Bolbig die Schnauze.

BOLBIG Ein Wort noch und ich zeig dir wo du aufhörst.

KLAMANN *sucht auf dem Boden:*
Hast du überhaupt schon angefangen? Wo bist du?

BOLBIG *schlägt ihn:* Hier.
Elmer fängt den Schlag auf.
Du brauchst nicht rot zu werden, weil du braun warst
Nicht meinetwegen, ich bin farbenblind
General.

BASTIAN Das ist Verleumdung, er war Hauptmann.
Kleiber und Gablonzki kommen zurück.

GABLONZKI Der kennt unsre Handschrift jetzt.

KLEIBER Ein schneller Kopf.

KLAMANN *zu Gablonzki:*
Du setz dich lieber auf den Arsch, lern lesen.

GABLONZKI Qualifizierung? Frag die Intelligenz.
Was hat er von der Wissenschaft? Die Brille.

STIMME DER SCHLEE Halt. Kommen Sie zurück.

BOLBIG Ein Weib. *Schlee*

SCHLEE Holen Sie den Dumper zurück. Das ist Diebstahl.

KLEIBER Haben Sie sich verlaufen, meine Dame? *Zu Klamann, der ihn zurückhalten will:* Du bleibst anständig, du bist in der Partei. Kommen Sie, ich zeig Ihnen den Weg. Mach das Licht aus, Bastian.

GABLONZKI Nehmen Sie meinen Wegweiser, Fräulein. Dankschreiben aus aller Welt.

BOLBIG Welchen Dumper? Da fährt der dritte und wir brauchen mehr. Was wollen Sie? Wir baun Ihnen ein Schwimmbecken, Sie brauchen sich nur auszuziehn, schon steht es, aber kümmern Sie sich nicht um den Beton, den die Bauleitung uns stiehlt für den Trümmerbau am Kraftwerk.

SCHLEE Ich bin als Ingenieur hier, die Frau ist Nebensache.

GABLONZKI Da kennen Sie uns schlecht.

BARKA Hände weg. Sie sind Ingenieur? Sie wollen hier arbeiten? Warum? Eins nach dem andern, erst der Einstand.
Er will sie küssen und sie ohrfeigt ihn.

KLAMANN *pfeift: Du hast Glück bei den Fraun Bel Ami.*

BOLBIG Das wirst du abarbeiten, Thälmann. Du hast Glück, daß du kein Mann bist, Ingenieur.

BARKA *zur Schlee, hutschwenkend:* Es war mir ein Vergnügen.
Zur Brigade:
Wir leben nicht ewig, Schluß mit dem Zirkus jetzt
Da fährt Beton, sieben Dumper, teilt euch die.

KLAMANN Mich laß aus, Brigadier.

BARKA Wenn deine Partei hier
Das Krumme grad macht, flaggen wir auch rot, Klamann.
Dein drittes Auge, wenns dich ärgert, reiß aus.
Reißt Klamann das Parteiabzeichen ab.
Die Partei kommt und geht, wir arbeiten.
Den ersten Dumper fährst du.
Brigade ab.

SCHLEE Ist es üblich, daß eine Brigade der andern den Beton stiehlt oder haben Sie das eingeführt hier, weil der Plan ein Fetzen Papier ist für Sie?

BARKA Die Welt ist ein Boxring und die Faust hat recht.
Ein Schritt aus der Deckung und du gehst zu Boden.
Ein Schlag zuviel und du wirst ausgezählt.

Der Kommunismus ist was für die Zeitung.
Was wird aus dem Beton, wenn wir ihn nicht klaun? Sind Sie am Kraftwerk gewesen? Machen Sie Ihre schönen blauen Augen auf, eh Sie den Mund aufmachen gegen uns, Fräulein –

SCHLEE Schlee. Und meine Augen sind grau.

BARKA Graugrün, wenn Sies genau wissen wolln. Und den Plan sabotieren die Planer, sie werden bezahlt dafür, wir müssen uns selber helfen seit 1880, *auf Hasselbein* fragen Sie den, er weint alle Tage darüber und ändert nichts, auch ein Ingenieur. *Ab.*

HASSELBEIN Majestät der Brigadier haben gesprochen. Mit dem Kraftwerk hat er recht, und fragen Sie mich nicht, warum ich den Betonraub übersehe: mit dem Ingenieur hat er auch recht; Hamlet in Leuna, Hans Wurst auf dem Bau, Zweiter Clown im kommunistischen Frühling. Mein Kopf ist mein Buckel. Staub vor den Ellbogen der Praktiker, Halm, der trocken steht im Prämienregen, Schaf unter Wölfen, das unglückliche Bewußtsein, Hegel, Phänomenologie des Geistes, römisch vier. Ich habe zwanzig Pfund verloren hier. Die zwanzig Pfund sind nur ein Vorschuß. Und wenn wir in den Wolken baun, am Ende sind wir Baugrund, was nicht auf den Mond fällt, wächst nach unten. Man soll sich nicht vordrängen, treten Sie zurück, ein Dumper. Sie brauchen sich nicht vorzustellen, ich habe Sie von weitem verehrt auf der Hochschule, eine traurige Gestalt mit kurzsichtigen Eulenaugen damals schon. Sie werden mich nicht bemerkt haben, genauso wenig wie Sie mich heute bemerkt haben würden ohne den freundlichen Hinweis des Brigadiers. Sie brauchen sich nicht zu entschuldigen, ich würde mich selbst überfahren, wenn ich einen Wagen hätte, rotäugig von Kalkstaub und schlaflosen Nächten vor Ihren Novizenaugen mit dem frischen Hochglanz aus der Gewi, sprich Theologie für Kosmonauten. Meine Träume haben ihren Platz gefunden alle in Belferts geräumigem Schreibtisch, Muster ohne Wert. Übrigens bin ich nicht betrunken. Ich habe keinen Menschen hier, mit dem ich ein Wort reden kann, das nicht in der Zeitung steht. Im Schoß der Familie auch nicht: mein Vater ist Pastor und redet mit mir durch den Mund Gottes.
Donat geht vorbei, Schlee sieht ihm nach.

SCHLEE Ich habe Sie wirklich nicht bemerkt auf der Hochschule.

Gehen.

HASSELBEIN Regen. Wasser mit Strontium. Nehmen Sie meinen Hut, wenn Sie keinen Minotaurus gebären wollen. Pasiphaë, Königin auf Kreta, ließ sich von dem weißen Stier begatten in der hölzernen Kuh, gebaut von Dädalus, dem Ingenieur des Königs. Sie gebar den Minotaurus, eine Mutation, halb Mensch halb Stier. Was sind die Ehebrüche der Vorzeit gegen den Beischlaf mit der Bombe! Picasso ist ein Realist, die Narrenhand im Schauhaus, er malt die Schrecken der Verwandlung, in zehn Tagen wird er ein Naturalist sein wenn Belfert hier Bauleiter bleibt. Wir bauen auf den Leichnam der Erfahrung, wir waschen ihn weiß in jeder Produktionsberatung, wir vermehren uns wie Oedipus, im Krebsgang. Vorsicht, Grube. Zwanzig Arme werden Sie auffangen unten, keine Schaufel mich. Die alten Privilegien. *Pfiffe aus der Baugrube.* Sie werden sich als Mann verkleiden müssen, wenn Sie hier arbeiten wollen. *Mustert sie.* Es wird nicht leicht sein. Von mir haben Sie nichts zu fürchten, mich setzt ein Wimpernschlag außer Gefecht. Sehn Sie den Montagekran? 200 000 Mark, und arbeitet als Maulwurf, sehn Sie mich: Ingenieur, ich habe 80 000 Mark gekostet und arbeite als Clown. *Beide ab.*

1. STIMME He was ist los?

2. STIMME Die neue Technik streikt.

FERNE STIMME Ihr kriegt Besuch. Der neue Parteisekretär.

2. STIMME Pünktlich zum Lorenschieben.

1. STIMME Den geh ich mir ansehn.

Kleiber. Gablonzki.

GABLONZKI *hebt die Hand:* Baustelle. Betreten verboten.

Donat.

Sabotage nur auf Befehl der Bauleitung
Und schriftlich. Kinder haften für die Eltern.

KLEIBER Hast du schon einen Agenten gesehn der wie ein Agent aussieht?

GABLONZKI Kann sein, das wissen die Agenten auch schon.

KLEIBER Wie hast du das ausgerechnet so schnell und mit dem nackten Kopf?

Bolbig, Klamann, dann Barka.

BARKA Ist Sonntag? Solange wir arbeiten, arbeiten wir.

Zu Klamann:

Paß auf, daß dein Genosse vom Gerüst bleibt.

Wenn er sich hier den Hals bricht, gehts auf mich.
Und keine Politik auf meiner Baustelle
Wir kennen alle Märchen, sag ihm das.

DONAT *zu Klamann:* Habt ihr Arbeit für mich, Genosse?

BARKA Bring ihm einen Schreibtisch.

DONAT Mein Schreibtisch ist der Bau. Ich weiß nicht, ob ich eine Betonpumpe ersetzen kann, Lorenschieben hab ich gelernt.

BOLBIG Zehn Runden und du kannst das Kapital
Von der Kommune nicht mehr unterscheiden.

GABLONZKI *zu Donat:*
Die Toten werden nach Feierabend gezählt.
Alle ab. Schlee. Hasselbein.

HASSELBEIN Die Vorhut hinter der Lore. Mit geklautem Beton. Ich habe auch den Wetterbericht geglaubt. Die Schwalbe ist erfroren. Der dritte Parteisekretär in einem Jahr: die Revolution ist kein Beruf mehr, seit sie in der Ökonomie stattfindet, wer mit dem Kopf durch die Wand will, muß die Wand im Kopf haben, der Volkswirtschaftsplan ein homerisches Epos, Menschen die Götter im Wettlauf mit ihren Terminen unterm Fuß der Zeit. *»Kommunismus, Endbild, immer erfrischtes, mit kleiner / Münze zahlt ihn der Alltag aus, unglänzend, von Schweiß blind.«* Praxis, Esserin der Utopien.

SCHLEE Hamlet in Leuna.
»Wasch dir die Nacht aus dem Gesicht, mein Prinz.«

HASSELBEIN »Und mach dem guten Dänmark schöne Augen.«

SCHLEE »Grimassen nimmt der Spiegel nicht mehr an.«
Wie halten Sie es aus mit Ihnen? Ich würde mich mir nicht gefallen lassen so, nicht lange. Warum leben Sie?

HASSELBEIN Eine interessante Frage. Sind Sie sicher, daß ein Leben für die Antwort ausreicht? Sie sollte nicht erlaubt sein, nicht vor Feierabend, nicht solange eine Betonpumpe zählt. Fragen Sie mich nach hundert Jahren wieder.
Brigade. Donat.

BOLBIG Zähl deine Knochen gleich nach, Sekretär.
Nach Ladenschluß keine Reklamation.
Kannst du die Fahne noch halten? Paß auf
Daß sie dir nicht wegschwimmt im Bauschlamm, frag Elmer
Häuptling bei den Bombern, ein Knall ein Wasserwerk
Drei Kinder auf der Universität jetzt
Umsonst. Warum? Es sind Arbeiterkinder

Weil er den Bomber mit dem Bau vertauscht hat.
Zu Elmer:
Bleib ruhig. Der weiß mehr über dich als du. *Zu Donat:* Und wenn du wissen willst, was eine Fahne kostet, frag Bastian, er hat eine Stadt auf dem Rücken getragen, deine ganze Partei hat Platz drin dreimal, wenn du die Steine zusammennimmst.

GABLONZKI Was willst du, Lorenschieben kann er.

KLEIBER Wie lange?

DONAT Solange nicht, daß ich mich dran gewöhne.

BOLBIG Gablonzki. Er kann seinen Namen nicht schreiben, er bricht sich drei Finger dabei, die Lore balanciert er auf dem nackten Daumen. *Zu Gablonzki:* Laß dein Messer stecken, die Römer konnten auch nicht Deutsch und haben die Kanalisation erfunden. *Zur Schlee, auf Hasselbein:* Das ist kein Mann für Sie, Kollegin. Bei dem regnets durch.

BARKA Und keine Frau für dich. *Zu Donat:* Mach einen Zimmermannstanz mit mir, das wärmt. Hast du Angst, Sekretär, vor der Arbeiterklasse? *Zieht das Hemd aus.*

BASTIAN Das ist nicht deine Hochzeit, keine Scherben.
Zu Donat:
Vergiß es. Der Verlierer bist du, Brigadier
Und wenn du dreimal oben bist, es ist unten.
Und der Partei ein Bein gebrochen hast du
Wenn seine Bügelfalte einen Knick hat.
Wir sind kaum warm hier. Willst du wieder ziehn?
Muß es der Blechnapf sein? Mir reicht die Kantine.
Es ist nicht meine Angst, ich hab gesessen.

DONAT Warum?

BASTIAN Weiß ichs.

KLEIBER Er hat dem Amerikaner die Atombombe verkauft.

BASTIAN Ich machs nicht wieder.

BOLBIG Es ist Sport, was willst du, die Partei ist dafür.

SCHLEE Soll ich das Fernsehn bestelln? Die führende Rolle auf dem Rücken im Bauschlamm. Schlimm genug, daß Sie gestohlenen Beton karrn.

DONAT Eine Autorität, die in der Kreuzlage aussetzt? Was haben Sie gegen Bauschlamm? Über den Beton reden wir später, danke für den Hinweis. *Zu Bastian:* Was hast du gegen Sport, Kollege? *Zu Barka:* Du bist nicht die Arbeiterklasse, ich bin nicht die Partei.

BOLBIG Kannst du beten, Klamann?

SCHLEE *zu Klamann:* Wenn Sie sich schon Ihr Parteiabzeichen wegnehmen lassen von einem Rowdy, der zufällig Ihr Brigadier ist, oder nicht zufällig, sein Sie wenigstens klüger als der Sekretär jetzt, tun Sie was. *Zu Hasselbein:* Und Sie. Verzeihung, ich hatte vergessen, daß Sie nur Ihr eigner Kopf sind.

Zimmermannstanz. Barka stößt Donat um. Beifall der Brigade.

SCHLEE *zu Donat:* Mein erster Tag auf einer Großbaustelle. Vielen Dank für die Lektion.

DONAT *sitzend:* Johanna an der Basis. Was haben Sie erwartet, Tochter Frankreichs? Daß die Partei als Erzengel über den Bau geht? Hab ich gehn gesagt? Schreitet, entschuldigen Sie. *Zu Hasselbein:* Ist das Ihr Bauabschnitt, Ingenieur?

HASSELBEIN Auf dem Papier. Sie haben die herrschende Klasse kennengelernt. Ich spezialisiere mich hier auf den Fragmentbau.

DONAT Was brauchen Sie, um hier ein Wasserwerk zu baun?

HASSELBEIN Ein Wunder.

DONAT Wunder sind mein Ressort. Ich brauche Zahlen. Geben Sie mir Zahlen, eine Technologie, die stimmt. *Pause.*
Ich höre, Sie baun gern Fragmente.

HASSELBEIN Lieber Ruinen baun als Steine klopfen.
Helden im Kino oder auf dem Bildschirm. *Ab.*

SCHLEE Ich werde eine Technologie machen.

DONAT Sie?

SCHLEE Ich.

DONAT Ihre Gleichberechtigung ist Gesetz, gleiches Recht auf Schwierigkeiten. Spätestens seit Ihr Name in einem Parteidokument steht, kann er gelöscht werden, wenn Sie das Richtige tun gegen die falschen Leute im falschen Moment. Die Unterlassung ist die Sünde vor der Nachwelt. Mit der wir im Vertrag stehn. Sie werden es in Ihrer Freizeit machen müssen.

SCHLEE Ja. *Ab.*

KLEIBER Ich weiß was Bessres in der Nacht als Rechnen.

BOLBIG Ich bin ein Stier, Kollegin, in Mathematik. *Zu Donat:*
Wenn du auf Grund gehst bei der VVB
Wir halten dir den Platz frei an der Lore.

BARKA *zur Brigade:*
Wir brauchen Schalholz. Heute nacht am Kraftwerk.
Gehn.

DONAT Bleib, Brigadier.
BASTIAN Das ist die zweite Runde.
KLAMANN Der Sekretär will mit dir reden.
BARKA Und ich nicht
Mit ihm.
DONAT Wo willst du hin? Mein Arm ist länger
Und was ich dir jetzt sag gilt überall hier:
Der Bau ist kein Boxring, mach deine Faust auf
Oder aus deinen Händen keine Wand mehr.
BARKA Ich habs gehört.
Zur Brigade: Am Kraftwerk.
ELMER Mich wirst du dort
Nicht sehn, Brigadier.
BASTIAN Er hat recht, es ist Dummheit.
KLEIBER Ich bin dabei.
GABLONZKI Und ich.
BASTIAN Was weißt du, Blauhemd.
KLAMANN Mit der Partei leg dich nicht an.
BOLBIG Wer braucht wen?
Der Film läuft rückwärts, wenn wir unsre Arbeit
Zurücknehmen hier, die Wand läßt von der Wand
Die Steine rennen rückwärts ins Gebirge.
BARKA Der Plan, wenn er sich querstellt, ist ein Arschwisch
Du willst ihn ändern und ich habs getan
Du in der Leitung, auf dem Baufeld ich. *Ab.*

2
Der Fehler

Baustelle
Donat. Bezirkssekretär. Stellvertreter.

BEZIRKSSEKRETÄR Es gefällt mir nicht, daß ich die Baustelle wiedererkenne. Mit der Ausnahme, die mir noch weniger gefällt: auf jedem Abschnitt rosten zwei Exemplare neuer Technik mehr. Ein Tag ist ein Jahr, was hast du getan in dreißig Jahren? Wir haben dich nicht zum Lorenschieben hergeschickt, am wenigsten dazu, daß du gestohlenen Beton karrst. Wenn du dich beliebt machen willst, mußt du die Arbeit wechseln. Beliebt sind Schlagersänger, sie werden bezahlt dafür. Wir sind die Handlanger der undankbaren Enkel, dafür werden wir bezahlt. Nicht so gut. Wann wird der Brigadier entlassen, dein Tanzpartner? Wir baun die Industrie von morgen, das Fundament heißt Disziplin. Ich will dabeisein, wenn die Produktion anläuft, nicht nur im Geist oder als Götzenbild auf Sperrholz. Und ihr arbeitet noch nicht einmal im Dreischichtsystem.

STELLVERTRETER Darf ich dich daran erinnern, daß der Arzt dir das Rauchen verboten hat?

BEZIRKSSEKRETÄR Den Faschismus hat er nicht verboten. Du hast recht, gib mir Feuer. Kritisierst du mich? Meine Arbeit war ein Fehler, wenn sie mich nicht ersetzt hat. Du hast sie dir gefallen lassen. Selbstkritik, Genosse Stellvertreter. *Donat gibt ihm Feuer.* Er hält mich für ersetzbar. Danke für das Kompliment.

ARBEITER *aus dem Boden:* Rauchen verboten, wenn ihr den Kommunismus noch erleben wollt. Erdgas.

STELLVERTRETER Dein Kompliment war ein Mordversuch.

BEZIRKSSEKRETÄR Soll ich es dir zurückgeben? Der Brigadier –

DONAT Wenn ich hier was zu sagen habe, bleibt er.

STELLVERTRETER Du stehst nicht vor der Mitgliederversammlung, du redest mit deinem Bezirkssekretär.

BEZIRKSSEKRETÄR Ich hoffe, du hast andre Töne vor der Mitgliederversammlung auch. Wie kannst du der Bezirksleitung widersprechen, solange du nicht das Politbüro selber bist? Er kritisiert mich wieder. Er will meinen Schreibtisch. Meine Meinung hat er schon. Ich weiß nicht, ob du mich verstanden hast. Erzähl mir nichts von Baurekorden, Rekorde mit geklautem Material. Ein teures Beispiel, ein Durchbruch nach hinten, nächstens prämieren wir die Sabotage. Lange genug haben wir den Durchschnitt an die Beispiele verfüttert. Der Durchschnitt ist das Beispiel. Und komm mir nicht mit Lenin, daß die Massen klüger sind als die Partei, ich seh dir an, daß du nach einem Zitat ausholst; ihre Fehler das Echo unsrer Fehler. Ja, wenn sie lernen, was sie wissen. Von wem sollen sie es lernen, wenn nicht von der Partei? Fehler werden auf dem Vormarsch korrigiert. Lies Lenin, du bist kein Intellektueller, du kannst ihn verstehn. Wir haben dich unter den Massen vorgezogen 53 am siebzehnten Juni, als du sie überzeugen wolltest gegen unsre Anweisung mit Reden. Sie haben dich mit Füßen widerlegt zum Gaudium der Kleinbürger hinter den Gardinen, die Knöchel unsrer Polizei waren weiß vom Schießverbot, der Operationstisch war deine Plattform. Hast du keine Strategie gelernt unter den Schuhn, keine Parteidisziplin unterm Messer?

DONAT Wir haben eine Staatsgrenze seit gestern, unsre Panzer stehn am Brandenburger Tor gegen den dritten Weltkrieg. Wann wird der Brigadier entlassen, vielleicht sagst du mir auch, wohin? Soll ich ihn auf den Mond schießen? Der Himmel ist kein Aus mehr seit Gagarin. Ich weiß nicht, ob ich dich verstanden habe. Mein Dokument ist ein Stück Pappe, wenn der Brigadier entlassen wird.

STELLVERTRETER Ich bin nicht sicher, daß er unrecht hat.

Barka.

BARKA Gratulation zum Schutzwall. Ihr habt gewonnen eine Runde, aber es ist Tiefschlag. Hätt ich gewußt, daß ich mein eignes Gefängnis bau hier, jede Wand hätt ich mit Dynamit geladen.

DONAT Das ist Barka. Das ist der Bezirkssekretär.

STELLVERTRETER *zu Barka:* Nimm die Hände aus den Taschen, er hat deinen Wartburg bezahlt.

DONAT Hör zu, Brigadier: wir werden in drei Schichten baun, ich muß dir nicht erklärn warum, der Bau wird Industrie. Deine Kollegen haben abgelehnt, meine Genossen auch fürs erste, warum muß ich dir auch nicht sagen. Einer wird anfangen, was kommt kommt, wenn ich es nicht durchsetze, setzt es der nächste durch, die Zeit der Helden ist vorbei, jeder auf seinem Platz der erste oder es ist nicht sein Platz. Du bist der eine, mach uns den Anfang.

BARKA *zum Betriebssekretär:*

Habt ihr die Handschelln in der Tasche?

Zum Stellvertreter:

Ich zahl mit meinen Händen seinen Wolga.

Zu Donat: Warum ich? Was wird am Wasserwerk? Baun wir weiter oder lassen wirs dem Regen? Hasselbein hat uns zum Kraftwerk kommandiert, Anweisung von Belfert, und seine Brille verlegt in der Baubude, damit er nicht sieht, ob wir gehn. Baun wir weiter?

STELLVERTRETER *zum Bezirkssekretär:* Handschellen. Ich muß mich bei dir entschuldigen, du hast recht.

DONAT *zu Barka:* Belfert hat euch ans Kraftwerk geschickt, Belfert ist Oberbauleiter, wollt ihr die Arbeit verweigern?

Barka ab.

STELLVERTRETER Wann wird der Brigadier entlassen?

DONAT Morgen.

BEZIRKSSEKRETÄR Dein Dokument ist ein Stück Pappe, wie? Recht hattest du, der Brigadier muß bleiben.

Die schnellen Freunde sind die schnellen Feinde
Wir brauchen jeden, der uns was abverlangt.
Zum Stellvertreter: Wir müssen weiter.
Zu Donat: Wenn du einen Rat willst
Aus deinem Engpaß zwischen Plan und Bau:
Vergiß das Kollektiv nicht überm Tempo.
Die Zukunft ist das größre Kollektiv.

Donat. Schlee. Hasselbein.

DONAT *zur Schlee:* Wo ist die Technologie?
HASSELBEIN Wie lang ist der Dienstweg.
DONAT *zur Schlee:* In Belferts Schreibtisch immer noch?
SCHLEE Nicht mehr.
HASSELBEIN Die VVB sitzt drauf, ein breitrer Hintern. Der Papierkorb faßt auch mehr dort.
SCHLEE Papier.
DONAT Was sagt der breite Hintern?
SCHLEE Warten.
DONAT Undsoweiter.
Warten und warten und die Zeit läuft Krebsgang
Warten, bis hinten vorn wird, bis der Bau
Aufs Fundament schrumpft wie das Hemd in der Wäsche
Und Gras, die grüne Null, zählt den Beton aus.
Warten und eine Hand nagelt die andre
Und was du übers Knie brichst, bricht dein Knie
Und auf den Knien marschiert die Revolution.
Warten auf gestern, aus dem Sarg in die Mutter
Und vorwärts in die Steinzeit.
Hebt einen Stein auf, zu Hasselbein:
Das ist Ihr Werkzeug. Sagten Sie Bauindustrie?
Die Zukunft, Ingenieur, ist aus der Mode – schimpfen Sie weiter, Sie sind parteilos. Baun ist ein Fehler, Warten ist ein Fehler. Was tun wir?
SCHLEE Baun.
DONAT Hab ich Sie gefragt? Wir baun.
HASSELBEIN Sagten Sie baun? Ich hör schwer ohne Brille.
Alle ab.

Brigade.

BOLBIG *singt:* »Schönes Kind aus Baden-Baden,
Ach wie rund sind deine Waden –«
Nicht mehr für uns ab gestern.

Pause. Lang wart ich nicht mehr.
Pause.
Geld ist nicht alles, was ist mehr. Zum Kraftwerk.
Habt ihr fünf richtig? Elmer, alter Preuße
Wir sind zum Kraftwerk kommandiert, Helm auf.
KLEIBER Der Brigadier.
KLAMANN *zu Bolbig:* Da gehts zum Kraftwerk, Bolbig.
Barka.
BOLBIG Wir feiern Richtfest, Hoch die Mauer. Dein Bier.
BARKA Mir ist die hoch genug. Das Bier stell kalt.
KLEIBER Baun wir weiter?
BARKA Nein.
KLEIBER Zum Kraftwerk?
BARKA Nein.
KLAMANN Streik? Das ist ein Schritt weiter als ich mitgeh.
ELMER Und ich.
KLEIBER Elmer, vier Kriegsjahre, drei über den Wolken
Schrecken Europas, auf dem Bauch vor der Partei.
ELMER Als mich der Russe auf den Bau geschickt hat
Hast du dich mit der Hand rasiert noch. Darum.
Ohrfeigt ihn.
BOLBIG *zu Barka:* Demokratie. Drei Stimmen gegen deine.
Zu Elmer und Klamann:
Sind wir einig, Genossen? Worauf warten wir?
BARKA Du kannst das Herz aus der Hose nehmen, Klamann
Wir streiken für die Partei.
BASTIAN Für den Verrückten
Der morgen Loren schiebt, selber parteilos
Wenn er vor Feierabend nicht zu Kreuz kriecht
Und er wird kriechen und du bist der Schwarze.
Überlegs dir, Brigadier. Ist es dein Bau?
BARKA Mein Bau oder nicht, es ist meine Arbeit.
Und daß ihrs gleich wißt: demnächst in drei Schichten.
BOLBIG Hast du drei Schichten gesagt?
GABLONZKI Muß das sein?
BASTIAN Das ist
Der Ehrgeiz, der hat Völker aufgerieben.
Mit der Schicht fängts an, dann kommt die Qualifizierung
Dann kommt der Schwanz: Fließ und Komplex und wieder
Die Qualifizierung. Und das fünfte Rad sind wir.
GABLONZKI Hast du Rad gesagt? Der zehnte Fußabtreter
Arschwisch dreitausend sind wir und beschissen

Von Freitag früh bis ins Neandertal.
KLEIBER Nachtschicht, da kann ich gleich ins Kloster gehn.
Auf zehn Kühltürme wächst ein halber Baum hier
Kein Platz für Liebe zwischen Morgen und Abend
Im Geiseltal baun sie jetzt auch, kein Gedanke
An Deutschlands Zukunft. In der Baracke vielleicht?
Hut ab, zur Sonne.
Du wirst mir fehlen, Gelbe.
BOLBIG Wir können laufen, er hat seinen Wartburg.
Wir warten zwanzig Flaschen leer auf ihn
Und er, was macht er, geht mit der Partei fremd
Und holt sich das Dreischichtsystem. Bist du
Vor ihrer Mauer in die Knie gegangen?
Haben sie dich scharf gemacht mit einer Prämie
Oder bist du schon so weit, daß du umsonst kriechst?
KLAMANN Der Arsch von Bolbig, Mittelpunkt der Welt.
BOLBIG Fühlst du dich stark, den Ostwall hinter dir?
Ist dir ins Fleisch gewachsen neuerdings
Was dir dein Brigadier, Genosse morgen
Wenn er sein Tempo hält und bleibt auf den Knien,
Vom Frack gerissen hat vor nicht viel Wochen?
Das gibt Blutvergiftung, das muß operiert werden, Klamann.
Zu Elmer, der sich vor Klamann stellt.
Bomben auf England und jetzt Hoch die Mauer.
KLEIBER *stellt sich vor Elmer:*
Lang hat sie nicht gehalten, eure Volksfront.
BASTIAN Laß die Toten die Toten begraben, sie sind mehr.
Zwanzig Jahr vor dir, Bolbig, warst du auch braun.
Sauf Wasser wenn der Globus Blut schwitzt.
Nichts gegen Klamann, einer muß dran glauben
Früher haben sie Jungfraun geopfert, paßt auf
Daß er unschuldig bleibt, nur solang gilt er.
Der Brigadier muß saufen, gebt ihm Bier.
Seit er mit Saufen aufgehört hat, denkt er.
Das greift den Verstand an, nimm die Intelligenz
Zum Beispiel, Hasselbein, und wenn der Prolet hier
Mit dem Denken anfängt, hat er schon verspielt
Gegen die Partei, schuld ist der Wartburg –
BOLBIG Schuld ist
Das Weib. Kannst du mit dem Arsch wackeln, Kleiber?
Tut es.
Und nächstens geht er auf den Händen vor ihr.

Auf dem Bauch vor der Partei, vor dem Weib auf Händen.
BARKA *zu Bastian:*
Der Globus dreht sich, Alter, halt die Welt an.
GABLONZKI Warum machst du den Streber, Brigadier?
Wer kann uns? Weißt du noch, Schwarze Pumpe
Der Krieg um die Prämie, gestrichen für Betonklaun
Am ersten Mai, jeder ein Stuhlbein und
Die Zähne hatten Ausgang, und die VP
Schlief noch, da haben wir Beton geklaut schon
Auf dem nächsten Bau eine Lohngruppe höher.
BARKA Vergiß es. Erklärs ihm, Klamann. Dein Abzeichen.
Gibt Klamann das Parteiabzeichen zurück, der steckt es ein.
Du bist drin oder du bist nicht drin. Steck an
Klamann tut es: Und sags – *Klamann schweigt.*
BOLBIG Nicht so laut, Klamann, mir platzt das Trommelfell.
KLEIBER Wo der Junge das herhat. Ein Kopf.
GABLONZKI Warum bist du noch nicht Minister, Klamann?
KLEIBER Klamann in Rom und der Papst wird katholisch.
BOLBIG Hör auf, sonst bricht der Kommunismus aus hier
Eh deine Partei auf grün geschaltet hat.
KLAMANN *zu Barka:* Ich war zu lang in keiner Versammlung.
BARKA Ab heute gehst du wieder hin. Ich sag euch
Warum. Weil ich euch sonst die Knochen breche.
BOLBIG Das werden wir sehn, wer wem die Knochen bricht.
Donat, Schlee, Hasselbein.
DONAT Wollt ihr hier warten, weil die Welt sich dreht
Bis das Kraftwerk vorbeikommt?
GABLONZKI Wir streiken.
BARKA Das Wasserwerk
Mit allen Vieren, und im Dreischichtsystem.
Am Kraftwerk keine Hand, sind wir einig?
DONAT Nein.
BARKA Willst du dir selber in den Rücken falln?
Ohne mich. Wenn du den richtigen Kurs fährst
Gegen die falsche Planung, was riskierst du?
Ein Schönheitsfleck in deiner Kaderakte
Oder du wirst zum Arbeiter befördert
In die herrschende Klasse. Wenn ich dir den Helden mach
Für dein Dreischichtsystem, fällt mir vielleicht
Ein Kühlturm ins Genick im Dunkeln.
Es war ein Angebot. Fahr allein Karussell.
Zur Brigade.

Hab ich drei Schichten gesagt? Vergeßt es. Zum Kraftwerk.

Schlee Sie können am Wasserwerk bleiben.

Kleiber Wer ist das? Die haben wir doch schon wo gesehn.

Gablonzki Im Kino.

Bolbig Der neue Bauleiter. Hasselbein hat seine Hosen ausgezogen mit der Brille. Frierst du im Hemd, Ingenieur?

Donat *zur Schlee:* Sie müssen auf dem Dienstweg bleiben, *zu Barka:* du auch. *Zu Hasselbein:* Sie sind der Bauleiter.

Hasselbein Nicht mehr lange. Belfert.

Belfert.

Belfert Hasselbein. Ich telefoniere mir die Finger ab nach Ihnen und Sie treiben sich auf dem Gelände herum. Warum arbeiten die Leute nicht am Kraftwerk, wie ich angeordnet habe? Ich bin allerhand gewöhnt von Ihnen, wenn Sie meine Anordnungen sabotieren hört der Spaß auf, ich lasse mir nicht auf dem Kopf herumtanzen.

Hasselbein Eine Platzfrage.

Belfert Wie?

Hasselbein Sie sagen es. Ihr Kopf ist zu klein.

Belfert Wenn Sie so weitermachen, häng ich Ihnen die Gewerkschaft auf, da können Sie sehn wo Sie bleiben, ich esse Sie zum Frühstück, ich mache Sie zum Kulturfunktionär.

Hasselbein Ich bin der letzte, der die Weisheit Ihrer Befehle in Zweifel zieht. Ich hätte sofort eine Atombombe angefordert und die Baustelle dem Erdboden gleichgemacht, *Verbeugung gegen Donat* unter Führung der Partei, versteht sich, hätte ich den Schatten eines Saboteurs bemerkt hier. Sein Wahnsinn ist des armen Hamlet Feind. Sehen Sie selbst, ich bin blind wie Homer ohne Brille. Sie sind Luft für mich. *Geht »blind« auf Belfert zu, der ausweicht.* Meine Brille, und ich hebe die Welt aus den Angeln. Übrigens unterschätzen Sie die Rolle der Kultur. Wissen Sie, wer Theben gebaut hat, Stadt in Böotien, viertausend Jahre alt? Ein Kulturfunktionär. »Aber Amphion schlug die dreisaitige Leier und Steine / Paarten mit Steinen sich und siebentorig stand Theben.« Drei Saiten. Stellen Sie sich den Effekt von zehn Klavieren vor. Ihre Einladung zum Frühstück muß ich ausschlagen: ich bin ein Kader.

Belfert *hält sich die Ohren zu:* Ist keiner hier, der ihm das Maul stopft, eh er mich in die Klapsmühle treibt oder ins Zuchthaus? Eine Prämie für einen Maulkorb. Hören Sie auf, Mensch, ich verspreche Ihnen was Sie wollen. Mir ist

Strafe genug, daß ich Ihr Chef bin, machen Sie mich nicht zu Ihrem Mörder.

SCHLEE Der Unterschied ist nicht so groß.

BELFERT Noch ein Verrückter. Eine Verrückte, entschuldigen Sie. Der Unterschied ist auch nicht groß. Nicht mehr. Die Rippe hat sich ausgewachsen. Weiber auf dem Bau. *Zu Hasselbein:* Stellen Sie meinetwegen zwanzig Klaviere auf hier, aber schweigen Sie um Gotteswillen. Schicken Sie die Leute zum Kraftwerk und kein Wort mehr.

DONAT Eine Investleiche für den Quartalsbericht oder ein Wasserwerk für die Chemie, was willst du? Ich will das Wasserwerk. Und im Dreischichtsystem. Der Brigadier wird uns den Anfang machen, die Bezirksleitung fordert es, deine Einwände heb auf für die Parteiversammlung, hast du Einwände? Eh wir sitzen für die Plankorrektur, steht das Wasserwerk. Du brauchst mir nicht zu sagen, daß ich einen Fehler gemacht habe. Das weißt du auch: Ich würde einen größeren Fehler machen jetzt, wenn ich ihn korrigiere, und wenn du ihn zementierst, machst du den größten. Ich bin zu eilig vorgegangen, es war über deine Autorität, geh mit, dann hast du sie wieder.

BELFERT *zur Schlee:* Ich sehe, daß ich Sie unterschätzt habe. Ich fange an zu begreifen, was da auf uns zukommt. Mir bricht der Schweiß aus vor der Zukunft, wenn ich sehe, was eine einzige Frau auf einer Baustelle anrichten kann. Ich werde eine Parteistrafe beantragen für mich auf der nächsten Leitungssitzung, weil ich Sie nicht nach Hause geschickt habe am ersten Tag. Den Plan ändern. Wenn hier einer den Plan ändert, ist es die Plankommission. Ich habe nur ein Rückgrat. Sie auch, Hasselbein. Baut was ihr wollt, einen Privatflugplatz oder ein Mondgebirge, aber zeigt mir ein Papier.

SCHLEE Ich frage mich, warum Sie noch in der Partei sind.

BELFERT Ich frage mich, wie lange Sie drin sein werden.

DONAT Hier ist keine Parteiversammlung. *Da Schlee auf Belfert losgeht, zu Barka:* Halt sie fest. *Barka tut es.*

BELFERT Die drei Schichten sind ein alter Traum von mir. *Zu Barka:* Mich freut besonders, daß gerade Sie den Anfang machen wolln, Sie haben einiges gutzumachen schließlich, und ich rate Ihnen, machen Sies am Kraftwerk. Vielleicht habe ich manchmal nicht den richtigen Ton gefunden, immerhin, Sie sind noch auf der Baustelle trotz allem, ich habe Sie gehalten bis jetzt. *Zu Hasselbein:* Mit oder ohne Brille, es ist Ihr Bauabschnitt. Ich glaube nicht, daß Ihnen die Schiedskommission den Homer abkauft.

BARKA Fundamente zertrümmern im Dreischichtsystem.

BASTIAN Nächstens zahlen wir Strafe für jede Wand die hält.

KLEIBER Ein Verbesserungsvorschlag: was wir in der Woche baun, lassen wir zusammenschießen sonntags, wozu haben wir die Armee. Stellen Sie sich vor, was wir da einsparn.

HASSELBEIN Ein Takt Bau, ein Takt Ruine. Ein Schritt vor, ein Schritt zurück. Das ist der Standpunkt, den Archimedes gesucht hat, die Quadratur des Kreises, der Stein der Weisen, die Taktstraße der Zukunft, der industrielle Gottesbeweis. Warum haben Sie nicht Theologie studiert?

BELFERT *zur Brigade:* Euer Geld liegt am Kraftwerk, für die Lohnbuchhaltung seid ihr Luft hier, und die ist umsonst. *Ab.*

KLEIBER Wenn es spukt am Lohntag in der Buchhaltung, das sind die Gespenster vom Wasserwerk.

BOLBIG *boxt Kleiber:* Was schreist du, das ist nur der Luftdruck. *Schlägt sich auf Arme, Brust, Schenkel.* Luft. Alles Luft. Ich bin eine Wolke in Hosen.

KLEIBER Der Wind, das himmlische Kind.

BOLBIG Mir nach, Gespenster, am Kraftwerk ist die Auferstehung. Hörst du die Mäuse heulen, Gablonzki? Willst du warten, bis dich der Wind mit du anredet hier? Bastian, alter Baugeist, hier spukst du ehrenamtlich. Zieh dein Fleisch wieder an, Elmer, Himmelhund. Klamann, wenn du auch in der Partei bist, mach nicht vorfristig den Engel. Wie fühlst du dich als Vogelscheuche, Brigadier? *Geht, rückwärts.* Jetzt bin ich schon im zweiten Aggregatzustand, mit jedem Schritt wirds fester.

BARKA Komm zurück oder ich schlag dich in den achten.

GABLONZKI Das ist Freiheitsberaubung, Brigadier.

BARKA Stimmt.

BASTIAN Garantierst du den Lohn, Sekretär?

BOLBIG Im Kommunismus, wenn die Bäume Eier legen.

BARKA Haben wir schon was umsonst gebaut?

DONAT Bei den drei Schichten bleibt es?

BARKA Ich habs gesagt.

BOLBIG Wenn du dich dreiteilen kannst. Ich hab mich nur einmal.

BARKA Wir sprechen uns nach Feierabend. *Brigade ab.*

DONAT *zu Hasselbein:* Sie können Ihre Brille wiederfinden.
Hasselbein tut es und geht ab.
Zur Schlee: Das wird mich eine Parteistrafe kosten. Ich muß aus dem Fehler einen Beschluß machen heute noch.
Sekretärin.

SEKRETÄRIN Genosse Donat, morgen acht Uhr dreißig in der VVB. Der Chef schickt den Wagen. Er sagt, Sie wissen schon, worum es geht. *Ab.*

DONAT Ein Fehler wird schneller gemeldet als korrigiert, und manchmal eh er getan ist. Ich hatte vergessen, daß es neben der kollektiven Leitung, die ich gerade mit Füßen getreten habe, seit achtzig Jahren die Telefonleitung gibt. Warten Sie. *Sekretärin zurück.* Helfen Sie mir die Parteileitung versammeln.

SEKRETÄRIN Drei Genossen sind nach Zement unterwegs. Zement muß ja sein, zwei wegen der Kulturveranstaltung am Sonntag, Kultur muß ja auch sein. Gerade hat der Chef sie losgeschickt. Wenn Sie mit ihm allein sitzen wolln, er ist da, aber ich weiß nicht, ob er Zeit hat. Die Parteileitung ist nicht beschlußfähig vor morgen. *Ab.*

DONAT Das Feld ist vermint, der Fehler bleibt mein Fehler. Da haben Sie ein Beispiel für Organisation. Ein Talent, ich fange an zu begreifen, warum Belfert Oberbauleiter geworden ist. Und daß er es bleiben muß, bis die Arbeit sich selber organisiert. Was könnte er leisten, wenn er nur zu telefonieren brauchte. Und soweit werden wir hoffentlich bald sein.

SCHLEE Ich begreife nicht, wie er es bleiben konnte mit dem, was Sie sein Talent nennen, ich nenne es anders, auf einer sozialistischen Großbaustelle. *Donat lacht.* Ich weiß nicht, was daran komisch ist.

DONAT Sie werden es auch noch lernen. Jetzt möchten Sie mir Ihr Parteidokument an den Kopf werfen. Tun Sies nicht. Ich würde es Ihnen wiedergeben, ein Fehler vor Publikum, die Mehrheit ist parteilos. Lassen Sie mich meinen zweiten Fehler nicht so bald nach meinem ersten machen. Meinem ersten hier. Unsre Macht ist nicht teilbar, unser Haß für den Feind, teilen Sie sich Ihre Gefühle ein. Sie müssen lange reichen und für viel. Was haben Sie gegen Belfert? Sie sehen, was er tut, ich auch, es gefällt Ihnen nicht, mir auch nicht, ich muß es bezahlen. Kann ich mir leisten, sein Talent zu übersehn, weil er es mißbraucht auf meine Rechnung? Ich bin Parteifunktionär, die Politik macht den Charakter, und die Politik mache ich hier, ich wollte, ich könnte schon wir sagen, wer ist nicht gern wir. Meine Arbeit, sein Vorzeichen zu ändern, nur die Null ist neutral gegen minus und plus. Die Ausnahmen später. Mit der Seele werden wir uns beschäftigen, wenn das synthetische Eiweiß in die Serie geht. Bis dahin Ökonomie. Die schmutzige Praxis. Ich muß einen Gegenschlag vorbereiten, ich habs auch gelernt. Es soll mir lieb sein, wenn Sie es nicht mehr zu lernen brauchen. Nehmen Sie die Erde, Dunst und flüssiges Feuer am Anfang. Verbrennt sie uns die Sohlen? Kalt und fest rotiert sie unter den Schuhn. Sie ist beinahe schon bewohnbar. Haben Sie Majakowski gelesen? »Für euch / Hab ich den Schwindsuchtspeichel aufgeleckt / Mit der gerauhten Zunge der Plakate«.

3
Ein Kommunist

Flur.
Donat. Alter Genosse.

ALTER GENOSSE Der Anarchist. Und pünktlich zur Erschießung. Mit dir redet keiner, was? Mach dir nichts draus, um so mehr wird über dich geredet, um so lauter werden sie drin mit dir reden. Wie lang ist dein Mut, Bachirew? Uns konnten sie totschlagen, recht hatten wir. Weißt du, ob du recht hast, einer gegen zwanzig, zehn davon Genossen? Einer kann ein Feind sein, zwei können dumm sein, drei feig, aber zwanzig? Gegen den Feind ist leicht recht haben, aber gegen die Genossen? Der Mut braucht Wissenschaft, der Held muß rechnen können. Mein Diplom gilt nur an Feiertagen, auf mich kannst du da drin nicht zählen, ich hab die Ökonomie von unten gesehn, meine Universität war die Straße, ihr habt mehr von uns gelernt als wir. Manchmal mehr als wahr ist: unsre Niederlagen eure Siege, aber vielleicht haben die Schulbücher recht, was weiß das Denkmal von Geschichte. Kaum daß ich noch für die Gewerkschaftsarbeit tauglich bin oder als Beispiel für die Kinder, ein Veteran erzählt. *Hustet.* Rauch weiter. Ich hab nur eine Lunge zu verlieren, und die ist auch nicht mehr komplett. Leuna und Sachsenhausen.

Auftritt ein junger Genosse. Donat will ihm die Hand geben, er nimmt sie nicht.

JUNGER GENOSSE Ich war auch mal jung im Industriebau, habe revolutionär mit R geschrieben und Elan groß. Laß die Karre laufen, wenn du von mir einen Rat willst, Selbstkritik, Schwamm drüber, das Weißwaschen der Gebrannten, die Kuhwärme des Kollektivs. Du gehst als Walgan aus dem Ring, wenn du uns den Bachirew zeigst hier.

Er will Donat die Hand geben, der nimmt sie nicht.

ALTER GENOSSE Ein Freund in der Not. Warum schlägst du seine Hand aus? Überlegs dir, sie wird dir nicht wieder geboten vor deiner Rehabilitierung. Und vielleicht hat er recht, wie? Die Karre läuft, ein Loch stopft das andre, was schern dich die Folgen. Das Leben hat den Arsch im Gesicht, Ordnung muß sein. Der Kapitalismus stinkt, bunt ist die Leiche, und es müßte mit dem Teufel zugehn, wenn wir ihn nicht einholn auf dem Weg ins Aus. Soll die Welt ändern der sie gemacht hat, dein Gehalt läuft weiter, dir ist sie rund, laß die Enkel die Enkel begraben. Treibt dir der Hunger von Indien den Bauch auf, gehn deine Kinder in Hamburg auf den Strich und krepieren im Zinn von Bolivien? Die Pest über dich, wenn du umfällst. Daß du Prügel verdient hast, weißt du hoffentlich. Wenigstens die Hälfte von den Prügeln, die du kriegen wirst, hast du verdient. Oder ein Drittel, ich will nicht schönfärben. Der Starke ist am mächtigsten allein, wie? Wozu hast du die Partei? Da kommen deine Sparringspartner. Vor den Chemikern keine Angst. Die stehn über den Dingen, hoch wie ihr Gehalt, und das ist sehr hoch. Bei den Baupraktikern mußt du auf Distanz gehn, sonst kommst du aus dem Clinch nicht mehr heraus. Der Investmann. Auf seine Linke mußt du aufpassen. Belfert kennst du. Du wirst ihn kennenlernen. Die Pfaffen habens leicht: Gerechtigkeit den Toten. Bei uns ist jeder Tag der Jüngste. Wir müssen sie uns aus den Zähnen reißen stückweis, die Gerechtigkeit. Deine Hand.

DONAT Sie sollten dich öfter zu den Kindern schicken.

4
Bakelit

Baustelle. Donat. Schlee.

DONAT Ich bin was man glücklich verheiratet nennt, wir haben ein Kind von sechs. Mit der Partei verheiratet war ich schon vorher. Meine Frau hatte es nicht leicht: Hochzeit beim Talsperrenbau, Flitterwochen im Hochwasser, unser Kind ein Foto in meiner Brusttasche, unsre Gespräche kein Referat lang, zwischen zwei Sitzungen eine Umarmung. Ist das Bigamie? Kann ich verlangen, daß sie mich mit einer Frau teilt auch noch? Meine vierte Großbaustelle, Wismut, Schwarze Pumpe, Rostock vorher, in der Bauleitung am Schreibtisch sitzt mein Feind, es ist eine Berufskrankheit, ich komme dazu wie der Blitz zum Donner, Feinde in der VVB auch und im Ministerium, weil mir der Plan nicht heilig war, fünfzig schulterklopfende Feinde grasen mit hundert Augen meine Biografie ab und meine Kaderakte nach einem faulen Punkt, ich lebe unterm Mikroskop, sie graben mir das Wasser ab mit ihrem volkseigenen Schanzzeug, Kommunisten alle, bis der Staatsanwalt das Gegenteil beweist. Warum widersprechen Sie mir nicht, meine Feinde sind nicht meine Feinde, hab ich ein Recht, den Staatsapparat zu lästern, und wenn es die dritte Parteistrafe ist und dreimal unverdient. Ich hör sie jubeln über meine Unmoral, ich kenne die Musik, ich habe mitgesungen, wir stolpern schneller über die Hügel einer Brust als über den Kühlturm der zusammenbricht am Morgen nach der Prämie, nimm dein Gesicht weg, eh ich einen Fehler mache, ich bin ein Mann. Ich bin Parteifunktionär. Wärst du häßlich, wenigstens für mich. Ich bin der letzte, der es sich leisten kann, ich habe keine Augen für den Himmel, außer er ist schwarz vom Rauch aus unsern Fabriken, gelb von unsrer Chemie: Ich liebe dich.

SCHLEE Ich weiß.

DONAT Vergiß es. Das ist ein Parteiauftrag. *Schlee ab. Belfert.*

BELFERT Mein Beileid zur Parteistrafe.

DONAT Meinen Glückwunsch zur Plankorrektur.

Belfert ab. Dreier.

DREIER Ich bin dir einen Arm schuldig. Sags mir wenn du ihn brauchst. *Donat ab. Hasselbein.*

DREIER Sind Sie immer noch hinter mir her mit Ihrer Neuerung? Sie müssen viel Zeit haben, ich kriege meinen Lohn für meine Arbeit. Schaltafeln aus Plaste. Verrückt.

HASSELBEIN Mein Vogel oder Ihre Prämie, versuchen Sies, beweisen Sie mir, daß ich ein Idiot bin.

DREIER Ihre Erfindung ist Beweis genug.

HASSELBEIN Ihre Arbeit an den Fundamenten war auch ein Novum in der Geschichte der Bauindustrie.

DREIER Ich habe keine Zeit für Experimente.

HASSELBEIN Zeigen Sie der Zukunft nicht den Hintern. Stehn Sie dem Fortschritt nicht im Weg. *Dreier schlägt einen Haken, Hasselbein schneidet ihm den Weg ab, Dreier schlägt wieder einen Haken, usw.* Die Welt ist ein Fußball, sie muß bewegt werden. Sie wissen nicht, was das ist, Chemie. Die zweite Erschaffung der Welt, die erste wenn Sie wollen, durch Synthese. Die Natur ist ein Defekt, ein Fehler bei der Projektierung oder ein Loch in der Gütekontrolle, sehn Sie uns an: Fleisch das wächst und fault, wir haben einen Kopf auf, das ist unsre Chance: in hundert Jahren werden wir den Korpus wechseln wie die Hemden heute, jenseits der Verwesung durch Chemie. Sie riskieren Ihre Auferstehung, jeder Schritt ein Selbstmord. Denken Sie an Jesus, Narr aus Nazareth, erblich belastet, Mutter Jungfrau, Vater Zimmermann, der Teufel hat ihm die Chemie angeboten auf dem Tempeldach, er hat sie abgelehnt und ist am Holz gestorben als Märtyrer im Zeitlohn, sehen Sie sich wenigstens die Zeichnung an.

DREIER Nehmen Sie das weg, es intressiert mich, die Zukunft am Revers macht schon anfällig für das Neue. Gehn Sie zu Barka mit Ihrer Neuerung, warum ich? Steht mein Bild in der »Freiheit«? Mich sieht jeder Bauhunt schräg an wegen der Fundamente, ihn lassen sie hochleben, Barka, wenn er vier Tage nicht geklaut hat, gehn Sie zu ihm mit Ihrem Bakelit, wo ist mein Wartburg? Soll er bezahlen für seinen Platz in der Zeitung, der Neuerer, das Beispiel. *Ab.*

Brigade. Hasselbein.

BASTIAN Seit tausend Jahren machen wirs mit Holz.

KLEIBER Franz Bastian, Erfinder der Alpen.

KLAMANN In hundert Jahren ist der Wald aus Plaste.

GABLONZKI »Am Brunnen vor dem Tore
Da steht ein Gummibaum.«

HASSELBEIN Das ist die Zeichnung.

BARKA Was ist mit dem Kran?

HASSELBEIN Hinter dem Kran ist die Ingenieurin her seit gestern. Sie hat Waffen, die uns nicht zur Verfügung stehn. *Schlee.*

SCHLEE *heiser:* Der Kran ist morgen hier. *Zu Hasselbein:* Fragen Sie mich nicht, was er gekostet hat, ich habe Schwielen auf der Zunge. Wann zeigen Sie mir Ihre Pläne für den Fließbau? Soll ich Ihnen Belferts Schreibtisch bringen auch noch?

GABLONZKI *zu Hasselbein:* Soll ich Ihnen ein Brecheisen borgen?

BOLBIG Du bist die Maus, Gablonzki, laß die Katze im Sack. Fließbau heißt Zyklogramm und du mußt lesen lernen. Sei froh, daß es noch Bürokraten gibt.

SCHLEE Und einen Brigadier, der nicht rot wird, wenn Sie es nicht gelernt haben nach drei Jahren Arbeit in seiner Brigade.

BOLBIG Vielleicht geben Sie ihm Privatstunden, ich kanns auch gebrauchen, ich hab viel verlernt.

GABLONZKI Ich geb dir was du brauchst.

BARKA Auseinander. *Zur Schlee:* Es sind vier Jahre. Danke für den Kran.

SCHLEE Ich werde bezahlt dafür.

BARKA Bezahlt wird mancher.

HASSELBEIN Ich werde den Schreibtisch aufbrechen. *Schlee ab.* Morgen.

STIMME SCHLEE Wann ist morgen?

HASSELBEIN Fragen Sie Einstein. Der hatte auch Glück, daß er nicht ich war. Bakelit spart Zeit.

BOLBIG Wohin mit dem Gesparten? Ist ein Puff hier?
Messe gibts zweimal jedes Jahr in Leipzig
Nur für Devisen ziehn sie sich dort aus
Und Rostock ist ein Kloster gegen Hamburg.
Nichts gegen Bakelit, ich bau mit Scheiße
Wenn die Kohlen stimmen, aber Zeit ist Mord.
Nämlich was macht die Zeit mit uns die wir einsparn.
Kleiber zum Beispiel: Zeit und er bellt den Mond an.
Elmer vermehrt sich und sein Nachwuchs nimmt
Den Staat aus und der nimmts von mir. Oder
Gablonzki: Schädelbruch durch Qualifizierung.
Klamann planiert die Höhen der Kultur
Und schreibt Romane und wir müssen sie lesen
Volk ans Sonett, die Schlacht von Bitterfeld.
So schön bist du nicht, Ingenieur. Spar allein.
Zu Barka:
Wir stehn im Hemd durch dein Dreischichtsystem.
Ein Fortschritt weiter und wir stehn im Freien. *Ab.*

BASTIAN Holz bleibt Holz. Was ist Plaste.

HASSELBEIN Holz ist Holz, wie? Brett gleich Baum durch Säge, Baum gleich Wurzel aus Wald, und wo nehmen Sie den Wald her, die grüne Prämisse? Ich frage Sie nicht, was Grün ist. Der Wald ist ein Wald ist ein Wald ist ein Wald.

KLEIBER Ich erklärs dir, Bastian. Ein Stuhl ist ein Stuhl ist kein Stuhl ist ein Holz ist ein Leim ist ein HolzplusLeim.

BASTIAN Die Menschheit wird sich noch zu Tode basteln.

KLEIBER Am besten gehst du gleich auf allen Vieren.

KLAMANN Hier geht kein Weg zurück zum Affen, Bastian.

BARKA Gablonzki. Morgen zwei Stunden vor der Schicht
Ist Schule.

GABLONZKI Warum?

BARKA Hab ich gefragt, ob du willst?
In der Kantine morgen. Dein Bier ist frei.

Brigade ab.

HASSELBEIN Ein Wort, Brigadier: auf meinem Weg zum Bau jeden Morgen sehe ich eine alte Frau Unkraut jäten auf einem Feld wenig kleiner als eine Großbaustelle und allein. Sie werden sie nicht bemerkt haben aus Ihrem Auto, sie verbringt ihren Lebensabend mit einer Tätigkeit, die keine fünf Minuten braucht vom Flugzeug aus, ein schnelleres Entwicklungstempo der Chemie vorausgesetzt: Unkrautbekämpfungsmittel. In zwei Jahren oder in einem Jahr, wenn sie überhaupt so lange aushält, wird ihr Rücken so krumm sein, daß sie sich nicht mehr aufrichten kann, wenn die Flugzeuge kommen und das Herbicid vom Himmel fällt, sie wird Gott danken dafür, sie wird fromm sterben, verstehen Sie? Die können natürlich sagen, was geht mich die alte Frau an, Sie können es unfair finden, daß ich sie für mich arbeiten lasse auch noch.

BARKA Stimmt. Schreiben Sie den Rest auf und zeigen Sie mir jetzt die Zeichnung. *Hasselbein tut es.* Warum wühlen Sie im Dreck hier, lassen sich schikanieren von Belfert und von mir, Sie könnten drei Etagen höher sitzen. Hier stimmts nicht.

HASSELBEIN Ändern Sies.

BARKA Ich werde Ihnen die Zeichnung ruinieren. *Legt sie auf den Boden.*

HASSELBEIN Meine Träume sind das Brot der Praxis, bin ich Raffael? Und wenn. Die Kunst fängt an, wo das Museum aufhört. Ein Fetzen Leinwand die Sixtinische Madonna, ein Marmorklumpen die kapitolinische Venus, Wortschlamm und Versgeröll die Literatur ohne Ihren Blick und Daumenabdruck. Die Rose ist ein Gebrauchsgegenstand.

BARKA *auf dem Boden:* Ja. Wo kriegen wir das Bakelit her?

HASSELBEIN Ich bin übergelaufen, entschuldigen Sie, ein neuer Gedanke, ein neuer Baustoff, das Unbekannte, Mutter der Wissenschaft und ihre Geliebte, es kommt nicht wieder vor. Der Meister ist unterwegs nach Bakelit seit vier Tagen. Ich hoffe, wir können einen Versuch machen heute noch.

BARKA Sie sind wieder übergelaufen. Es macht nichts. *Meister.* Er sieht nicht aus, als ob er Amerika entdeckt hat.

MEISTER *zeigt seine Schuhe:* Ich hab mir die Brandsohle durchgelaufen auf dem Dienstweg, *zeigt seine leeren Taschen* Bakelit soviel. Das einzige, was bei uns nicht rationiert ist, sind Schreibtische. Räumt die Bretter weg, ich kann kein Holz mehr sehn. Ich möchte mich an jedem Wald aufhängen, wenigstens gehts dann nicht mehr gegen mich, wenn sie Büros draus baun. Das muß ein Leben sein in der Antarktis, weit und breit kein Baum. Das Erfinderbüro. Ein langer Dürrer, der sich vor Begeisterung nicht lassen kann über deinen Forschergeist, aber schriftlich keine Silbe, und das Neuereraktiv tagt in acht Wochen. Zur Materialverwaltung. Ein kurzer Dicker, der sich auch nicht lassen kann. Dann schickt er dich zum kaufmännischen Leiter, weil es nicht in seiner Macht steht, er ist nur ein Rad und eine Schraube. Dem kommst du grade recht, nämlich da kann jeder kommen und was heißt Einsparung, sparen müssen wir alle, er zuerst und schiebt dich ab zum Technischen Direktor. Der hat keine Zeit für Spielkram, bitte, alle Blumen sollen blühn, aber schriftlich. Zurück ins Erfinderbüro, der Kreis ist rund, nach der vierzigsten Runde weißt du das letzte Plenum auswendig, die Weltlage von Kuba bis Kambodscha und die Magengeschwüre der Leitung, aber wo du Bakelit herkriegst keine Silbe, du kommst dir wie ein Parasit vor mit deinem Verbesserungsvorschlag. Das Bakelit ist eingeplant, 1980 können wir damit rechnen. Und nicht für drei Prämien mach ich euch den Weg nochmal. Ich kann keine fünf Schritt mehr gradeaus gehn ohne daß ich den Kopf einzieh, das ist ein Reflex, ich seh nur noch Türen. *Ab.*

HASSELBEIN Entschuldigen Sie, daß ich Sie aufgehalten habe. *Rollt die Zeichnung ein.* Wir beiben also bei Holz. Die deutschen Wälder.

BARKA *nimmt die Zeichnung:* Das werden wir sehn, ob ich Bakelit kriege, wenn hier irgendwo Bakelit wächst.

5
Zwei Arbeiter

Leunawerk. Ein Arbeiter. Barka.

ARBEITER *ißt:* Der Neuerer. Ich kenn dich aus der Zeitung.
Läufst du immer so herum, seit du berühmt bist?
BARKA *nimmt den Schlips ab:*
Die Modenschau war für den Dienstweg. Ich
Brauch Bakelit. Den Neuerer laß in der Zeitung.
ARBEITER Und wenn dein Schlips durch drei Etagen schleift
Aktivist, er ist die falsche Uniform
Für den Papierkrieg. Das ist so: im Frack
Stehst du allein, im Drillich bist du wir
Und Majestät, die Erde selber kann uns.
Im Ernstfall gehn wir mit der Sonne fremd.
Bakelit brauchst du. Hast du Papier? Die Verwaltung
Hat dir den Hintern gezeigt. Soll ich dir sagen
Was die mir zeigen, wenn ich dir Bakelit geb
Ohne Papier? Die Frage ist schon Rufmord.
Was stehst du da, den Globus im Genick
Wie Thomas Müntzer fünfzehnfündundzwanzig?
Hau ab und schnell oder ich zeig dich an
Wegen Verleumdung. Bist du noch da? Gut. Iß
Genosse.
BARKA Heb dir den Genossen auf
Für die Versammlung.
ARBEITER Das ist Milch, Vorsicht
Kollege. Der weiße Schrecken, aber Bier
Ist mir zu teuer, seit ich Millionär bin:
Ein Fehlgriff und mein VEB lernt fliegen.
Für deinen Durst von morgen seh ich auch weiß
Nicht lange mehr reimt Bier auf Bau. Nimms leicht.
Warum zerreißt du dich nach Bakelit.
BARKA Ich brauchs.
ARBEITER Soll ich dir sagen, was ich brauch?
BARKA Für eine neue Schalung, Millionär,
Im Betonbau. Wenn du weißt was das ist, Beton.
ARBEITER Wart bis der Morgen verordnet wird. Wer will
Aus deiner Haut fahrn, weil ihm die zu eng wird?

Bist du der eine oder bist du der andre?
Um wieviel Größen bist du dir zu klein?
Vielleicht hat die Zeitung recht, die hörn das Gras
Von morgen. Weißt du wer du morgen bist?
Du gehst mit offnen Augen in die zweite
Verleumdungsklage: Barka gegen Barka.
In jedem von uns steckt ein Kommunist
Und wenn er ausfährt ist Revolution.
Das ist nicht anders, seit Karl Marx die Welt
Entdeckt hat, Polizisten auf der Spur
Und die Gerichtsvollzieher aller Länder
Den Hunger von acht Kindern im Genick
Dazu, Furunkulose auch vom Sitzen
In den Bibliotheken, weil er wissen wollte
Was das ist, Geld, wenn er schon keins hatte.
BARKA *zeigt Geld:* Ich
Hab Geld, und ich bezahl dein Bakelit.
ARBEITER Den Kommunismus kannst du dir nicht kaufen.
Eine Investleiche wär ohne den
Der Globus heut wie gestern. Nimm zum Beispiel
Den Alten, der an meinem Kessel steht:
Nach vierzig Jahren Leuna lernt er jetzt
Chemie. Schimpft jeden Tag auf die Qualifizierung
Und jeden Tag qualifizierter. Paß auf.
Was macht deine Qualifizierung, Franz?
STIMME *unverständlich . . . deutlich:* Leck mich am Arsch.
ARBEITER Und wieder drei Fremdworte mehr als gestern.
Das ist die Revolution: Napoleon pflügt
Das Schlachtfeld, Einstein lenkt den Großen Wagen
Und der Chemiearbeiter lernt Chemie.
Ich kann sie nicht getrennt abgeben darum
Den Kommunismus und das Bakelit.
Bei mir nur kommunistisches Bakelit
Genosse Neuerer.
BARKA Behalts.
ARBEITER Das ist
Die dritte Verleumdungsklage. Soll ich mir
Nachreden lassen daß ich meinen Staat nicht
Bescheißen kann, wenn ers braucht? Keinen Schritt
Aus meiner Halle ohne Bakelit.
Und wenn ich dir die neue Schalung auf
Den Rücken binden muß, du gehst nicht ohne.

Willst du die Neuerung im Kopf behalten
Aus Angst vor deiner eignen Perspektive
Ein Edison der seinen Glühstrumpf frißt.
Dummheit ist kein mildernder Umstand mehr
In sechzehn Jahren hier hast du gelernt
Nach welcher Melodie die Steine tanzen.
Wieviel Bakelit brauchst du?

BARKA Zehn Platten.

6
Ein Morgen

Landschaft. Schlee. Donat.

SCHLEE Dort baun sie ein Chemiewerk. Frag mich nicht warum, brauchst du ein Chemiewerk? Ich auch nicht, warum also, wer lebt außer uns hier zwischen Mond und Sonne, Nord- und Südpol in der tinteblauen Nacht? Frag die Partei, der Sekretär weiß alles. Kennst du ihn? Er hat überm Knie eine Narbe, seine Haut ist weiß überall, wo die Sonne auf dem Bau nicht hinscheint.

DONAT Ich hab ihn manchmal im Spiegel gesehn, ein intelligentes Gesicht, aber als Funktionär taugt er da nicht viel, verwechselt rechts und links.

SCHLEE Ich kenn ihn besser, übrigens sieht er eher dumm aus. Ich hab auch mehr von ihm gesehn als du, kennst du das Muttermal auf seinem Rücken? Und heute nacht hab ich ihn schlafen sehn, aber das darf er nicht wissen, er ist Dogmatiker und es war in meinem Bett. Ich liebe ihn, ich würde lieber auf Steinen schlafen im Sommer und im Winter als ohne sein Gewicht, an mir ist keine Stelle, die ihn nicht fühlt, wenn ich an ihn denke, aber das darfst du ihm auch nicht sagen: Er hat ein Kind nicht von mir und einen Ring am Finger, der liegt kalt auf meiner Haut, wenn er die Hand auf meine Brust legt.

DONAT *gibt ihr seinen Ring:* Im Spiegel sieht er intelligent aus, vielleicht meinst du einen andern, und er trägt keinen Ring.

SCHLEE *gibt ihm den Ring zurück:* Vielleicht mein ich einen andern. Deine Frau, liebt sie dich? Was geht mich deine Frau an? Bin ich weniger deine Frau? Warum trennt uns, was wir gemeinsam haben? Wie lange noch mein und dein? Du sollst nicht lügen. Kannst du dir eure Nächte abwaschen? Liebst du mich? Genosse Sekretär, der alles weiß, was kommt nach allem?

DONAT Nichts, und die Ideologie kommt mit der Frühpost.
Beton ist mein Ressort, Beton muß dauern.
Und wenn dir nichts zu wenig ist, mir auch.
Ob ich dich liebe? Was weiß ich von mir?
Die Mondgebirge sind mir weniger Ausland.
Nur bis zur Mitte gehst du in den Wald
Und nicht vorm Ausgang weißt du seine Mitte.
Ich wollte auch, die Nacht wär doppelt und
Der Tag ihr Drilling.
Aus dem Dunst wachsen die Kühltürme in deinen Augen jetzt schon, der Beton tritt aus dem Schatten deiner Brüste wieder in sein Recht auf unsre Arbeit bis zur nächsten Ablösung in einer neuen Nacht. In zwei Stunden ist Schichtwechsel.

SCHLEE Es wird keine neue Nacht geben. Nicht mit mir.

7
Richtfest

Baustelle. Barka und Elmer mit Fahne und Richtkranz.

BARKA Wie oft haben wir die Fahne aufgezogen, Elmer, frisch aus dem Konsum oder ausgebleicht von den verschiedenen Wettern, rot oder schwarzrotgold und die Richtkrone aufgehängt mit dem geklauten Grün, geklaut wars immer, auf einem neuen volkseigenen Betonklotz über unsrer Scheibe Deutschland, frag mich nicht warum, hab ich unsrer gesagt? *Musik Brüder zur Sonne zur Freiheit.*
Sind sie hinter dir auch her, Elmer, in der Nacht, Stein auf Stein und Wand an Wand, die VEBs, die du gebaut hast, jagen dich von Bau zu Bau über den Globus, der sich dreht, du mußt sein Tempo halten, wenn du stehnbleibst, rollt er dich ins Leere. Du hast angefangen, du mußt weitermachen. Beton will Beton. Du bist der Bagger, und du bist der Baugrund, auf dich fällt der Stein, den du aufhebst, aus dir wächst die Wand, auf deinen Knochen steht der Bau, noch den Strom ziehn sie aus dir, mit dem die Turbinen das Land unterhalten. Das ist so, Elmer, Fleisch wird Beton, der Mensch ruiniert sich für den Bau, jedes Richtfest ein Vorgeschmack auf die Beerdigung, wenn du dir ein Hemd kaufst, wer kauft wen, du kannst kein Brot essen, es kostet

dein Fleisch, du mußt die Kiefer bewegen dazu, Arbeit, Arbeit. Und morgen ist wieder ein Tag und übermorgen, ein Tag kraucht dem andern nach, ein Jahr stürzt ins andre und keine Uhr, die rückwärts geht, Zeit. Warum lebst du, Elmer? Ein Schritt ins Leere, du bist frei von Kind und Kegel, von mir selber frei bin ich, was hält dich, warum halt ich mich fest mit allen vieren an der letzten Sprosse, letzter Ausleger der Erde, einmal schlingt sie uns doch, sie scheißt auf vorn und hinten, morgen ist ihr gestern heute schon, weiß schwarz, in zehn Milliarden Jahren platzt sie selber, die Zeit hat bessre Zähne.

Lärm. Lachen.

Unten versaufen sie die Prämie, Richtfest oder Beerdigung ein Bier, vielleicht haben sie recht. Elmer, warum lebst du? Setz die Mütze auf. Hast du sie abgenommen, als du deine Bomben ausgeklinkt hast über London?

ELMER Das ist mein zwanzigstes Richtfest, ich hab sie gezählt, seit mich der Russe auf den Bau geschickt hat meine Schulden abarbeiten, die hab ich auch gezählt. Und seit meiner ersten Wand zieh ich den Hut vor jedem Maulwurfshügel.

BARKA Und ich fahr meine Prämie versaufen jetzt. Drei Kraftwerke auf dem Buckel, einen Staudamm und ein Hüttenwerk, den Globus zähl ich nicht, die müssen herunter. Ich werde viel Bier brauchen diesmal, eine Elbe voll, und ich werde drei Tage lang saufen müssen, sonst wach ich auf morgen, der Himmel ist wie sonst, blau manchmal, schwarz immer, frag Gagarin, der Wald grün und die Erde dreht sich noch, aber ich muß in die Partei eintreten, weil ich rot bin. *Beide ab.*

Nacht.

KLEIBER *hinter Gablonzki, eine Schnapsflasche im Anschlag:*
Keine Bewegung.

GABLONZKI Mein Jahrgang ist noch nicht dran.

KLEIBER Kein Neid. Was suchst du auf dem Mond, Gablonzki?

GABLONZKI
Den Fleck, wo ich mich nicht zu qualifizieren brauch.

KLEIBER Der Mensch ist mehr als seine Qualifizierung.
Klamann.
Da kommt das Beispiel. Klamann, wieviel Dumper
Hast du in Klump gefahrn nach der Qualifizierung?

KLAMANN Drei. Hast du was dagegen?

KLEIBER Ja.
KLAMANN Dein Glück.
KLEIBER Klamann das Vorbild. Der neue Mensch, Gablonzki,
Ist jeder seine eigne Polizei.
Das Loch in deiner Tasche bist du selber
Und was du hast, das hast du dir geklaut
Umsonst ist Spitzenlohn, reich bist du arm
Wer sich ein Bein ausreißt hat drei, der Staat
Bist du, Gablonzki.
GABLONZKI Du kannst DDR zu mir sagen.
KLEIBER *trinkt aus Gablonzkis Flasche:*
Vom Ich zum Wir.
Bolbig.
BOLBIG *trinkt aus Gablonzkis Flasche:*
Wie lang ist der Rückweg?
GABLONZKI *nimmt Kleibers Brieftasche:*
Rund ist der Kreis.
KLEIBER He!
GABLONZKI Was schreist du, Kleiber?
Wenn ich der Staat bin, bist dus auch, eins sind wir
Was Kleiber abgeht, streicht Gablonzki ein
Und Kleiber ist Gablonzki, fehlt dir was?
Und eh du aus der Haut fährst, es ist meine
Im Kommunismus will ich sie heil zurück.
Prügeln sich.
He, ich hab deine Nase im Gesicht.
Jetzt hab ich mich an unsrer Faust gestoßen.
KLEIBER Jetzt ich.
KLAMANN *greift ein:* Keine Gleichmacherei. Das ist
Der ökonomische Hebel.
BOLBIG *ebenso:* Und das bin ich.
Bastian. Elmer.
BASTIAN Seid ihr besoffen?
GABLONZKI Zu wenig, wenn du mich fragst.
KLEIBER Das sind die drei Gablonzkis, einen kennt ihr.
Jetzt ist es nur noch einer, jetzt sinds zwei.
Wo habt ihr euern dritten Mann gelassen?
Setzt sich.
Der Mond kriegt Junge. Auch drei. Der Vater heißt Wodka.
BASTIAN Kann mir einer sagen, was hier gefeiert wird?
GABLONZKI Seit sie den Himmel schwarz gestrichen haben
Hier und die Sterne Looping drehn

Sind wir der Flasche auf den Grund gegangen.
Wir feiern unser eigenes Begräbnis
Eine Brigade wird beerdigt, unsre.

ELMER So, und was sucht ihr auf dem Flaschengrund?

KLEIBER Den Brigadier.

ELMER Er kommt zurück.

BASTIAN Wer kennt
Den Nächsten.

GABLONZKI Das weiß ich: kommt er nicht, bin ich weg.

BOLBIG Den Kommunismus wird er nicht verpassen.

KLAMANN Der Bau geht weiter.

BOLBIG Und du machst den Chef.
Lieber zum Erdbau. *Ab.*

Belfert, Hasselbein.

BELFERT *von Hasselbein verfolgt:* Fließbau. Zyklogramm. Ihre Pläne sind gut aufgehoben in meinem Schreibtisch. Sehen Sie sich das Chaos an, entstanden durch den Ausfall eines einzigen Brigadiers an einem einzigen Freitag, und wenn Sie dann noch darauf bestehen, aus dem Industriebau die Bauindustrie zu machen, freiwillig und über Nacht, werde ich mich darauf besinnen müssen, daß es wieder einmal Ihr Bauabschnitt ist, an dem der Fluß stockt. Vielleicht kriegen Sie dann wenigstens einen Vorgeschmack von dem, was auf uns zukommt, wenn Ihre Träume Fleisch beziehungsweise Stahlbeton ansetzen, man soll nicht nach den Sternen greifen, wenn man in der Scheiße steckt. Die Zukunft hat einen weiten Schoß, ich kann warten auf die Schrecknisse, die sie für uns bereithält. Fließbau. Sie werden oben und unten nicht mehr auseinanderhalten können vor lauter Verantwortung. Zyklogramm. Röntgenbild der Baustelle. Das Baufeld ein Operationstisch. Wissen Sie, wie ein Herzinfarkt entsteht? Ein Blutstau und Ihr Zyklogramm steht kopf, noch einer und auf Wiedersehn beim Erdbau.
Er läßt Hasselbein stehn. Sekretärin.

SEKRETÄRIN Eine Kommission ist unterwegs, Kollege Oberbauleiter. Einführung der Fließfertigung. Und Sie werden am Telefon verlangt.

BELFERT Sehen Sie nicht, daß ich nicht hier bin? *Sekretärin ab.* Hasselbein! *Schnell Hasselbein entgegen, der zurückkommt.* Wie lange wollen Sie sich von mir noch unterdrücken lassen? Ich kann Sie hinauswerfen, das ist alles, und auch dafür muß ich einen Grund erfinden, der nicht nur Sie überzeugt. Nicht daß mir dergleichen schwerfällt nach zwölf Jahren Leitungstätigkeit, aber wo fliegen Sie schon hin, auf eine andre Baustelle. Und ich werde einen Grund erfinden trotzdem heute noch, wenn Sie mir nicht helfen, durchzusetzen auf dem löchrigen Boden der Tatsachen hier, was Sie im Kopf haben und schwarz auf weiß in meinem Schreibtisch. Wollen Sie warten, bis die neue Bauweise ein alter Hut ist? Zahlt Ihnen unser Staat so wenig, daß Sie nicht einmal Ihr Gehalt riskieren wollen für ihn, ohne Weisung oder gegen sie? Darf ich Sie daran erinnern, wer Ihr Studium finanziert hat? Das Recht auf Opportunismus haben Sie verfressen mit dem Stipendium. Was wird aus Deutschland, wenn ihr eure Zukunft auf unsern Charakter baut? Und wenn wir Engel wären, unsre Flügel sind verbrannt. Übrigens ist die Weisung unterwegs, mein Mut kommt von oben. Mein Humor ist freiwillig: jede Sitzung eine Schwenkung, und das zehn Jahre lang, da lernt man sich von allen Seiten kennen. Ich kann mir nichts vormachen, nicht mehr, nicht über mich, ein feiger Hund noch vor dem Spiegel. Aber ich habe gehorchen gelernt, als von einem Zungenschlag der Kopf fiel, ich habe beinah ein Recht auf meine Feigheit, wo ist euer Hitler? Belfert ist so feig wie Hasselbein ihn sein läßt, hören Sie auf, mein besseres Selbst zu unterdrücken, stürmen Sie meinen Schreibtisch, kommen Sie, hier ist der Schlüssel. *Beide ab.*

Schlee. Donat.

DONAT In der nächsten Zeit werden wir uns nur in der Produktionsberatung sehn: Ich habe Belfert eine Kommission auf den Hals geschickt, und das bedeutet Arbeit bis zum Hals für mich auch, wir müssen Ernst machen mit der Industrialisierung endlich, lange genug war Steinzeit. Weißt du, daß Barka verschwunden ist?

SCHLEE Ja.

DONAT Der Neuerer war nicht sehr neu, wie? Ich wollte, ich hätte ihn vorher zum Teufel gejagt. Oder er käme zurück. Er reißt mehr ein mit zwei Fehlschichten als er im Quartal gebaut hat. Wir säßen nicht auf Sand jetzt mit einem ganzen Bauabschnitt, wenn wir nicht auf ihn gebaut hätten. So sehr ein Schädling wie er nützlich war, weniger nützlich wäre weniger schädlich, sein Schaden frißt seinen Nutzen

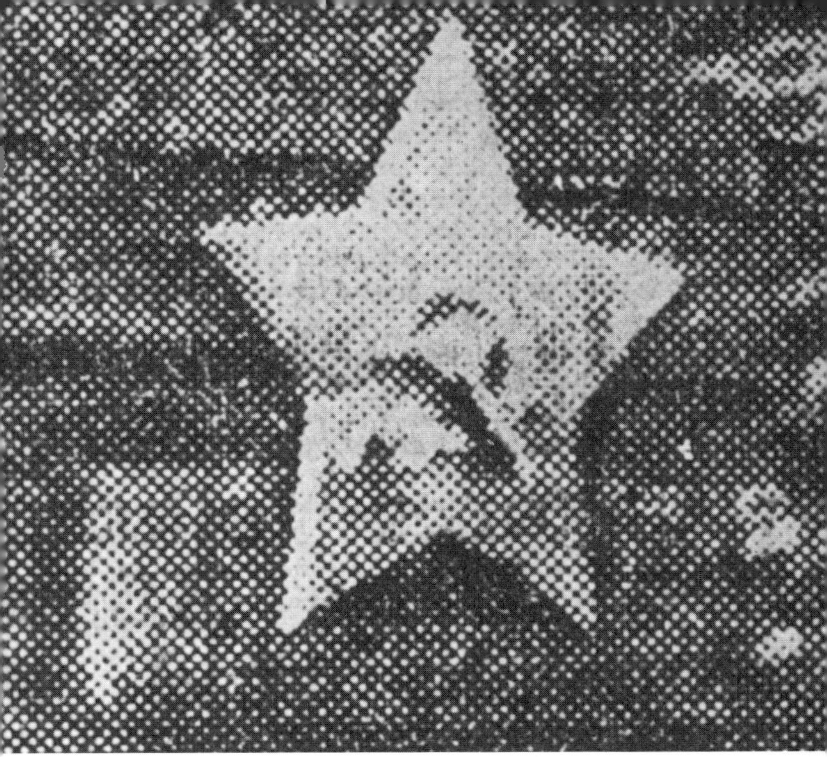

Denkmal für Karl Liebknecht, Rosa Luxemburg und ihre Kampf= ssen, von Berliner Arbeitern in Berlin=Friedrichsfelde errichtet, von **den Nazibarbaren zerstört**

auf, er wäre kein Schädling, wenn er ein Schädling gewesen wäre. Und so weiter, wir haben keine Zeit, unsre Nackenschläge auszukosten. Wir müssen einen Erfolg daraus machen, ein Schädling weniger, seine Kaderakte hat Flecken genug, wenn er nicht zurückkommt, werden wir sie vergrößern, eh sein Fehler sein Beispiel auslöscht, ist das zynisch? Geduld und Geduld und Geduld. Aber mancher braucht den Knüppel. Das Dreischichtsystem, die neue Schalung, der Rekord am Kraftwerk und jetzt das. Für die Prämie wäre weniger genug gewesen. Warum das eine und warum das andre? Der Katalysator weiß nichts von Chemie, der Wegweiser kennt seinen Weg nicht, aber der Mensch ist mehr als seine Zellen. Jeder Baum hält sich an die Gesetze, jedes Pferd kennt seinen Stall, aber der Neuerer ist seinem eignen Beispiel nicht gewachsen. Nicht einmal ihren Schatten werfen sie voraus, wenn sie die Sonne nicht im Rücken haben. Du brauchst mir nicht zu widersprechen: Wir produzieren nicht für die Produktion, Schwedt nicht für Schwedt, Leuna nicht für Leuna, und Kommunismus für die Kommunisten ist ein Unsinn. Ich bin kein Heiliger. Soll er zum Teufel gehn. Hoffentlich kommt er zurück.

SCHLEE Wir werden ein Kind haben.

Pause.

DONAT In ein paar Tagen ist der Bau ein Karussell, der Stein tanzt, ein Jahr und länger haben wir unser Leben abgekürzt für einen Traum, der jetzt Beton wird endlich, ich sollte froh sein über das Stück Zukunft, das in dir wächst, mindestens auch, wofür arbeiten wir, aber Beton ist Beton, Fleisch muß sich ausweisen, und die Dämmerung hat mehr Augen, als der Morgen braucht. Entschuldige, ich weiß nicht, wo mein Kopf steht, mich wundert schon, daß meine Beine nicht rechts gehn, wenn ich links will, oder das rechte links und rechts das linke, Bein gegen Bein, bis der Boden durch ist. Ich wollte, ich wär ein Turmkran, allein mit dem Schnee. Hoffentlich läßt der Winter auf sich warten, wir können gut ohne Schnee auskommen, der Regen macht Schlamm genug, und Kälte haben wir genug in uns selber immer noch. Ohne das Kind könnten wir auch auskommen. Hat er nicht warten können oder sie?

SCHLEE Entschuldige, daß ich eine Frau bin.

DONAT Ich hätte es wissen müssen, wie? Nächstens entschuldigen wir uns noch dafür, daß wir nicht auf Rädern laufen und weil unser Fleisch zum Baustoff nicht taugt. Ich kann die Genossen nicht warten lassen. Sehn wir uns heute abend? *Ab.*

SCHLEE Unser Kind wird mein Kind sein, wir, das bin ich. Hör zu, Sohn oder Tochter, noch kann ich mit dir reden wie mit mir, du hörst mich nicht, HansnochkeinMensch, Janohne-Hand, Johnkopflos, sieben Monate jünger als du selber, kleiner als dein Daumen sein wird, aber alles dreht sich schon um dich, der Bau dein Spielplatz, entschuldige, daß ich deinen Vater liebe, und werd nicht wie er.

Ein junger Arbeiter.

JUNGER ARBEITER Hochwasser? Das ist das Frühjahr, die Richtkronen schlagen aus. Soll ich dir ein Kind machen, Puppe?

Baugelände.

JUNGER ARBEITER Versammeln kann ich mich allein. Gewerkschaft!

ALTER ARBEITER
Was heißt Gewerkschaft, heute rollt der Kopf hier.
Der Betonierer ist zurückgekommen.
Der Dreischichtpionier, der Bakelitmensch
Der Neuerer. Er war nicht neu genug.

3. ARBEITER Und nicht zu alt. Er ist zurückgekommen.

4. ARBEITER Er hat kein Loch gefunden in der Mauer.
Hast du ihm deine Prämie schon vergessen
Das Holz, den Kies, die Schlacht in der Kantine?

3. ARBEITER
Der wird sich nicht mehr kennen nach dem Festakt.

ALTER ARBEITER
Uns gehts nicht anders vor dem nächsten Schnee.
Die Zeit wird neuer und der Mensch wird älter.
Fließfertigung kommt auf uns zu jetzt auch noch.
Expertengruppe, mit Belfert, Hasselbein, Schlee, Donat geht vorbei.
Schmeiß deine Uhr weg, sie geht nach.

JUNGER ARBEITER Sei Vorbild.

Barka und Brigade.

JUNGER ARBEITER Er kommt.

4. ARBEITER Wo bleibt das Fernsehn?

3. ARBEITER Und die Presse.

Gablonzki geht auf sie los.

KLEIBER *hält ihn zurück:* Schon deine Zellen für den Lehrgang.
Da Gablonzki gegen ihn ausholt: Und meine.
Dreier.
DREIER Kollegen, zwischen Schicht und Schicht
Eine Kurzversammlung. Punkt eins heißt Barka.
Ich will dir nicht mit Zahlen kommen, du
Hast selber einen Kopf, rechne dir aus
Was deine Extratour gekostet hat!
Wir reden mit dir als Gewerkschaft hier.
Dein Glück noch, daß du nicht in der Partei bist
Du wärst es nicht mehr nach dem. Also wir
Erwarten deine Selbstkritik, Kollege
Und schnell.
DIE ARBEITER Mit uns macht keiner so viel Worte.
Du stehst nicht in der Zeitung.
Selbstkritik.
Für eine Woche Urlaub: Selbstkritik.
Rausschmeißen!
BARKA Ich werds abarbeiten.
Keinem bin ich was schuldig hier bis heute
Als meiner Mutter die Geburt.
DREIER Und mir
Drei Stapel Schalholz.
EIN ARBEITER Mir zehn Dumper Kies.
ANDERER Sein Wartburg, jedes Blech von unserm Geld
Geklautes Material, verpatzte Prämie.
BARKA Was ich gebaut hab, steht.
EIN ARBEITER Was war, ist gewesen.
ANDERER Denkst du an deine schiefen Türme?
DER ARBEITER Still, Mensch!
ANDERER Gras, wenn wir dich nicht hätten, grüner Kumpel
Der alles zudeckt!
DREIER Wir warten immer noch
Auf deine Selbstkritik.
BARKA Gilt das schon nichts mehr
Dreischichtsystem, Bakelit und Planvorsprung?
DREIER Nicht jetzt. Und selber hast dus ausgewischt.
DIE ARBEITER Wir arbeiten alle.
Mehr oder weniger. Ja.
Am liebsten am wenigsten.
BARKA Ich kann auch wieder gehn.
KLAMANN Bleib.

Bastian Zweimal ist noch keiner auferstanden.
Bolbig Wo willst du hin, Mensch. Die sind überall.
Dreier Geh, aber hierher kommst du nicht zurück.
Die Expertengruppe kommt zurück.
Ein Experte Поточное производство во всяком случае экономично. Но оно должно применяться комплексно.
Dolmetscher Er sagt, ökonomisch ist die Fließfertigung in jedem Fall. Aber sie muß komplex angewandt werden, sagt er.
Experte Тот, кто за коммунизм, тот – за поточное производство: все или никто.
Dolmetscher Er sagt, es ist mit der Fließfertigung wie mit dem Kommunismus: alle oder keiner.
Experte Одного примера недостаточно.
Dolmetscher Er sagt: das Beispiel macht nicht satt.
Vorbei.
Barka Ich war in Stalinstadt, jetzt Eisenhütte
Sand und Kiefern. Die Schwarze Pumpe auch
Ein Landaas mit verkommnen Büschen vor mir
In Rostock der Hafen, Tag und Nacht die See
Und mein Beton ist nicht gerissen. Jetzt hier.
Donat.
Donat Warum?
Barka Das frag ich mich, seit ich hier steh.
Bastian Ja, schlimmer als der Kapitalist. Der fragt nicht.
Arbeiten muß ich überall. *Zu den Arbeitern:* Warum!
Lachen.
Donat Ich bin kein Kapitalist. Und überhaupt
Wir sind nicht so bescheiden. Alles für alle
Und jeden ganz. Den Abschaum zählen wir nicht
Nichts wird nichts. Und nicht nur den Teil von euch
Der Stahl kocht, Kohle baggert und Beton stampft
Den auch, mit dem der Mensch aus sich herausgeht
Zum Beispiel. Jedes Vieh schwitzt ja für sein Fressen
Die Arbeit fängt an, wo der Schweiß aufhört.
Ich frag nicht, damit du mir die Zeitung vorsingst
Aber du mußt es wissen. Morgen besser
Als heute. Was hier anfängt hört nicht auf
Mit uns, aber was lebt muß wachsen und
Haust in der Schwebe zwischen Alt und Neu.
Stimme Ja. Wo bleibt eure Selbstkritik?
Donat Was willst du

Das wir zurücknehmen solln? Du stehst drauf.
Zwanzig Jahr Aufbau ohne Kapitalisten.
Die Steine lügen nicht.
STIMME Ja, sie können nicht reden.
DONAT Reiß ein was du gebaut hast.
Zu Dreier: Schließ die Versammlung.
Zu Dreier und Barka:
Und kommt, ich brauch euch jetzt bei den Experten.

8
Zyklogramm oder der Tanz der Steine

Baustelle. Ein Maler malt. Hasselbein auf einem Moped, ein gerolltes Papier unterm Arm, hält.

HASSELBEIN Morgen auf der Großbaustelle. Verschwenden Sie Ihr Auge nicht auf die Natur, die Kulturpaläste hängen voll davon, Malerei für Blinde. *Blick auf die Staffelei.* Ein Malerauge, das keine drei Monate faßt. Malen Sie wenigstens was Sie nicht sehn.
Ihr Stuhl steht in der Luft seit übermorgen
Schaufeln und Bagger ziehn den Boden weg.
Ein Netz aus Gräben und Sie sind der Fisch.
Die Schalung ist ein Wirrwarr: letzte Gotik
Beton klatscht auf sein eisernes Gerippe
Nimmt seinen Platz ein zwischen den Zähnen der Zeit
Die toten Maurer das unterirdische Kraftwerk
Ein betrunkener Waldhüter sah gestern nacht
Einen Schreitbagger über die Heide gehn
König Faulzahn der Luetiker
Liegt seinen Töchtern nicht mehr auf der Tasche
Der arme Thoms hat den Blitz in die Hand genommen.
Und keine Spur davon auf Ihrer Netzhaut.
Rollt sein Papier auf, zeigt es.
Ein Zyklogramm, Kreuzung aus Raum und Zeit, ein Jahr Beton, Stahl undsoweiter. *Rollt das Papier.* Auch als Fernrohr zu verwenden. *Blickt durch das gerollte Papier.* Ein Blick über die Schwelle aus siebenmal Schnee: *hält dem Maler das Fernrohr ans Auge* Beton fliegt durch die Luft, Stahl pflügt den Acker der Vögel, die Wolken werden bebaut, der Wind ist bewohnbar. Und was wirft Ihr Auge aufs Papier, was mischt Ihr Kopf, Ihre subventionierte Meisterhand, was tut sie? Klatscht den Horizont ab, Schlote aus der

Steinzeit, lackiert den Schlamm, das Unbewegte, schminkt den Himmel, den Leichnam des Lichts, das Loch aus Grau und Krähen.

Drei Arbeiter.

ERSTER Der neue Bagger Schrott.

ZWEITER Rohrbruch am Kühlturm.

DRITTER Das Fundament im Sack.

HASSELBEIN *zum ersten:* Bin ich der Schrottplatz?

Zum zweiten: Die Feuerwehr, wie üblich.

Zum dritten: Die Polizei.

Geht vor. Ich komme nach, geteilt durch drei.

MALER *während Hasselbein sein Fahrzeug in Gang bringt:* Das erinnert mich an einen Kriminalfall aus der Bibel. Der Turmbau. Fragment geblieben durch Mangel an Kooperation. Der Bauherr, Nebukadnezar oder ich hab seinen Namen vergessen, wurde mit einer eigenen Sprache bestraft. Er konnte nur noch mit sich selber reden, blubbblubb und blabla. Das ist der Formalismus.

Hasselbein ab. Maler malt. Hasselbein zurück.

HASSELBEIN Glücklicher Nebukadnezar. Sie werden in Ihren Bildern wohnen müssen. Ich weiß Bescheid mit Höllenstrafen.

Ich wurde trainiert auf die geistliche Laufbahn
Sohn des Kleinbürgers mit eigenem Samowar
Aber ich trat beizeiten aus dem Startloch
Im Hinterkopf ein Himmel aus Beton. *Ab.*

STIMME He, Picasso, hast dus eilig ins Museum? Mach deine Kunststücke da, wo sie nicht den Kopf kosten. Geh aus dem Schwenkbereich. *Maler ab.*

STIMME OBEN Was kriecht da im Bauschlamm? Die Schnekken vom Erdbau.

STIMME UNTEN Die Fliegenfänger von der Bau-Union.

STIMME OBEN Soll ich dir auf die Glatze spucken, Maulwurf?

STIMME UNTEN Ich nehm dich auf die Schippe, Wolkenkratzer
Und schmeiß dich um die Erde gegen den Wind.
Wenn du herum bist sind wir dreimal durch.
Wir fangen dich wieder auf über der Südsee.

STIMME OBEN Wir spielen Fußball in der Stratosphäre
Eh euch vom Grundwasser die Schaufel naß wird. –
Habt ihr gehört, Belfert ist General jetzt
Vierzig Betriebe hat er in der Hand.

STIMME UNTEN Vierzig Sargnägel.

STIMME OBEN Spar für deinen Kranz.
Das Neue Ökonomische System:
Jeder sein eigner Schwerpunkt oder Engpaß.
Die Welt steht kopf, wir müssen gradestehn
Für unsre eigne Arbeit.
STIMME UNTEN Dich möcht ich sehn
Wenn du geradestehst, du Fragezeichen.
STIMME OBEN Das weiß ich jetzt schon: jeden Tag acht Stunden
Wirst du von deinem eignen Schund geschunden.
Der General!
Belfert.
STIMME UNTEN Achtung, präsentiert den Bagger!
Fünf Schaufeln aus dem Boden.

Schlee.
SCHLEE *ruft:* Wir kommen aus dem Takt. Ihr seid die Spitze.
Sie müssen zwei Mann abstelln, Brigadier!
Ab. Brigade.
BASTIAN Jetzt baun wir schon zu schnell. Das ist der Fortschritt.
KLEIBER Eine Aufforderung zur Sabotage.
GABLONZKI Ich kann auch langsam arbeiten, wenns sein muß.
BOLBIG Die werden uns noch das Arbeiten verbieten.
Weckt mich, wenn uns der Nachtrab überrennt.
BARKA Bastian ist Brigadier. Ich geh. Mit Bolbig.
BOLBIG Warum ich?
BARKA Weil du fragst.
BOLBIG Wer hilft mir? Ich
Mach meine Arbeit. Wer lahmt, kann mich nicht treten.
BARKA Du wirst dir noch den Schädel brechen, Bolbig
An einem blauen Montag an meiner Faust.
Komm oder geh.
BOLBIG Schnell hast du beten gelernt.
Nicht auf die eigne Haut ist hier Verlaß
Sie geht mit den Würmern fremd. Der Schnee von gestern.
Was glotzt ihr? Das bin ich. Bolbig und Bolbig.
Wer seid ihr? Wo ist deine Nase, Bastian?
Die neue, die der Konsum dir verpaßt hat
Hält keinen Regen aus: sie ist aus Pappe.
Gablonzki, nimm die Brille ab, sie blendet.
Geh aus der Sonne, Elmer, eh sie dir
Ein Loch in die Maske brennt und dein Gesicht
Scheint durch. Ich werd euch sagen, was ihr seid:

Jeder sein eigenes Gespenst, das seid ihr
Ihr blast euch selber aus den Nasenlöchern.
Und wenn ihr euch die Beine dreimal ausreißt
Das Gras wächst schnell und überholt euch wieder.
Was ich mir aus den Augen reib das seid ihr.
Was ich mir aus den Augen reib ist mehr.
Und wenn ihr in den Wolken weiterbaut
Und wenn ihr noch den Mond rot streicht zuletzt
Damit die Toten was zu lachen haben
Für euch der Rauch aus Niemands letzter Kippe

KLEIBER *zu Bolbig:* Habt ihr Bolbig gekannt? Ich war mit ihm
Beim Industriebau. Das ist lange her.
Es war ein Blonder. Oder wars ein Schwarzer?
Er stopfte das Papier noch in die Pfeife
Wenn seine Kippe keinen Zug mehr ausgab.
Er war ein Kumpel, und das ist länger her.
An einem Hundstag in der zweiten Schicht
Ists ein Jahr her, sinds zehn, ist er verschwunden.
Wir standen im Beton unter der Sonne
Der Schweiß aus allen Poren brannte uns
Das Salz von sieben Meeren in die Haut
Und mehr als alles Bier der Welt und schneller
Als Wodka der gebrannte Clown und wilder
Als Liebe je hat uns der Bau geschleudert
Im Tanz der Steine zwischen Stahlgerippen.
Dem Meer dem grünen Elend macht kein Sturm
Je solchen Seegang wie dem Festland wir.
Und in der Sonne im Beton stand Bolbig
Und riß das Maul auf gegen Raum und Zeit
Und stemmte sich gegen den Fluß der Steine
Und ist verschwunden wie sein Schatten vor ihm
Als ihm die Sonne überm Scheitel stand.
Dann war noch seine Stimme in der Luft
Dann nichts mehr. Das war Bolbig. *Bolbig ab.*
Ich geh mit, Brigadier.

9
Schnee

Barka, Bastian.

BASTIAN Elmer auf Rente, Kleiber in der Armee,
Gablonzki auf dem Weg zur Intelligenz

Und Klamann lernt die Neue Technik meistern.
Nächstens zieht er die Hosen mit dem Kran an
Und bohrt sich in der Nase mit dem Bagger.
Dich seh ich auch schon als Generaldirektor
An jedem Finger einen VEB
Und jeder Furz ist international.
Brandstiftung höchstens kann dich da noch retten
Oder die Axt ins Kabel oder Mord.
Noch eine Qualifizierung und ich kenn mich
In meinem eignen Schädel nicht mehr aus
Bastian der erste ist Bastian der letzte
Grau vor dem ersten, weiß vorm letzten Bau hier.
Schlee.
BARKA Wo ist Bolbig?
BASTIAN Bolbig? Wo ist der Schnee im Sommer?
Mensch oder Bau, ihm ist eins was er weiß macht.
Der Regen wäscht nicht alles, wo ist Bolbig?
Gräbt einen Tunnel durch die Elbe vielleicht
Oder lernt fliegen in Berlin überm Schutzwall
So oder so. Frag Bolbig. Wenn du mich fragst:
Auf Bolbig gibt dir keiner mehr heraus
Und hinterm letzten Schnee ist Inflation. –
Da schwimmt was im Gestöber.
Schlee. Der Strand sind wir.
So objektiv ist keine Schwierigkeit hier
Daß sie an uns vorbeigeht, so viel Zeit hat
Kein Schwerpunkt daß er warten kann bis ich
Mein Fleisch auszieh bei VVB Erdbau
Zwei Meter unter morgen.
SCHLEE Frost im Beton.
BASTIAN In meinen Knochen auch und die gehn mir vor.
Lang genug war die Schicht, auf Eis neun Stunden.
SCHLEE Die Ablösung findet den Weg nicht.
BASTIAN Das duckt sich
Ins Bier vor jedem Wind. So faul wie grün.
SCHLEE Am Kühlturm. *Schwankt. Barka stützt sie.*
Ich kann gut allein gehn, bin ich krank?
Fällt um, Barka hebt sie auf.
BASTIAN Fahr sie zur Klinik. Nach der Wand seh ich.
Und fahr vorsichtig, du fährst drei.
SCHLEE Ich kann –
BASTIAN Wir wissen was du kannst: mehr als zehn Schreier.

Engpässe weiten, Havarien ausbügeln
Und Löcher stopfen im Materialfluß
Kraftwerke stricken und Werkhallen nähn
Alles mit einem blauen Augenblick.

SCHLEE Grau. *Tränen.*

BASTIAN *reicht ihr ein riesiges rotkariertes Taschentuch:*
Kein Wasser jetzt, sonst wird der Pol grün.

BARKA Graugrün.

BASTIAN Deine Krankheit ist Natur, der Mensch wär lang schon
Bei den Mammuts, wär die Krankheit ausgestorben
Die du im Leib hast. Wirst du rot vor mir?
Ich bin der Schneemann, mir schlägt kein Baum mehr aus.
Das weiß ich: kurz lebt was in der Mutter stirbt
Und kein Beton macht dich neu wenns dich umbringt.
Zeig mir den Bau der ein Gebornes wert ist.
Was ist ein Kühlturm? Morgen steht ein neuer.
Die Welt ist billig und der Mensch ist teuer. *Ab.*

SCHLEE Sie brauchen mich nicht zu tragen, geben Sie mir nur Ihren Arm, wenn der Boden schwimmt, es geht vorbei.

BARKA Kein Risiko. *Trägt sie.*
Du wärst mir leichter, wärst du schwer von mir.
So lang der Weg reicht bist du meine Last.
Hinterm Ural ist Nacht. Die Liebespaare
Gehn in die Sträucher oder in die Betten.
In jeder Minute auf dem Flugstern hier
Mit Baggern umgegraben und mit Bomben
Mit unserm Schweiß gewaschen und mit Blut
Mit Kraut bewachsen und bebaut mit Steinen
Über dem Lärm aus Stimmen und Papier
Geht einem Mann in einer Frau die Welt auf. –
Siehst du die Städte, die wir morgen baun?
Ein Lichtmeer zwischen Wolken in der Schwebe
Scheinen sie aus der Zukunft hinterm Schnee
Im Negativ durch meine Augendeckel.
Die nach uns wohnen drin und die nach denen.
Gehn ohne Schritt durch Türen, jetzt noch Wald
Sitzen ohne Gewicht auf laubigen Stühlen
Am grünen Tisch und reden ohne Stimme.
Ihre Gesichter sind aus Schnee, vom Fleisch
Noch nicht bezogen und kein Unterschied
Und mit Schneeaugen sehn sie mehr als wir

Und in Fabriken die du noch im Kopf hast
Und die in meinen Händen noch nicht reif sind
Läuft ihre unbekannte Produktion
Und aus den Sternen, heut noch überm Pflug
Wächst Brot in ihre zweiunddreißig Zähne.
Kein andrer wollt ich sein als ich und ich
Seit ich das Und kenn zwischen mir und mir.
Mein Lebenslauf ist Brückenbau. Ich bin
Der Ponton zwischen Eiszeit und Kommune.
Könnt ich die Zeit zurückdrehn auf den Punkt
Knapp wie die Spanne zwischen Schnee und Wasser
In dem er eins gewesen ist mit dir
Gern laß ich mich in jeden andern sperrn
Ob er der erste war oder der letzte
Von dem dein Bauch blüht.
Pause.
Wo ist der Sekretär?

SCHLEE Konferenz in Halle.
Pause.

BARKA Das unterm Schnee heißt Wartburg. Weiter mit
PS, wenn er den Frost verdaut hat und
Hört wieder auf Benzin.

Donat. Schlee.

DONAT Belfert hat um seine Ablösung gebeten, er will einen ruhigeren Platz an einem besser überdachten Schreibtisch in einem weniger windigen Büro auf langsamerem Boden. Macbeth ist heruntergekommen: lieber ein Helm voll Spinnweben als ein Wald der geht. Er hat eine Selbstkritik aufgeführt in Halle, Applaus auf allen Rängen. Und verdient: ich hätte ihn nicht besser kritisieren können. Aus der Front in die Etappe war seine berechnete Flugbahn. Die Rechnung ist nicht aufgegangen, zu gründlich hat er seine Fehler analysiert, sie waren nicht mehr aufzufinden, der Beweis seiner Unfähigkeit war der Beweis seiner Fähigkeit, sein Schrei nach Ablösung ist untergegangen im Beifall, zweitausend Hände ketten ihn an seinen Platz, den falschen Mann an den falschen Platz, aber er weiß es, also ist er der richtige, seine Intelligenz hat ihn zum Narren gehalten, sein Kopf war ihm im Weg. Undsoweiter. Das sind die neuen Bedingungen: es kostet Schweiß, ein Schurke zu sein, die Karriere frißt den Karrieristen, jeder ist sein eignes Sprungbrett, man muß kopfstehn, wenn man nicht über sich hinauswachsen will, was ist der Sprung über den eignen Schatten, die Sonne in der Hand, wir schleppen alle unsern eignen Leichnam durch die Zeit, der Rest ist Arbeit, nur die Dichter graben noch nach Mist unter den Blumen. Da kommt einer, Shdanow steh mir bei. *Ein Dichter.* Zwei Stunden lang hat er mein Trommelfell beharkt gestern, er wollte nicht glauben, daß ich nicht wenigstens ein Opfer des Personenkults im Schreibtisch habe, jetzt grast er die Baustelle ab nach Konflikten. Passen Sie auf, daß Sie sich nicht die Beine brechen, das Gesicht im Nacken, Orpheus. *Der Dichter sieht sich um, stolpert.* Deswegen brauchen Sie nicht umzufallen, nicht vor mir, es beweist auch nichts.

DICHTER Es beweist wirklich nichts. Ich suche den Kollegen Hassel Bein.

DONAT Da können Sie dem Kollegen Hasselbein suchen helfen. Übrigens kommen Sie zu spät: Er ist schon typisch. Wir können wirklich nichts mehr für Sie tun hier, solange Sie herumlaufen mit Ihrem Nichts-Neues-unter-der-Sonne-Gesicht, die Sonne selber ist in jedem Augenblick neu, ein Gebilde, das aus seiner eignen Explosion besteht, nichts, solange Sie die Zähne heben vor dem Brot der Frühe, nichts für eure fleischfressende blutsaufende Kunst. Das Blut ist getrocknet, die Tragödie ist gelaufen, unsern Schatten rennen wir uns an den Sohlen ab, lange genug haben wir euch mit Katastrophen beliefert. Ein Verstoß gegen die Arbeitsschutzbestimmungen ist ein Verstoß gegen die Arbeitsschutzbestimmungen, kein Grund für Poesie. Aus Raum und Zeit wird unser Brot gebacken, Orpheus.

DICHTER Letzterer wurde in Thrakien von Weibern zerrissen, das heutige Bulgarien, übrigens mit Pflügen.

»Denn das Lied schont den Sänger. Der Fleißige hatte besungen
Alles, Gewächs und Getier und die Glieder lösende Liebe
Aber den Grund nicht: schweißtreibende Arbeit und Werkzeug«
Sie pflügten ihn. Das war Orpheus, ich heiße –

Ein Dumper fährt vorbei, der Lärm schluckt den Namen. Dichter ab.

DONAT Der Kommunist ist gestorben, der Alte mit der halben Lunge, der mir aus meiner vorigen Feigheit geholfen hat, erstickt im Sommer im zu späten Urlaub unter dem

Mond, der seine Fahne trägt, unsre, tot und die Ruhr ist noch schwarz, in Hamburg fault Fleisch vor der Blüte, Zinn geht vor Blut in Bolivien. Belfert will dich vor die Parteileitung zitieren wegen Gefährdung der Baumoral, ich kann seinen Antrag nicht ablehnen, ohne daß ich mich verdächtig mache, nicht allein, und wer wird ihn ablehnen außer ich, er ist üblich, die Partei muß alles wissen. Ich wollte auch, wir wären hundert Jahre jünger oder die Zeit wäre älter um so viel, Vater und Mutter Worte die nichts mehr bedeuten und alles, ein Kind hat soviel Mütter wie es Mütter gibt, soviel Väter wie Väter, und was zwei tun ist nicht für alle. Belfert weiß gut, daß er auf mich zielt: er sitzt fester, wenn er schon hier bleiben muß, mit einem andern Parteisekretär, das ist sein Kinderglaube, und vielleicht reicht es, wenn er mich fragen kann vor der Parteileitung, warum ich seinen Antrag ablehne, etwas bleibt hängen, ich bin der andre Parteisekretär. Wir können Belfert nicht allein regieren lassen, ich werde dich fragen müssen, wer der Vater ist, und du wirst es mir nicht sagen, darum bitte ich dich jetzt. *Schlee lacht.* Hör auf. *Schlee lacht.* Hör auf zu lachen. *Schlee lacht immer noch.*

SCHLEE Entschuldige. Ich finde es auch nicht sehr komisch. Es war dein ungeborenes Kind in mir das über dich gelacht hat, es lebt morgen, nicht mehr dein Kind, wenn ich dir die Lüge sage, die du brauchst, wer braucht sie außer dir, und wenn du sie brauchst, wer braucht dich? Wir werden Kinder haben, die Kinder haben werden, eine Generation macht die nächste, die Zukunft uns aus dem Gesicht geschnitten, der Kommunismus gut oder schlecht, wie wir ihn gemacht haben, wir und wir, du weißt es.

DONAT Kommunismus aus der Hand? Was geht hat den Weg an den Schuhn. Was willst du, ist ein Fundament gerissen, brennt ein Kühlturm, ist ein Stern entgleist?

SCHLEE Wer braucht die Sterne? Ich werde also lügen für dich und das ist die Wahrheit: dein Kind wird keinen Vater haben, wir werden uns mit Genosse anreden wie vorher, ich werde den Vogel nicht einscharren, der im Frühjahr singt, du wirst die Sonne nicht aus dem Himmel reißen, der Schnee wird nicht liegenbleiben bis zum nächsten Winter.

Gespräch mit Heiner Müller

Wilhelm Girnus: Die Beratungen des 11. Plenums des Zentralkomitees der Sozialistischen Einheitspartei Deutschlands haben einen bemerkenswerten Widerhall über die Grenzen der Deutschen Demokratischen Republik hinaus gefunden. Bekanntlich hat sich in der Vergangenheit wiederholt der literaturinteressierte Deutsche darüber beklagt, bei uns in Deutschland sei die Literatur nicht in ähnlichem Maße eine öffentliche Institution geworden wie etwa in Frankreich. Heute können wir, glaube ich, sagen, die Literatur und das Gespräch über sie sind auch in unserem sozialistischen Land seit längerer Zeit bereits eine res publica, eine öffentliche Angelegenheit, geworden. Sie bewegt große Teile unserer Bevölkerung. Und das dank der Kulturpolitik unserer Partei. Es geht um so entscheidende Fragen wie die Beziehungen zwischen Ethik und Ästhetik, Politik und Literatur, die Verantwortung des Schriftstellers, die Rolle der Literatur und die Entwicklung des sozialistischen Menschen. Es ging auch um die Funktion der Literaturkritik und die Rolle der sozialistischen Partei bei der Entwicklung der Literatur. Es wäre sicherlich eine Fehlinterpretation, anzunehmen, dieses Plenum sei sozusagen nur ein »Literatur-Plenum« gewesen. Vielmehr ging es um die Gesamtperspektive der Deutschen Demokratischen Republik. Dennoch scheint es mir außerordentlich aufschlußreich zu sein für unsere Entwicklung, daß der Literatur in diesem Prozeß diese außerordentliche Bedeutung beigemessen wird. Es ist auch viel gesagt worden über den Charakter des literarischen Engagements hier und heute. Heiner Müller, Sie zählen sich zu den engagierten Schriftstellern?

Heiner Müller: Ja, ich glaube, das ist eine Selbstverständlichkeit. Wer sich nicht engagieren will, wird engagiert, unter Umständen gegen sein Interesse als Person und Autor. Nicht ganz so selbstverständlich ist vielleicht, daß Literatur auf die Praxis nur wirken kann, wenn sie sich orientiert an einem realen Entwurf von der Welt und vom Menschen, und ich sehe da keinen, in unsrer Epoche, als den von Marx und Lenin, in dessen Realisierung wir stehn. Literatur muß also gemessen werden an diesem Programm und seiner Realität hier.

Girnus: Und Sie bejahen das?

Müller: Natürlich.

Girnus: Ihr Stil ist gekennzeichnet durch eine reiche metaphorische Sprache, nicht immer ganz einfach, gelegentlich vieldeutig, ja zu kontroversen Deutungen Anlaß gebend. Ihr Name und Ihr Stück »Der Bau« sind auch auf den Beratungen des 11. Plenums genannt worden. Was sagen Sie zu der Kritik, lehnen Sie sie ab, oder finden Sie sie berechtigt?

Müller: Die Kritik auf dem Plenum und vorher war für mich sehr interessant und von großer Bedeutung für meine Weiterarbeit nicht nur an diesem Stück. Was Sie abgedruckt haben, war eine Arbeitsfassung, nicht gedacht als endgültig. Ein Stück kann nie fertig sein vor der Aufführung. Und auch nach der Aufführung wird man daran weiterarbeiten, wenn es nötig ist. Ich habe inzwischen daran gearbeitet, es wird noch daran gearbeitet. Die Deutsche Demokratische Republik ist für große Teile ihrer Bevölkerung ein unbekanntes Land. Und zwar deshalb, weil die Errungenschaft »Deutsche Demokratische Republik« nur voll begreiflich ist aus dem Zusammenhang, aus ihrem Verhältnis zur deutschen Geschichte, als eine neue Qualität in dieser Geschichte. Ich glaube, daß dieser Punkt zuwenig behauptet ist im Text, daß zuwenig herauskommt die Kontinuität der Entwicklung und der Geschichte der Deutschen Demokratischen Republik.

Girnus: Vielleicht beschäftigen wir uns etwas detaillierter mit dem »Bau«; da wären solche Fragen zu klären: was ist das Thema, wie haben wir die Fabel aufzufassen; welches ist der allgemeine Tenor, die Grundstimmung, aus der heraus das Stück geschaffen ist; wie sind die Wesensart der Charaktere und deren wechselseitige Beziehungen; welche Rolle spielt die Partei im Prozeß der Entwicklung dieser Charaktere und ihrer Beziehungen untereinander; wie ist die Dialektik zwischen Unten und Oben in dem ganzen Prozeß, der sich abspielt, die Dialektik der Entwicklung von Gestern, Heute und Morgen; worin besteht das Aussageziel? Heiner Müller, wie würden Sie das Thema dieses Stücks definieren?

Müller: Wenn bei uns etwas gebaut wird, ein Kraftwerk oder ein Wohnblock, dann wird mehr gebaut als nur ein Kraftwerk oder ein Wohnblock; jede Arbeit bei uns produziert auch Produktivität bei denen, die sie tun, und das Thema wäre die Freisetzung von Produktivität und der Lust an der Produktivität bei Leuten, die hier arbeiten.

Girnus: Welche Rolle spielt nun die Fabel bei der Aufbereitung dieses Themas?

Werner Mittenzwei: Es wäre gut, erst einmal über die Fabel des Werks zu sprechen, denn von ihr hängt vor allem die politische und ästhetische Wertung des Stückes ab. Die stilistische Verknappung und sehr lockere epische Verknüpfung der Szenen läßt verschiedene Lesarten der Fabel als möglich erscheinen. Ich lese sie so: Die Brigade Barka ist ein Haufen von Freibeutern der Baustelle, sie wird zusammengehalten von ihrem Vorbild, dem Brigadier Barka. Die Lebensweise dieses Brigadiers wird aber durch einige politische Vorgänge, die um den 13. August, und durch das Zusammentreffen mit dem Parteisekretär Donat erschüttert. Autoritär setzt sich Barka in der Brigade plötzlich für die Einführung des Dreischichtensystems ein. Der Parteisekretär Donat baut auf das Beispiel Barkas. Er wird nicht enttäuscht, obwohl er schon zu zweifeln beginnt, als Barka grundlos drei Tage vom Bau fernbleibt. Das Vertrauen und die Aktivität des Parteisekretärs zahlen sich aus. Aus Barka wird ein Mann, der nicht nur seine Arbeit liebt, sondern auch seinen Staat. Aus der Brigade von Freibeutern wird ein Kollektiv.
Das Stück zeigt nicht so sehr gewandelte Menschen, als veränderte. Diese Veränderungen wiederum sind nicht so sehr von dem Gegenspieler, dem Parteisekretär, bewirkt, als vielmehr durch den Wachstumsprozeß der gesamten sozialistischen Gesellschaft. So lese ich die Fabel.

Girnus: Sie machen hier einen Unterschied zwischen Wandlung und Veränderung. Könnten Sie kurz erläutern, wie Sie diesen Unterschied verstehen?

Mittenzwei: Von einer Wandlung würde ich sprechen, wenn eine Gestalt – auf Grund verschiedener Erfahrungen, Erlebnisse, die meist vom Gegenspieler ausgelöst werden – plötzlich zu qualitativ neuen menschlichen Eigenschaften gelangt. Der Umschlag in eine neue Qualität geschieht hier durch die Intensität des Erlebnisses fast schlagartig. Von Veränderung, besser gesagt von Entwicklung, spreche ich, wenn eine Figur über verschiedene, zeitlich auseinanderliegende Etappen geführt wird, ohne daß sie sich schlagartig verändert, andererseits aber doch durch Vorgänge des gesamtgesellschaftlichen Prozesses »umgemodelt« wird. Bei einer solchen Dramaturgie verändert sich eine Figur nicht so sehr durch den intensiven Einfluß, der von anderen Figuren ausgeht, die das bessere, fortgeschrittenere Prinzip verkörpern, als dadurch, daß sie fast unmerklich von Vorgängen des Gesamtmechanismus der Gesellschaft verändert wird. Ich glaube, das war auch Heiner Müllers Absicht in diesem Stück.

Girnus: Es gab in diesem Zusammenhang eine Reihe von Kritiken in der Presse und auf dem 11. Plenum; so wurde z. B. in bezug auf die Charaktere die Meinung geäußert, die Gestalten seien zu sehr »Selbsthelfer«-Typen.

Mittenzwei: Diese Kritik erscheint mir nicht unberechtigt. Es gibt tatsächlich einigen Anlaß, die Figuren als »Selbsthelfer« zu betrachten, obwohl ich selbst den Autor nicht so verstanden habe. Ein wesentlicher Drehpunkt des Stückes ist die Entscheidung Barkas, das Dreischichtensystem einzuführen. Neutsch als Romanautor hatte hier vielfältige Möglichkeiten, seinen Lesern verständlich zu machen, wie die Figur zu diesem Entschluß kommt. Der Dramatiker Heiner Müller hatte diese Möglichkeiten nicht. In der konventionellen Dramaturgie wird ein solcher Umschlag der Figur durch die Handlung des Gegenspielers vorbereitet. Nach dieser Dramaturgie ist der »Bau« aber nicht gebaut. Ich verstehe die plötzliche Veränderung der Verhaltensweise Barkas durch die Veränderungen in der Gesellschaft selbst, durch das Wachstum des sozialistischen Staates. Die Vorgänge um den 13. August, mit denen Barka zunächst noch gar nicht einverstanden ist, haben ihn jedoch tief berührt. Sie ziehen sich nicht ohne Grund durch das gesamte Stück. Deshalb bringt Barka den 13. August sofort gegenüber dem Bezirkssekretär zur Sprache. Dazu kommt die Begegnung mit dem neuen Parteisekretär. Im Gegensatz zu den Kritiken sehe ich in dieser Darstellung einen Versuch, die gesellschaftliche Seite als den wirklichen Ausgangspunkt der Veränderungen ins Spiel zu bringen. Erst der 13. August bringt diesem Muskelhelden Barka die verändernde Kraft seines Staates zum Bewußtsein. Er ist noch nicht mit diesen Veränderungen einverstanden, aber er selbst kann auch nicht mehr der alte bleiben. Die Tatsachen verändern auch ihn. Er – wie in anderer Weise auch der Parteisekretär – ist nicht so sehr ein »Selbsthelfer« als einer, dem geholfen wird. Freilich gibt es hier eine Schwäche im Stück, und das ist meine Kritik, diese Partien bleiben zu rhetorisch. Sie sind zuwenig in Handlung umgesetzt.

Girnus: Es sind also zwei Einwände: Einmal das Problem des Selbsthelfertums der Charaktere und zum anderen das der literarisch-rhetorischen Form.

Rudolf Münz: Wir verwenden hier Begriffe aus der konventionellen, herkömmlichen Dramaturgie wie Fabel, Charaktere, Entwicklung, Wandlung usw. Es wurde richtig gesagt, daß Heiner Müllers »Bau« von der Struktur her ganz offensichtlich nicht so ohne weiteres mit solchen Begriffen zu erfassen ist, was ich übrigens für einen großen Vorzug des Stückes halte.

Um noch einmal auf die Fabel zurückzukommen: Ich muß gestehen, als ich das Stück zum ersten Mal las, versuchte ich, wie ich es gelernt habe und wie ich es zu lehren versuche, die Fabel zu erfassen – es machte mir große Schwierigkeiten.

Girnus: Nicht nur Ihnen, auch den Redakteuren, die das zuerst gelesen haben.

Münz: Ich verglich »meine« Fabel mit der von Neutschs Roman – ein Verfahren, das, wie ich heute weiß, ganz und gar unsinnig ist und zu nichts führt, weil beide Werke zu unterschiedliche Aspekte und Ziele verfolgen.

Ein Licht ging mir erst auf, als ich mich mit Majakowskis »Mysterium buffo« zu befassen hatte: dort ist das Herausschälen der Fabel ja ebenfalls mit Schwierigkeiten verbunden.

Faßt man die Fabel im herkömmlichen und auch im Brechtschen Sinne auf als Verknüpfung der wichtigsten Vorgänge, so kommt man bei Heiner Müllers Stück schon ins Gedränge, weil hier die Vorgänge viel weniger im Vordergrund stehen als vielmehr Reflexionen, Betrachtungen, Gefühle. Reiht man also die reinen, sachlichen Vorgänge aneinander, bekommt man eine Geschichte, die für meine Begriffe ziemlich banal ist und die dramengeschichtlich in die Reihe der Brigadestücke einzuordnen wäre. Damit aber wäre dem Stück nicht Genüge getan. Deshalb ist die Lesart der Fabel, die hier vorgeschlagen wurde, wohl möglich, sicher gibt es aber auch noch eine andere Betrachtungsweise. Was ich gegen Mittenzweis Lesart der Fabel vorzubringen habe, ist, daß eine Reihe von wichtigen Gesichtspunkten dabei »draußen« bleiben muß, d. h. von der Fabel nicht erfaßt wird.

Girnus: Ist das nicht aber in jedem Drama der Fall, daß immer inter- und extrapoliert werden muß zwischen den einzelnen Szenen?

Münz: Schon, aber hier scheint mir dies ganz besonders ausgeprägt zu sein.

Girnus: Ich stimme vollkommen damit überein, daß hier ganz besonders hohe Anforderungen an die Inter- und Extrapolationsfähigkeit des Lesers oder Zuschauers gestellt werden. Ich habe das Stück noch nicht gesehen – ich ziehe es vor, Stücke zu lesen – es könnte in der Inszenierung wesentlich leichter gemacht werden, aber ich stimme mit Ihnen, Rudolf Münz, vollkommen überein, daß es hier sehr viel schwerer ist, zu interpolieren.

Werner Mittenzwei hat gesagt, das traditionelle Schema sei das von Spieler und Gegenspieler. Das eigentliche »Drama« eines Dramas beginnt ja – das kann man etwa an »Egmont« oder an »Wallenstein« sehr gut ablesen – immer dort und dann, wo und wann zwei Handlungsstränge im Begriff stehen, sich gegenseitig zu blockieren. Nun *muß* eine Entscheidung ausgekämpft werden. Das ist jedenfalls das traditionelle Schema, und ich halte es nicht für überholt. Bei Heiner Müller liegt die Sache etwas anders. Die »Blockade« des »Freilaufs« der Handlung liegt in dem kollektiven Spieler selbst, innerhalb der Brigade; die Brigade hat sich selbst blokkiert in ihrer Entwicklung und muß den Absprung zu neuem Vorschnellen finden. Daher auch die starke Häufung von Reflexionen und Emotionen; die Auseinandersetzung erfolgt eben nicht mit einem Gegenspieler im traditionellen Sinne, sondern mit dem Widerstand im eigenen Organismus.

Münz: Es ist schön, daß wir uns in Anwesenheit des Autors darüber streiten. Er hat ja das letzte Wort. Ich sehe hier freilich nicht die üblichen Anwendungsmöglichkeiten der Begriffe Spieler und Gegenspieler, ebensowenig, wie meines Erachtens die Möglichkeit besteht, dieses Stück von einem irgendwie gelagerten zentralen Konflikt her zu sehen und zu bewerten. Was soll man von einer bei uns erschienenen Kritik halten, in der es heißt, daß das Stück nicht fertig sei, weil es gerade am Höhepunkt des zentralen Konflikts – der Liebesgeschichte zwischen Schlee und Donat! – abbreche.

Girnus: Aber liegt er nicht latent in der Brigade selbst?

Münz: . . . Aber es ist kein Stück, das von seiner Struktur her auf einen zentralen Konflikt aufgebaut ist; die Struktur ist hier eine gänzlich andere.

Girnus: Gibt es nicht einen Konflikt zwischen Altem und Neuem?

Münz: Es gibt nicht nur einen Konflikt in diesem Stück, sondern ich weiß nicht wie viele – aber sie sind alle nicht strukturbildend im Sinne der sogenannten »klassischen« Dramaturgie.

Müller: Ich will keine Theorie daraus machen, aber ich habe den Eindruck, daß es sich hier um Gesetzmäßigkeiten handelt, die im Stoff liegen. Ich meine, ein Problem liegt darin, daß in einem Land, wie der Deutschen Demokratischen Republik, alles gebraucht wird, was an Produktivität da ist. Und in dem Stück kann man immer wieder die Beobachtung machen, daß die Figuren sich mehr Gedanken machen, als im Moment nötig ist, um den nächsten Schritt zu tun. Ich glaube, da spiegelt sich etwas Allgemeines wider, jede Tätigkeit hier ist verbindlich nicht nur der Mitwelt, sondern auch der Nachwelt gegenüber, nicht dem Moment, sondern der Geschichte, die Deutsche Demokratische Republik ein Modell und Exempel für Gesamtdeutschland, wir produzieren nicht für die Produktion usw. Ich glaube, das ist der Zusammenhang, es handelt sich um eine Widerspiegelung dieser Tendenz in unserer Wirklichkeit.

Mittenzwei: Vielleicht bleiben wir bei diesem Argument, das Sie, Heiner Müller, aufgegriffen haben; Sie sagten, daß die Dramaturgie des Stückes vom Stoff, vom Wirklichkeitsmaterial selber geprägt wurde. Und hier kommen wir zu einer für mich sehr komplizierten Frage. Die Kritik, die an ihrem Stück geübt worden ist, ging ja von verschiedenen Aspekten aus, wie auch die unsere. Sie mündet aber letzten Endes immer wieder in den gleichen Problemkreis, nämlich die Gestaltung der komplizierten Dialektik zwischen Oben und Unten. Das scheint mir ein Zentralproblem unserer Literatur überhaupt. Es taucht immer auf, wenn sich Schriftsteller um große Zusammenhänge bemühen. Es wurde bereits heftig diskutiert, als Strittmatters Roman »Ole Bienkopp« erschien. Gerade im »Bau« wird diese Dialektik zu einer Substanzfrage des Stückes, da es Heiner Müller ja nicht um die Wandlung nur eines Brigadiers geht; seine dramatische Gestaltung greift darüber hinaus und sucht Veränderungen im Gesamtmechanismus der Gesellschaft sichtbar zu machen: Entstehung und Lösung gesellschaftlicher Widersprüche zu zeigen. Wir sind uns in diesem Kreis einig darüber, daß die Dialektik dieses Gesamtmechanismus zwar höchst kompliziert, aber dennoch durchschaubar ist. Meine Frage geht dahin: Welche Schwierigkeiten gibt es für den Dramatiker, sich diese Einsichten zu verschaffen? Denn Menschen- und Milieukenntnisse reichen hierzu offenbar nicht aus. Und damit im Zusammenhang, Heiner Müller: Welche Schwierigkeiten ergeben sich bei der Gestaltung, bei der dramenästhetischen Fassung solcher komplizierten Stoffe?

Müller: Zunächst einmal ist es nicht möglich, ein kontinuierliches Baugeschehen in einem Stück abzubilden. Wenn man das will, muß man simplifizieren. Man kann also nur, was ich versucht habe, quasi »auf Lücke« erzählen, zeitlich und räumlich, mal steht der eine, mal der andere Bauabschnitt im Vordergrund usw. Die Mißverständnisse setzen ein, wenn man das als den Versuch einer Darstellung der gesamtökonomischen Entwicklung der Deutschen Demokratischen Republik oder des Bauwesens in der Deutschen Demokratischen Republik nimmt. Das war nicht meine Absicht, und ich halte das auch nicht für herstellbar.

Girnus: Es handelt sich dabei allerdings auch um das Problem, das auf der letzten Bitterfelder Konferenz angeschnitten wurde: Auf welchem Wege eigentlich gelangt denn der Schriftsteller zum Verständnis der Vorgänge in einem Betrieb? Wie sie sich sowohl von unten wie auch aus der Perspektive der leitenden Instanz darbieten. Wenn er sich im Betrieb umtut, erlebt er im allgemeinen diese Vorgänge bestenfalls mit den Augen der Arbeiter. Vielleicht hat er auch noch einige ökonomische Kenntnisse. Aber ist das zureichend? Kann man die Prozesse wirklich durchschauen, ohne sie zugleich auch mit den Augen der zusammenfassenden und Impulse erteilenden Spitze zu durchdringen? Das ist, glaube ich, ein Kernproblem; bei Strittmatter ist es nicht gelöst, bei anderen ebenfalls nicht.
Balzac beispielsweise hat es hierin sehr viel einfacher gehabt. Er hat in der Gesellschaft gelebt, die das »Oben« darstellte. Schrieb er, so fühlte er sich mit seinem ganzen Lebensgefühl zu dieser Gesellschaft gehörend. Er schrieb aus ihrem Lebensaspekt heraus. Ganz so einfach ist das heute nirgends mehr. Mit der Entwicklung riesiger ökonomisch-technischer Komplexe als Grundeinheiten menschlichen Zusammenlebens und Zusammenwirkens und mit der technischen Revolution wird die Überschaubarkeit für das einzelne Individuum – z. B. im Betrieb, aber auch für den Künstler – schwieriger. Ich möchte ausdrücklich betonen: *schwieriger*, nicht jedoch, wie einzelne Theoretiker im Westen behaupten, unmöglich. Natürlich wächst mit den Schwierigkeitsgraden auch das künstlerische Durchdringungs- und Darstellungsvermögen.

Münz: Vielleicht sollten wir noch näher auf diese Dialektik von unten und oben eingehen, damit es keine Mißverständnisse gibt.

Mittenzwei: Mit der Durchschaubarkeit sind wir Literaturtheoretiker ja immer schnell bei der Hand. Aber diese Durchschaubarkeit setzt eine nicht geringe Summe von Anstrengungen voraus, um sie für die dramatische Handlung produktiv zu machen.

Müller: Und Faktenwissen.

Girnus: Ja, da stimme ich zu, und für unsere Schriftsteller ist es sehr wichtig, diese Fakten möglichst genau zu kennen: nicht nur unter dem oft oberflächlichen Aspekt des einzelnen Gliedes im Betrieb, sondern unter dem Aspekt des Gesamträderwerks.

Müller: Und es genügt eben auch nicht, dies nur theoretisch zu wissen. Es müssen sich Fakten summieren, bevor man das umsetzen kann. Die komplexe Wirklichkeit ist nur gestaltbar, wenn der Autor ein Mitautor dieser Wirklichkeit ist. Also die bloße Beschreibung wie bei Balzac tuts nicht mehr.

Münz: Vielleicht wäre es gut, unter diesem Gesichtspunkt zu untersuchen, wie es Heiner Müller im »Bau« in den Griff bekommen hat und wo wir der Meinung sind, es sei ihm noch nicht so völlig gelungen.

Girnus: Das »Unten« und »Oben« umschreibt ja auch die Beziehung des Parteifunktionärs zu den Arbeitern und der Arbeiter zu dem Parteifunktionär. Sie haben in Ihrem Stück eine Gestalt wie Donat. »Selbsthelfertum« würde eindeutig doch dann vorliegen, wenn die Partei nicht in den Prozeß der Wirklichkeitsveränderung lenkend und leitend eingriffe. Ist das so, im »Bau«? Vielleicht habe ich Sie nicht richtig interpretiert, Heiner Müller, aber ich sehe die Dinge so, daß Donat und Schlee, die Ingenieurin, in dem Wandlungsprozeß der Brigade eine aktive Rolle spielen. Die junge Ingenieurin gelangt zu dieser Funktion ja nicht deshalb, weil sie auf diese oder jene Weise als femininum sympathisch und attraktiv wäre, sondern weil sie die neue Technik vermittelt und vertritt. Voll zutreffend, finde ich, ist der Vorwurf des Selbsthelfertums also doch nicht, weil diese Gestalten eine Rolle spielen, die aus dem ganzen Entwicklungsprozeß der Brigade nicht weggedacht werden kann.

Mittenzwei: Beide repräsentieren ja gewissermaßen die organisierende Rolle der Partei.

Müller: Und der Bezirkssekretär, wenn er auch nur einmal auftritt.

Girnus: Und vor allen Dingen den »Alten Genossen« sollten wir nicht übersehen.

Mittenzwei: Vom Bezirkssekretär kommt ja auch die erste Anregung, zu dem Dreischichtensystem überzugehen. Und ich finde es sehr gut, daß es so gemacht ist, daß von der Partei diese Anregung kommt und wiederum der Entschluß Barkas, das Dreischichtensystem durchzusetzen, bei ihm ausgelöst wird von Ereignissen, die das Gesamtleben unseres Staates betreffen.

Münz: Der Vorwurf des Selbsthelfertums stützt sich wohl vor allem auf die Dialogstelle, wo Donat der Meinung ist, alle, die ihn umgeben, bis ins Ministerium hinein, seien seine Feinde. Man darf aber diese Stelle, wie hier richtig betont wurde, nicht aus dem Zusammenhang herauslösen, aus dem Zusammenhang mit Donats Stellung zum Bezirkssekretär und zu diesem alten Genossen, der Donat einige sehr gute und nützliche Wahrheiten sagt. Ferner sollte man dabei eine Episode im Auge behalten wie jene, die mit »Zwei Arbeiter« überschrieben ist. Hier zerfällt eigentlich der Vorwurf des Selbsthelfertums in sich.

Girnus: Es gab noch eine weitere sehr spezifizierte Kritik: In Ihrem Stück sagt der Brigadier Barka von sich selbst »Ich bin die Fähre zwischen Eiszeit und Kommune«; in dieser Bemerkung – im Zusammenhang mit anderen Sätzen – komme zum Ausdruck, so wurde bemerkt, daß der Aufbau des Sozialismus als eine von lauter Schwierigkeiten und Aufopferung erfüllte Phase erscheine; die Kritik meinte, Ihnen schwebe ein utopisch-illusionäres Bild des Kommunismus vor, das aber entspreche nicht unserer Realität. Wie stehen Sie zu dieser Kritik, Heiner Müller?

Müller: Dieser Brigadier ist aufgewachsen im Kapitalismus, und das Stück beschreibt, wie er zu einem sozialistischen Bewußtsein kommt. Und jede Auseinandersetzung um eine neue Sicht und Haltung zur Welt beginnt, nach meiner Erfahrung, allgemein.

Girnus: Was aber verstehen Sie unter »Eiszeit«?

Müller: Den Kapitalismus.

Girnus: Und warum nennen Sie ihn »Eiszeit«? Das ist doch eine Metapher, denn Sie sind ja wohl nicht der Überzeugung, der Kapitalismus habe in der Eiszeit geblüht.

Müller: Die Metapher steht für eine Welt, in der es für Barka nicht möglich war, menschliche Kontakte zu finden . . .

Girnus: . . . in der also eine Vereisung der Beziehungen zwischen den Menschen eintrat, eine Vereinzelung und Entfremdung? Wie Marx im Kommunistischen Manifest sagt, die moderne Bourgeoisie habe kein anderes Band zwischen den Menschen übriggelassen als die gefühllose bare Zahlung und alles andere »im eiskalten Wasser egoistischer Berechnung ertränkt«.

Müller: Und Barka sagt das an dem Punkt des Stückes, wo er »auftaut«, um im Bild zu bleiben.

Girnus: Wenn ich Sie recht verstanden habe, soll die Metapher der »Fähre« zum Ausdruck bringen: er, Barka, empfinde sich als aktive Kraft der Veränderung, des Übergangs von der Eiszeit zum Kommunismus. Oder?

Müller: Ja.

Mittenzwei: Mich interessiert in diesem Zusammenhang, Heiner Müller, noch eine andere Frage, die mit der geistigen Physiognomie Ihrer Figuren zusammenhängt. Ähnlich wie Barka, der Brücke zwischen Eiszeit und Kommunismus sein will, äußert sich der Bezirkssekretär, der sagt: »Wir sind die Handlanger der undankbaren Enkel.« Und Donat zitiert einmal Majakowskis schönen Vers »Für euch / Hab ich den Schwindsuchtsspeichel aufgeleckt / Mit der gerauhten Zunge der Plakate«. Durch diese Aussagen erhalten Ihre Gestalten einen heroischen, entsagungsvollen, sich aufopfernden Gestus, der an den Figurentypus der frühen sowjetischen Revolutionsdramatik erinnert. Ich weiß, daß Ihre Vorstellung, wie man heute Stücke schreiben muß, ganz entscheidend von dem Vorbild der sowjetischen Revolutionsdramatik geprägt wurde. Eine Traditionslinie, die ich sehr schätze und die für die Entwicklung des Realismus sehr wichtig ist. Aber finden Sie nicht, daß die zwanziger und die sechziger Jahre zwei sehr unterschiedliche Zeitebenen sind, die auch für die Historisierung der Figuren unterschiedliche Akzente verlangen?

Müller: Vielleicht sollte man diese Sätze einmal im Zusammenhang des Textes ansehen. Der Satz vom Bezirkssekretär steht zusammen mit seiner Anspielung auf die gut bezahlten Schlagersänger; das ist auf keinen Fall ein programmatischer Satz, eher ein Scherz. Es ist doch kein Geheimnis, daß ein Schlagersänger mehr verdient als ein Parteiarbeiter. Gibt es einen Funktionär, der das bedauert, der nicht eher stolz ist auf seine »undankbare« Arbeit in dieser Gegenwart an dieser Zukunft? Auch den Majakowski-Vers lese ich so.

Girnus: Noch ein Anliegen hätte ich. Sie haben eine sehr schöne und sympathische Gestalt gezeichnet: den »Alten Genossen«. Ich möchte sie als ein schönes Symbol betrachten für die Leistung derer, die sehr viel hinter sich gebracht haben, in einer makabren Vergangenheit unter großen persönlichen Opfern kämpften. Ihre Erfahrung darf für die jüngere Generation nicht verlorengehen. Innerhalb der Partei üben sie eine bedeutende erzieherische Wirkung aus. Nicht wahr? So jedenfalls ist diese Gestalt gezeichnet. Sie wissen ja, daß es bei einem gewissen Schriftsteller auch eine andere Interpretation dieser Beziehung zwischen jung und alt gibt: Diese »alten Trottel«, die zwar mit Einsatz ihres Lebens gegen den Faschismus gekämpft hätten, seien jetzt reif für den Fußtritt durch die Jugend. Nach seiner Meinung reduziert sich die Geschichte auf Generationsprobleme, nicht aber ist sie Klassenkampf. Sie dagegen haben gerade diesen alten Genossen als eine besonders hervorragende und sympathische Gestalt gezeichnet. Was war die Absicht?

Müller: Ja, ein Strukturprinzip des Stückes überhaupt ist die »Stafette«, und darin liegt eigentlich die Gegenposition zu dem »Generationsproblem«. Im ganzen Stück spielt eine Rolle die Übergabe der Erfahrungen, auch in der Brigade selbst, und um die deutlichere Herausarbeitung gerade dieser Züge bemühe ich mich augenblicklich, da ist noch einiges zu tun. Der junge Arbeiter Kleiber z. B. hat von Anfang an als der Intelligenteste der Jüngeren einen ziemlich wachen Sinn für Neues, das sich entwickelt. Er ist es auch, der gegen Schluß des Stücks sein neues Verhältnis zur Arbeit formuliert. Diese Entwicklung ist, glaube ich, von mir noch nicht genügend genutzt.

Münz: Die Formulierung vom Stafettenprinzip gefällt mir sehr gut; ich glaube, damit wird man der Struktur Ihres Stückes, die wiederum dem komplizierten Stoff entspricht, außerordentlich gerecht.
Entsprechen diesem Stafettenprinzip auch die von Ihnen gewählten Titel der einzelnen Abschnitte, über die ich mir lange den Kopf zerbrochen habe? Mir fiel ihre lakonische Kürze auf: »Der Zimmermannstanz«, »Zwei Arbeiter«, »Ein Morgen« – das ist ja noch relativ klar; andere bleiben unverständlicher, zum Beispiel »Bakelit«, weil doch die eigentliche Handlung um das Bakelit in der Szene vorher geschehen ist.

Müller: In der Szene »Bakelit« geht es um die Arbeit mit einem neuen, einem synthetischen Material. Das bedeutet für den Ältesten der Brigade, Bastian, beinahe ein neues Verhältnis zur Welt. Ein Beispiel für die zunehmend intelligenzintensive Arbeit bei uns und für die Notwendigkeit, auch für den Arbeiter, neue Technologien durch Qualifizierung in die Hand zu bekommen.

Girnus: Mit Recht – so scheint mir – kritisiert man resignativ-skeptische Stimmungen in einzelnen Werken unserer Literatur. Die Frage, die jetzt im Zusammenhang mit dem »Bau« auftaucht, ist die: Ist seine Grundstimmung Resignation? Wird hier künstlich ein Entfremdungsproblem hineingeschmuggelt?

Mittenzwei: Unser Gespräch hat wohl schon gezeigt, daß es im »Bau« um andere Probleme geht, als zum Beispiel in einigen kritisierten DEFA-Filmen. Im Gegensatz zu den kritisierten DEFA-Filmen, in denen epigonal die kapitalistische Entfremdung auf die sozialistische Gesellschaft übertragen wurde, werden im »Bau« Widersprüche und ihre Überwindung gezeigt. Ich finde vor allen Dingen gut, daß Müller – neben einigen anderen DDR-Dramatikern – das Thema des sozialistischen Aufbaus und der sozialistischen Arbeit in den letzten Jahren kontinuierlich weitergeführt hat. Dabei wurde das Betriebsstück alter Prägung, wie es in den fünfziger Jahren geschrieben wurde, überwunden.

Girnus: In Westdeutschland wurde in irgendeiner Zeitung die Behauptung aufgestellt, die Literatur der Deutschen Demokratischen Republik unterscheide sich in keiner Weise von der Westdeutschlands. Auch in der Neuen Zürcher Zeitung wurde das in einem Bericht über die letzte Tagung der Gruppe 47 gesagt. Ich stelle folgende Frage: Wäre ein solches Stück – selbst mit seinen problematischen Stellen – in Westdeutschland denkbar?

Münz: Für meine Begriffe ist es völlig undenkbar, daß bei den augenblicklich in Westdeutschland herrschenden Verhältnissen ein solches Stück gespielt, geschweige denn geschrieben werden kann. Die eindeutige Grundhaltung des Stückes, die betonte Produktivität für den sozialistischen Aufbau, schließt das gegenwärtig aus.

Girnus: Ich habe folgenden Eindruck: Trotz aller zeitweisen Verbiesterung einzelner Gestalten in der Durchführung einer großen sozialistischen Rekonstruktionsaufgabe sind doch die Teilnehmer dieses dramatischen Geschehens in Sinnen und Trachten in letzter Instanz immer von der Haltung durchdrungen – auch ohne sich vielleicht ganz klar darüber zu sein –: nostra causa, das ist unsere Sache. Immer diskutieren sie die Frage: Wie kommen wir besser vorwärts in der Lösung der Aufgaben? Mit geringerem Kraftaufwand? Mit geringerem Verschleiß an öffentlichen Mitteln?

Müller: Etwas ist bisher kaum berührt worden bei den Meinungsäußerungen zum Stück – die Geschichte des Ingenieurs Hasselbein. Von ihm kann man sagen, mindestens im ersten Drittel des Stückes, daß er resignative und depressive Züge und Stimmungen hat. Das hört aber in dem Moment auf, wo er seine Qualitäten voll einsetzen kann. Depressionen sind immer nur möglich für den Beobachter. Wer dabei ist, hat keine Zeit für Depressionen.

Girnus: Fehler also werden im Vorwärtsschreiten überwunden, auch in der Persönlichkeitsstruktur des Menschen, bei der Überwindung der Schwächen, die aus dem Gestern noch in das Heute hinüberwirken.

Münz: Das Argument hinsichtlich der Resignation hat, glaube ich, bei diesem Stück gar keine Berechtigung; dazu sind die einzelnen Figuren – mehr oder weniger – viel zu aktiv, viel zu produktiv, viel zu dynamisch und von ihrer Sache überzeugt. Worauf man aber in diesem Zusammenhang hinweisen muß, ist eine gewisse entsagungsvolle Haltung oder auch ein gewisses Sich-Abfinden mit den Notwendigkeiten der so unsäglich harten Arbeit. Ich möchte einige Stellen sinngemäß anführen, um das Gesagte zu verdeutlichen: so z. B. wenn Barka zu Bastian sagt »Der Globus dreht sich, Alter, halt die Welt an«, d. h. du kannst nicht dagegen an, du mußt arbeiten; oder die Stelle, wo Barka zu Elmer sagt, daß die Bauwerke, die sie errichtet haben, hinter ihnen her sind, daß sie von ihnen über den Globus gejagt werden, von Bau zu Bau, daß auf ihren Knochen gebaut wird usw. – dieses Bewußtsein der Arbeiter von der schweren und entsagungsvollen Tätigkeit meine ich, das vielleicht in diese Richtung zielt.

Müller: Sie kennen den Goethetext: »Der Mensch muß wieder ruiniert werden.« Hier ist ein Positives negativ formuliert. Was Sie zitieren, sind Stationen auf dem Weg des Brigadiers Barka zu der Erkenntnis, daß sich der Glücksbegriff in der Arbeit am sozialistischen Aufbau neu definiert. Es gibt da kein privates, unverbindliches, kein Rentner- und Konsumentenglück mehr. Ein Fehler im Stück: der neue Glücksbegriff wird vorausgesetzt, nicht formuliert. Das muß korrigiert werden.

Girnus: Um auf den Ausgangspunkt unseres Gesprächs zurückzukommen: Heiner Müller ist angefüllt mit einer Gärung von Metaphern, ja das ganze Stück kann man als Eruption, als eruptive Kaskade von Metaphern bezeichnen. Nun sind Metaphern natürlich immer mehrdeutig, deshalb können sie aber auch problematisch werden. Daher würde unsere Leser sicher interessieren, in welcher Richtung Sie Ihre Arbeit zur bereits angedeuteten Vervollständigung des Stücks weiterzutreiben gedenken.

Müller: Es geht einmal darum, alles zu verstärken, was die Kontinuität der Entwicklung der Deutschen Demokratischen Republik deutlich macht und zweitens alles hervorzuheben, was die Grundtendenz dieser Entwicklung betont, nämlich, daß die Menschen immer mehr aus einem Objekt der Produktion und der Geschichte zu ihrem Subjekt werden.

Girnus: Jetzt aber noch zum »Philoktet«, den unsere Leser ebenfalls bereits kennen. Hier handelt es sich um ein Stück, das die Umgestaltung eines Stoffes zum Gegenstand hat, der bereits in der griechischen Epik und Dramatik auftaucht. Eine kritische Wertung des Stückes ist in Nr. 6/65 von »Sinn und Form« aus der Feder unseres Gesprächspartners Werner Mittenzwei erschienen. Ich kann mir indessen vorstellen, daß die Interpretationsmöglichkeiten dieses Stückes sehr mannigfaltig sind. Nicht unerwähnt möchte ich lassen, daß in Westdeutschland eine

höchst suspekte Figur des rechtsextremistischen Pressesumpfes die Behauptung aufgestellt hat, in der Gestalt des Odysseus habe Heiner Müller eine Apotheose des sogenannten »Stalinisten« versucht; nicht gerade witzig, nicht wahr? Aber höchst belustigend. Auf der anderen Seite haben einige Interpreten bei uns gemeint, das sei ein ausgesprochen parteifeindliches Stück. Das sind also die beiden Extreme, die sich hier in der Ablehnung des Stückes begegnen. Es sind also wirklich die zwei *denkbaren* Extreme. Aus meiner Kenntnis der antiken Literatur möchte ich darauf hinweisen, daß die Gestalt des Odysseus – und damit mußte Sophokles natürlich rechnen – in der Mentalität des Hellenen eine ausgesprochene positive Wertung genoß. Ja ich möchte sagen, nach gewissen Halbgöttern sicherlich zu den geschätztesten menschlichen Gestalten der Literatur gehörte. In gewisser Weise als idealisiertes Selbstporträt des Hellenen empfunden wurde und empfunden werden mußte, besonders von den Athenern. Als Sinnbild hellenischer Zivilisation gegen das einäugige Barbarentum. Bei der Durchsicht der Ilias und der Odyssee fand ich mehr als 20 Epitheta, die die höchste Wertschätzung für Odysseus ausdrücken.
Natürlich steht es dem späteren Dichter frei, eine Umwertung vorzunehmen. Allerdings muß sie begründet wirken. Vielleicht könnte uns Heiner Müller sagen, wie *er* diese Problematik sieht; denn die Fabel ist ja hier, im Gegensatz zum »Bau«, einfach ablesbar. Nicht ganz so einfach jedoch will mir die *Problematik* dieser Fabel erscheinen. Ich bin nicht überzeugt von der Lösung.

Müller: Die beiden Interpreten, die Sie anführten, klammern eine Grundvoraussetzung der Geschichte aus, nämlich die Tatsache, daß die Vorgänge, die das Stück beschreibt, nur in Klassengesellschaften mit antagonistischen Widersprüchen möglich sind, zu deren Bedürfnissen Raubkriege gehören. Das ist entscheidend für das Verständnis der Vorgänge. Für uns ist das Vorgeschichte.

Münz: Es ist natürlich legitim, die Stückfabel eines Autors in verschiedener Art und Weise auszulegen. Dabei ist kein Autor dagegen gefeit, daß sich unter den verschiedenartigen Auslegungen auch solche befinden, die nicht seinen Intentionen entsprechen oder gar böswillig und übel sind. Ich möchte hier nur beispielsweise an Brechts »Galilei«-Fabel erinnern, die, entgegen den Absichten Brechts, auch außerordentlich zweckfremd interpretiert worden ist. Dieser Umstand bewirkte aber, daß Brecht die zu Mißdeutungen Anlaß gebenden Stellen seines Stückes mehrfach überarbeitet hat, um seine Ansicht gänzlich klarzustellen. Es handelt sich, wie Sie wissen, um Galileis berühmte Selbstanalyse seines Falles.
Ich meine, wenn bei einer vom Autor im Grunde eindeutig gemeinten Fabel so grobe Mißverständnisse möglich sind, dann sollte der Autor selbst die betreffenden Stellen noch einmal überprüfen und so dazu Stellung nehmen, daß jeder Zweifel ausgeschlossen ist – womit keinesfalls gesagt sein soll, daß er seinem Werke, wie es in letzter Zeit häufig der Fall war, Anmerkungen oder Selbstinterpretationen anhängt.

Girnus: Das ist auch meine Überzeugung. Man ist besonders versucht, zu ergründen, warum Heiner Müller eigentlich die Gestalt des Neoptolemos einen anderen Weg nehmen läßt als bei Sophokles. Im Gegensatz zu Lessings und Goethes Wertung des »Philoktet« halte ich dieses Sophokleische Stück nicht für sein stärkstes, und zwar deshalb, weil die Gestalt des Neoptolemos einen schweren dramaturgischen Konstruktionsfehler enthält und dadurch zu einer Marionette herabsinkt. Neoptolemos enthüllt dem Philoktet nach all dem Hin und Her in unmotivierter Plötzlichkeit, nach göttlicher Weissagung könne er nur vor Troja geheilt werden; dies Wissen hat er also die ganze Zeit zurückgehalten, um es zu einem opportunen dramatischen Zeitpunkt an den Mann zu bringen. Etwas komisch, nicht wahr? Eben dadurch wirkt diese Gestalt dann doch recht konstruiert. Das hat wahrscheinlich Heiner Müller bewogen, im Zusammenhang mit seiner Aktualisierung der ganzen Problematik nach einer neuen Wendung der Fabel zu suchen. Übrigens halte ich auch die Deutung, die Heinrich Weinstock vom »Philoktet« des Sophokles gibt, für total verfehlt. Dies ist nicht das Drama der »Verführung der Jugend« wie er meint, das scheint mir denn doch die Interpretation eines zwar sehr gebildeten, aber ebenso verbildeten preußischen Oberlehrers zu sein, der an ewige Gerechtigkeit, ewige Rechte und Unrechte, absolute Idealität der moralischen Normen und ähnlichen Unfug glaubt und sich über die »Schlechtigkeit dieser Welt« mit den spekulativen Phantom-Kategorien der idealistischen Philosophie hinwegzutrösten sucht. Da waren die alten Athener ein klein bisserl diesseitiger und realistischer.

Mittenzwei: So vieldeutig die Problematik der Fabel und noch mehr die der Figuren auch sein möge, so glaube ich doch, daß die Antikriegs-Tendenz des Stückes sehr eindeutig zutage tritt. Und ich würde mich gerne hier in unserem Kreis darüber vergewissern, ob wir hier gleich denken.

Müller: Ich hoffe, daß diese Tendenz eindeutig ist. Mich interessierte die Geschichte des Neoptolemos: Durch die Unfähigkeit, in einer bestimmten Situation den notwendigen Schritt zu tun, gerät er in eine Situation, wo er weniger Auswahlmöglichkeiten hat. Weil er nicht lügen will, muß er töten. Ein anderer Komplex ist die Haltung Philoktets: Wir haben bis jetzt die Rolle der Darstellung auf dem Theater für die Interpretation ausgeklammert, und das Stück ist natürlich nur spielbar, wenn dem Publikum verwehrt wird, sich in den Philoktet einzufühlen, spätestens von dem Punkt ab, wo sein Griechenhaß in einen Haß auf die Menschheit umschlägt, weil er keine Alternative sieht.

Mittenzwei: In meiner Kritik sah ich hier eine Schwäche des Stückes. Die Figur des Philoktet ist meiner Meinung nach noch zu sehr auf Einfühlung angelegt, so daß leicht die Gefahr entsteht, daß sich der Zuschauer mit ihr identifiziert. Dadurch wurde das Stück in eine Richtung gedrängt, die die Fabel eigentlich gar nicht hat; Teile der Figur kommen dadurch gegen die Fabel zu stehen.

Girnus: Möglicherweise ist das dadurch bewirkt, daß Heiner Müller sich vielleicht mehr als notwendig an Sophokles gehalten hat. Der attische Tragiker hatte es aber mit einem ganz anderen Publikum zu tun, dem Odysseus ein gehätschelter Nationaltyp war. Übrigens steht Odysseus ja unter dem Schutz der gleichen Göttin wie die Besucher, die im Theater saßen, eben die Athener, die Schutzbefohlenen der strahlenäugigen Göttin. Schon von diesem Ausgangsaspekt her dürfte es für den Athener kaum wahrscheinlich sein, daß er sich in eben diesem Maße mit Philoktet gegen Odysseus identifizierte. Vielleicht interpretiere ich falsch, ich möchte aber gerade deshalb Rudolf Münz zustimmen, daß es noch eine Reihe von Unklarheiten bei der Herausarbeitung des Konflikts gibt und vielleicht wären diese Erwägungen wert, vom Verfasser noch einmal überprüft zu werden. Das gilt auch für die bedenkenlose Übertragung der Kategorie des »Raubkrieges« auf den trojanischen.

Münz: Genau das meine ich. Im übrigen akzeptiere ich absolut die Lesart der Fabel, die Werner Mittenzwei gibt und die vollkommen zu Recht von Philoktet ausgeht, denn schließlich hat das Stück dessen Namen zum Titel und nicht den irgendeiner anderen Figur.

Aber man braucht nicht weit zu gehen, um herauszufinden, daß so unterschiedliche Auffassungen, wie die eingangs erwähnten, nicht unbedingt auf Böswilligkeit zurückzuführen sind. So war ja schon beispielsweise die Fabel des Sophokleischen »Philoktet« den unterschiedlichsten Interpretationen ausgesetzt. In der bei uns 1959 in Weimar erschienenen Ausgabe der Tragödien des Sophokles schließt sich im Nachwort zu »Philoktet« der Herausgeber einer Ansicht an, die besagt, daß das Stück den Nebentitel »Verführung der Jugend« trage, weil es, wenigstens im ersten Teil, mehr von Neoptolemos handle. Und er zitiert weiter in seinem Sinne: »Denn das verruchte Spiel, das die Macht mit unserer Jugend gespielt hat, als sie deren gläubigen Drang zur Hingabe an eine gute und große Sache, die Sache des Vaterlandes, für ihre gemeinen Zwecke kalt mißbrauchte, – genau dieses Spiel fädelt der gewissenlose Odysseus mit dem reinen Toren Neoptolemos ein.« Man braucht also wirklich nicht weit zu gehen, um auf solche Irrwege geleitet zu werden.

Girnus: Das ist ja das Zitat aus dem Werk des verstorbenen Frankfurter Ordinarius für Philosophie, Heinrich Weinstock, das ich bereits erwähnte; in seinem Buch über die »Tragödie des Humanismus« erteilt er übrigens der humanistischen Entwicklungslinie Erasmus, Winckelmann, Humboldt, Feuerbach, Marx eine ganz unmißverständliche Absage. Mir scheint er nicht sonderlich legitimiert, über das Odysseus-Neoptolemos-Problem zu urteilen. Ich empfinde die Gestalt des Neoptolemos, so wie sie sich bei Sophokles darbietet, und in gewisser Weise auch in der Anlage bei Heiner Müller als eine Art antiken Max Piccolomini; ohne mich hier auf eine Identitätsdiskussion einzulassen, sehe ich doch gewisse verwandte Züge und halte die Interpretation von Weinstock für kompakten Unsinn.

Müller: Wir haben, scheint mir, wieder das Publikum ausgeklammert. Ich rechne zunächst einmal damit, daß wir nicht ein Publikum von Selbstmördern haben und ich rechne auch damit, daß unser Publikum nicht mehr imstande ist, sich mit der Sache, die Odysseus repräsentiert, zu identifizieren. Ich staune immer wieder, wie selbstverständlich solche bürgerlichen Interpretationen übernommen werden. Die Sache des Vaterlandes ist die Sache des Vaterlandes usw. Der Trojanische Krieg gehört mehr in den Mythos als in die Geschichte, also ist es möglich, ein Parabelstück zu schreiben vor seinem Hintergrund, kein historisches. Ich rechne also damit, daß unser Publikum sich nicht mit der Sache eines Raubkrieges identifiziert wie der Odysseus, daß die Identifikation aufhört, wenn der Philoktet seinen Haß auf die Griechen, so begründet er sein mag, auf die ganze Menschheit überträgt.

Girnus: Ich nehme an, Sie rechnen auch damit, daß unser Publikum sich nicht mit Neoptolemos identifiziert.

Müller: Ja.

Girnus: Es hat viele Diskussionen über die neuesten dramatischen Äußerungen von Heiner Müller gegeben. Ich glaube, es sind nicht immer die schlechtesten Werke der Literatur, die Mitwelt und Nachwelt Anlaß zum Streit bieten, wir brauchen nur daran zu denken, wie man sich noch heute über das Ende des Faust rauft, ob es positiv oder negativ zu deuten sei. Um nur gerade dieses Beispiel zu nennen.
Wir haben dieses Gespräch zur Erhellung des dichterischen Weges von Heiner Müller geführt und zur Erhellung der dichterischen Situation in der Deutschen Demokratischen Republik; wir sind nicht zum geringsten angeregt worden durch die lebhaften Diskussionen auf dem 11. Plenum. Übrigens, Heiner Müller, haben Sie in Ihrem »Bau« zum Schluß ein kleines selbstkritisches Porträt des Dichters eingebaut – vielleicht wäre es interessant, noch etwas zur Charakteristik des Dichters in unserer Situation zu hören?

Mittenzwei: Am Schluß des Stückes »Der Bau« führen Sie, Heiner Müller, in das Stück einen Dichter ein, der mit seinem »Nichts-Neues-unter-der-Sonne-Gesicht« die Baustellen nach Konflikten abgrast und den Parteisekretär beharkt, ob er nicht wenigstens ein Opfer des Personenkults im Schreibtisch habe. Ein Dichter wird hier gezeigt, der, wie Heiner Müller treffend sagt, »die Zähne hebt vor dem Brot der Frühe«, aber nach dem Mist unter den Blumen gräbt. Verstehe ich Sie richtig, Heiner Müller, wenn ich in der satirisch zugespitzten Dichterepisode Ihre Kritik an einigen Entwicklungstendenzen der sozialistischen Literatur erblicke?

Müller: Ja, das auf jeden Fall. Man muß natürlich bei der Gelegenheit etwas sagen gegen die Unsitte, Meinungen der Figuren für die Meinungen des Autors zu nehmen . . .

Girnus: . . . das würde etwa heißen »der Starke ist am mächtigsten allein« in Wilhelm Tell, dies sei die Auffassung Schillers gewesen, . . .

Müller: Aber selbstverständlich ist mein Text an der genannten Stelle auch ein programmatischer Text.
Zum Verhältnis der beiden Stücke: »Philoktet« behandelt Ereignisse aus der Vorgeschichte der Menschheit, die in großen Teilen der Welt noch geschieht, wo die Qualitäten der Figuren für sie tödlich sind, »Der Bau« ist ein Bericht aus der Geschichte der Deutschen Demokratischen Republik, wo die Qualitäten produktiv werden.

OR 43 JAHREN, am 9. November 1918, kehrten die deutschen Arbeiter und Soldaten die Waffen gegen di
rialistischem Krieg und Reaktion für immer Schluß zu machen, war ihr Wille. Nach dem 13. August 1961 ist
verden nie mehr über ganz Deutschland herrschen. Dafür bürgt die Arbeiter-und-Bauern-Macht in der Deu
Republik. Auf der Tagesordnung der Geschichte steht die Bändigung des Militarismus auch in Westdeutsch

Die Weichen der Geschichte sind gestellt

ebel am 9. November 1911:

rden es zu kosten bekommen, Sie
rnten, was Sie gesät haben. Die
nmerung der bürgerlichen Welt ist
e. Seien Sie sicher: sie ist im An-

Menschheit, liegt zerbrochen am Boden; seine sichtbarsten Vertreter und damit die sichtbarsten Schuldigen an diesem Kriege, der Kaiser und der Kronprinz, sind außer Landes geflüchtet. Überall haben sich Arbei-

listen und Militaristen und
ner Ableger völlig aus dem
bracht. Sie mußten nämlich
nehmen – und sie taten es
gern –, daß die Weichen der

HERAKLES 5

1

Schlafender Herakles, zwischen Rinderskeletten, eines in der Hand, schnarcht. Rufe: Herakles. Zwei Thebaner treten auf. Sie halten sich die Nasen zu.

ERSTER Er hat sich überfressen. Wieder.

ZWEITER Leise!

ERSTER *leiser mit mehr Wut:*
Nach jeder Arbeit einen Ochsen mehr!

ZWEITER Willst du die Arbeit machen?

ERSTER Du vielleicht?

ZWEITER Das Preislied.

ERSTER *erschrocken:* Alle Strophen?

ZWEITER *empört:* Ohne Nase?

BEIDE Der die nemeische Hydra –
Gemeinsames Kopfschütteln.
Der den nemeischen Löwen –
Gemeinsames Kopfnicken. geköpft –
Gemeinsames Kopfschütteln.
Der den nemeischen Löwen erwürgt und die Hydra geköpft hat
Der die Hirschkuh fing und den Äcker verwüstenden Keiler
Herakles gähnt.
Herakles, Sohn der Alkmene, gezeugt im Bett des Amphitryon
Grinsen.
Nicht von Amphitryon –
Donner. Die Thebaner spucken einer dem andern ins Gesicht.
Schwein, beschimpfst du die Götter!
Lauter: Herakles, Sohn des Amphitryon, leih uns
Täter der vier großen Taten, deinen Arm für die fünfte
Und geruhe zu waschen den Stall des Augias, Befreier
Uns zu befrein vom Gestank aus dem leider nötigen Fleischtopf.
Herakles hält sich die Nase zu.

ERSTER Die Zahl der Ochsen nach der Zahl der Arbeit.

ZWEITER Es ist die fünfte Arbeit.

ERSTER Macht fünf Ochsen.

HERAKLES Befreit euch selber.
Schnarcht.
BEIDE Du bist Herakles.
HERAKLES *steht auf, eitel:*
Ich werde Theben vom Gestank befrein.
Mein Vorschuß.
Brüllen eines Ochsen, der geschlachtet wird.
THEBANER Was da brüllt, ist dein Vorschuß.
Der Ochse wird gebracht.
HERAKLES *setzt sich:* Ihr
Könnt gehn.
THEBANER Beeil dich mit der Arbeit, Theben
Braucht unsern Arm.
Prospekt: Theben in Verfall, Bevölkerung in Lumpen.
HERAKLES Und mich. Geht mir vom Tisch.
Thebaner ab, Herakles ißt den Ochsen.

2

Augiasstall, rechts und links ein Fluß. Auftritt Herakles. Er hält sich die Nase zu.
HERAKLES Augias!
Auftritt Augias.
AUGIAS Herakles. Was willst du?
HERAKLES Deinen Stall waschen.
AUGIAS Mit einer Hand?
Herakles nimmt die Hand von der Nase, fällt um, Augias lacht, Herakles hält sich die Nase wieder zu, steht auf.
Mein Fleisch ist gut für eure Bäuche, eure Nasen sind für seinen Mist zu fein. Und wenn aus meinem Stall die Pest stinkt: seid ihr unsterblich ohne Pest? Das Ende wohnt im Anfang, die Toten in den Leisten. Was hast du gegen Mist? Wie lange stinkt er? Mach die Nase auf. Drei Tage und du kannst nicht atmen ohne den Gestank, der dir die Nase sprengt am ersten Tag. Der Mist steigt, der Gestank nimmt zu. Nicht für dich: du bewohnst ihn. Deine fünfte Arbeit?
Herakles zählt an den Fingern, nickt.
Hast du Sysiphus gekannt? Hörst du meine Kühe scheißen?
Musik.
Und kein Ende. Nummer sechs fällt aus. Der Kot ist die andre Bedingung des Fleisches. Und seine letzte Gestalt. Kein Ausweg aus der scheißenden Gemeinschaft als in die

Demokratie der Toten. Zwei Flüsse. Such dir einen aus. Ein Fluß schluckt alles, Fleisch oder Mist kein Unterschied und ab ins Meer. Ein Kübel, eine Schaufel. *Aus dem Schnürboden ein Kübel, eine Schaufel.* Du kannst zwei Schaufeln haben. Mehr als eine kannst du nicht bedienen mit zwei Händen in einer Zeit. Zwei Schaufeln sind nicht mehr als eine, zweitausend sind es nicht, bei so viel Mist. Und meine Kühe scheißen schnell, du hörst es.
Musik.
Fertig wirst du so nicht und nicht so: du kannst mit dem Stiel baggern. Und mach dir keine Hoffnung, daß das Holz ausschlägt und sich belaubt per Salto rückwärts in den Baum gegen die Wurzel, Mist wird Gras auf dem Rückweg durch das Fleisch, undsoweiter, weil dein Vater einen Himmel über uns wohnt. Oder nimm die Hände, wenn du willst: zehn Zinken. Wie hast du den Meerwolf geschlachtet bei Kreta? Ein Sprung vom Felsen durch sein Maul in seinen Bauch und zurück durch sein Fleisch mit dem Messer. Hier ragt dein Felsen, blinkt dein Messer, stinkt dein Fisch.
Augias ab. Herakles schaufelt und schleppt Mist, zuerst mit einer Hand, die andre an der Nase, dann mit beiden Händen.

HERAKLES Beneideter Sysiphus, geruchlos rollt sein Stein. Glückliches Wasser, es hat keine Nase. Vater, Schöpfer allen Fleisches, warum scheißt dein Fleisch?
Wirft Kübel und Schaufel weg, greift zum Bogen.
Gestank, wo bist du? Komm aus deiner Ungestalt, zeig deine Fratze. Ist das Nichts deine Wohnung? Ich will es mit Pfeilen spicken. Und wenn du überall bist, ich treffe dich überall.
Schießt wild nach allen Seiten, wirft den Bogen weg und greift zur Keule.
Wir sind Feinde, Mist. Geh freiwillig in den Fluß deiner Wahl. Der Fluß oder die Keule.
Wartet die Wirkung ab. Keine Wirkung.
Du hast gewählt.
Haut die Keule in den Mist, heult auf, von Mist geblendet. Lachen von Augias.
Ich lache nach dir.
Zum Vieh: Kommt aus eurem Stall
Und wascht mir euren Kot aus dem Gesicht.
Ihr habt das Gras gefressen. Freßt, was ihr

Aus Gras gemacht habt auch. Die Erde trägt euch
Zum Dank bescheißt ihr sie. Freßt oder ich
Bin euer Stall, mein Magen euer Grab.
Protest aus Theben.
Du hast Glück, Fleisch. Theben will kein Gras fressen.
Er nimmt die Schaufel wieder auf.
Und ich keinen Mist!
Er wirft die Schaufel wieder weg.
Hört mich, Thebaner! Seht meine Schwäche und entlaßt mich aus eurer Arbeit, die für mich zu groß war. Seht meine Arme, dieses Werkzeug aufzuheben nicht stark genug.
Er zeigt, daß er die Schaufel nicht aufheben kann.
Seht meine Beine, die mich selbst kaum tragen.
Er fällt um. Applaus und Gelächter aus Theben. Stimmen: Bravo. Tolle Nummer. Hoch Herakles. Da capo.
Wer ist Herakles? Ich Leib ohne Namen, ich Misthaufen ohne Gesicht?
Applaus stärker. Stimmen: Seht seine Maske! Das ist Stil! Herakles versteckt sich, auf Händen und Knien, unter dem Löwenfell, brüllt.
Ich habe ihn aufgefressen, euren Herakles. Er hat sich verlaufen im Labyrinth meiner Därme. Aus dem Zaun meiner Zähne kam sein letztes Wort. Ich bin der nemeische Löwe. In meinem Bauch ist Platz für drei Theben.
Applaus stärker, Stimmen: Er spielt den Löwen nicht, er ist der Löwe. Ich lach mich tot. Mein Mann hat sich totgelacht. Das ist Schauspielkunst. Feine Kunst: ich habe vier Kinder. Aufhören. Weitermachen. Mörder. Schluß. Da capo. Aufhören. Weitermachen. Schluß. Da capo.
Jaaaaaaaaaaaaaaaa aaaaaaaaaaaaaaaa aaaaaaaaaaaaaa!
Der Misthaufen bin ich, die Stimme aus dem Kot ist meine Stimme, unter der Maske aus Kot mein Gesicht. Das hat seine fünfte Tat gemacht aus Herakles, dem Täter eurer Taten. Hätt ich die erste nicht getan! Ich stände nicht in dieser fünften, stinkend, mein Ruhm mein Gefängnis, von jeder Tat verstrickt in eine nächste, von jeder Freiheit in ein neues Joch geschirrt, ein Sieger, besiegt von seinen Siegen, Herakles in Herakles gezwängt. Willig habt ihr die Hydra mit Weibern gefüttert, taub für ihre letzten Schreie in Erwartung eures eignen letzten, als der Löwe die Männer fraß. Ich habe den Löwen erwürgt, ich kam zurück, mehr Wunde als Fleisch, in seiner blutigen Haut, und ihr wolltet

die Weiber behalten. Ich habe die Hydra geköpft neun Tage lang, mit Feuer versiegelt die Hälse, den Hunden der Rest, ich kam zurück auf Händen und Knien, atemlos, in euer aufatmendes Theben, und die kleinen Übel waren riesig. Sie sind nicht mehr, jetzt wollt ihr das Fleisch ohne Mist. Ich habe euren Tod vermindert um vier Gestalten, jetzt wollt ihr das Leben ohne seine letzte, den Mord am Neuen morgen: Unsterblichkeit. Ich nehme meine Taten zurück. Zeit, steh still. Roll rückwärts, Zeit. Geh zurück in dein Fell, nemeischer Löwe. Hydra, pflanz deine Köpfe wieder auf. Undsoweiter.

Applaus aus Theben. Stimmen: Hört wie er denkt. Das ist Dialektik. Herakles der Denker. Herakles wirft Mist ins Publikum. Applaus frenetisch. Stimmen: Seht wie er arbeitet. Herakles der Arbeiter. Geht in die Häuser, stört seine Arbeit nicht.

Paßt auf, Thebaner, was ich mache jetzt
Mit Herakles, dem Täter eurer Taten:
Ich werf ihn in den Mist, der Mist sein Grab
Das wachsend euch begräbt und euer Theben.

Herakles stellt sich zum Sprung in den Mist auf. Erbrechen.

Was geht mich Theben an, wer seid ihr? Ich
Bin Niemand, Niemands Sohn, der nichts getan hat.

Zeus auf einer Wolke. Er hält sich die Nase zu.

EUS Tu deine Arbeit, Herakles, mein Sohn.
ERAKLES Warum ich, Vater?
EUS Tus für diesen Lohn.

Er winkt. Auf einer andern Wolke fährt Hebe vorbei. Sie ist nackt und hält sich ebenfalls die Nase zu.

ERAKLES Bleib! Was für Brüste! Welch ein Schenkelpaar!
Gib auf, Mist, Herakles ist, was er war.
Hab ich gesagt, du stinkst, Last, die mich trägt?
Sieh meine Faust, die den Verleumder schlägt.

Haut sich auf die Nase.

Schönheit der Arbeit, Wohlgeruch des Drecks
Im Vorgefühl des allerhöchsten Zwecks!

Auftritt ein eifersüchtiger Stier.

Willkommen in der Brunst. Was willst du? Nicht
Vor deinen Kühen steht mein drittes Bein auf.
Mein Himmel grast auf einer andern Weide.
Hast du ein Horn zu viel?

Der Stier greift an. Auch gut.

Stierkampf. Herakles bleibt Sieger und spannt den Stier vor den Kübel. Zieh!
Der Stier tut es und fällt in den Fluß. Halt!
Herakles zieht den Stier am Kübel aus dem Fluß.
Verdien dir deinen Tod, mach deine Arbeit.
Zieh, Herakles!
Der Stier bleibt stehn.
Fünf Büschel Gras dein Lohn.
Der Stier zieht.
Und eine Kuh dein Himmel.
Der Stier zieht schneller. Das belebt ihn. –
Füll mir den Kübel auch und leer ihn selber.
Die ganze Arbeit für den ganzen Lohn.
Der Stier versucht sich als Mistbagger, der Mist fällt auf Herakles statt in den Kübel.
O unvollkommner Spiegel! Halbes Werkzeug!
Willst du kein ganzes sein, hör auf zu sein.
Herakles wirft den Stier in den Fluß. Mit dem Stier fällt der Kübel.

AUGIAS Mein Stier! Der geht vom Lohn ab.

HERAKLES Fluß, mein Stier!
Behalt den Stier und spuck den Kübel aus. Willst du den Stall waschen? Das Meer kannst du abschreiben. Deine Ufer werden dich auffressen. Meine Kühe werden dich zuscheißen. Mit den Ärschen meiner Kühe werden deine Ufer dich auffressen. Mit den Mäulern deiner Ufer werden meine Kühe dich zuscheißen.

AUGIAS Sagtest du meine Kühe?

HERAKLES Und dein Mist.
Wirft die Schaufel weg. Protest aus Theben.
Ich scheiß auf Theben.
Hörthört und Pfuipfui aus Theben. Auf ihrer Wolke fährt Hebe vorbei. Herakles nimmt die Schaufel wieder auf.
Für Theben. Fluß, den Kübel!
Augias. Einen Kübel.

AUGIAS Meinen Stier.

HERAKLES Mein Vater auf der Wolke, tritt hervor.
Gib deinem Fluß für deinen Sohn ein Ohr.
Schweigen.
Wer gilt dir mehr, dein Sohn oder dein Fluß?
Hör was ich will und sag ihm was er muß.
Schweigen.

Dein Schweigen, Vater, schmeckt nach meinem Schweiß.
Zeus auf der Wolke, ein nacktes Weib im Arm usw.
ZEUS Tu deine Arbeit. Ohne Fleiß kein Preis.
Vorbei.
HERAKLES Sagtest du Arbeit? Sauf die Schaufel auch.
Wirft die Schaufel in den Fluß.
Sei was du mir geraubt hast, Fluß mein Kübel
Fluß meine Schaufel, Fluß mein Stier. Du auch
Fluß links. Zwei Flüsse waschen mehr als ein Fluß.
Hast du kein Ohr für mich, hör meine Faust
Ich zähme dich und ändre deinen Gang
Und dich und deinen Gang, mit ihrer Sprache.
Nach oben:
Paß auf, was ich mit deinem Wasser tu.
Hast du mir nicht geholfen, jetzt sieh zu
Wie ich mir helf und was er kann, dein Fluß
Wenn er in meinem Joch geht, weil er muß.
Kampf mit dem Fluß.
Fluß, hast du keinen andern Leib als keinen?
Fluß, hast du kein Gewicht als mein Gewicht?
Wer bist du, Feind, mit unserm Kampfplatz eins
Der mit mir selbst bewaffnet mich bedrängt?
Kein Nacken, den ich nicht ins Joch zwang, doch
Dein Fluß hat keinen Nacken für mein Joch.
Eine Kuh tritt an den Fluß, säuft und pißt.
Dank für dein Beispiel. Lenkung eines Flusses.
Trinkt.
Ich deine Mündung.
Pißt. Deine Quelle ich.
Tu meine Arbeit jetzt und wasch den Stall.
Verrennst du dich im Labyrinth der Därme?
Wo ist dein Gang, der reißend meine Kraft
Aufhob mit seiner Kraft von tausend Stieren
Und jetzt verlädst du mich mit deiner Schwäche
Die keinen Staub von seinem Platz bewegt
Taub für mein Wort und taub für meine Kraft
Ein Sand in der Maschine meines Leibs.
Was bleibt? Hand meine Schaufel, Hand mein Kübel
Und Herakles ist Herakles mein Stier.
Handarbeit.
Lieber die Welt bewegt als ihren Kot!
Dammbau.

Sieh deinen Berg mit meinen Beinen gehn.
Sieh deinen Fluß vor deinem Berg aufstehn.
Donner.
Hab ich dich zu fragen vergessen? Gestatte daß ich deine Welt ändre, Papa.
Augias, nimm dein Vieh aus deinem Stall
Ich komme, Herakles, zwei Flüsse stark
Herr über die Gewässer und dein Stallknecht
Der Fluß ist meine Hand und meine Kraft
Der unterworfene mit meiner Hand
Der unterworfene mit meiner Schwäche.

AUGIAS Mein Stall! mein Vieh!

GESCHREI AUS THEBEN Den Fischen unser Fleisch!

HERAKLES *macht den Damm auf.*
Aus meinem Weg, Viehhalter. Das bin ich
Der deinen Stall wäscht, Herakles der Fluß
Gelenkt von Herakles dem Flüsselenker.
Donner.
Ich weiß, daß du donnern kannst. Und ich kann deine Flüsse lenken, sieh her, zügellos wohin ich will.
Winter. Der Fluß bleibt stehn, gefroren.
He, was soll das!

AUGIAS Herakles der Flüsselenker.

HERAKLES *nach oben:* Du hast angefangen.
Reißt die Sonne aus dem Himmel, hält sie in der Hand, bis das Eis schmilzt. Hand und Stall brennen.
Wo ist dein Winter, Zeus?

AUGIAS Mein Stall brennt.

HERAKLES *betrachtet seine Hand, sie ist schwarz.* Brennt er?
Nicht lange. Platz, Augias.
Der Fluß wäscht den Stall.

AUGIAS Sieben Ochsen!
Jubel aus Theben. Rufe: Hoch Herakles. Bravo. Da capo. Herakles pfeift Berg und Flüsse wieder an ihren Platz.

HERAKLES Die Arbeit ist getan. Und jetzt: mein Lohn.
Donner und Blitz.

AUGIAS Für deinen Lohn laß meine Kühe sorgen.
Auf Wiedersehn in deinem Mist von morgen.

HERAKLES Sagtest du meine Kühe?

AUGIAS Und dein Mist.

HERAKLES Für deinen Mist sorgt ohne Lohn mein Fluß.
Mein ist dein Stall und Vieh. Spiel deinen Schluß.

Zerreißt Augias und wirft die Hälften in die Flüsse, holt den Himmel herunter, greift nach Hebe. Vor der Hochzeit treten zwei Thebaner auf.

THEBANER

Der den nemeischen Löwen erwürgt und die Hydra geköpft hat
Der die Hirschkuh fing und den Äcker verwüstenden Keiler
Der den Stall des Augias gewaschen, den stinkenden Fleischtopf
Herakles, Sohn der Alkmene, gezeugt im Bett des Amphitryon

Grinsen.

Nicht von Amphitryon –

Ducken sich. Schweigen.

Nicht von Amphitryon –

Brüllen.

Nicht von Amphitryon
Täter der fünf großen Taten, leih uns deinen Arm für die sechste.

Herakles rollt den Himmel ein und steckt ihn in die Tasche.

HEINER MÜLLER, geboren 1929 in Eppendorf (Sachsen). Dramaturg an der Volksbühne Berlin.

Der Abdruck der Stücke *Der Lohndrücker, Die Korrektur* und *Der Bau* erfolgt mit Genehmigung des Henschelverlages Kunst und Gesellschaft, 104 Berlin, Oranienburger Str. 67/68, DDR.

Bericht vom Großvater, geschrieben um 1950, abgedruckt 1961 im Programmheft zur Aufführung von *Die Umsiedlerin oder das Leben auf dem Lande* an der Studentenbühne der Hochschule für Ökonomie in Berlin-Karlshorst.
Bericht vom Anfang, 1950
Der Lohndrücker, 1956, Mitarbeit Inge Müller, zuerst veröffentlicht in NDL (Neue Deutsche Literatur) 5, 1957. Uraufführung 1958 Städtisches Theater Leipzig. Aufführungsrechte für die Bundesrepublik: Verlag der Autoren, Frankfurt/M.
L. E. oder Das Loch im Strumpf, etwa 1956, zuerst veröffentlicht in NDL
Die Korrektur, Funkfassung 1957, Mitarbeit Inge Müller, zuerst veröffentlicht in NDL 5, 1958
Aus dem Protokoll einer Diskussion über *Die Korrektur* im Kombinat »Schwarze Pumpe«, veröffentlicht in NDL 5, 1958.
Zwischenbemerkung und H. D. Mädes *Die Neufassung* aus NDL 1, 1959.
Die Korrektur, Zweite Fassung 1958, Uraufführung Maxim-Gorki-Theater Berlin 1958. Zuerst veröffentlicht im Henschelverlag Kunst und Gesellschaft Berlin 1959. Aufführungsrechte für die Bundesrepublik: Verlag der Autoren, Frankfurt/M.
Lektionen, geschrieben 1956 (außer *Film*)
Der Bau, 1963/64, veröffentlicht in *Sinn und Form,* 1/2, 1965
Gespräch mit Heiner Müller, veröffentlicht in *Sinn und Form* I, 1966
Herakles 5, 1964, veröffentlicht in *Philoktet/Herakles,* 1966 Suhrkamp Verlag. Aufführungsrechte für die Bundesrepublik: Suhrkamp Verlag, Frankfurt/M.

Die Abbildungen in diesem Band sind den Jahrgängen 1946 bis 1961 des ›Neuen Deutschland‹ entnommen.

REGISTER
TEXTE 1-11

Die erste Ziffer steht für den Band: **1** = Geschichten aus der Produktion 1 (Rotbuch 108), **2** = Geschichten aus der Produktion 2 (Rotbuch 126), **3** = Die Umsiedlerin oder Das Leben auf dem Lande (Rotbuch 134), **4** = Theater-Arbeit (Rotbuch 142), **5** = Germania Tod in Berlin (Rotbuch 176), **6** = Mauser (Rotbuch 184), **7** = Herzstück (Rotbuch 270), **8** = Shakespeare Factory 1, **9** = Shakespeare Factory 2 (Rotbuch 291), **10** = Kopien 1 (Rotbuch 336), **11** = Kopien 2 (Rotbuch 337)